나는 마음의 날을 세웠다.

파자마 파티 With 술주정

"꼴이 그게 무어냐, 세희야."
"죄송합니다, 주인님."

염라대왕이 그곳에 있었다.

나와 호랑이님 19

인연(因緣)

카넬 지음
영인 일러스트

목차

옛날이야기

기린이 말했다.

"오나지 하나시를 후타쯔하는 건 키라이지만 쇼가나이데."

그래서 나도 말했다.

"그딴 식으로 말할 거면 일어난다."

기린이 인상을 찌푸리든 말든 나는 생각을 바꿀 생각이 없기에 자리를 박차고 일어났다.

"알았어."

다시 앉았지만.

"한국말로 하면 되잖아."

애초에 네가 말했던 건 일본어도 아닌 것 같지만 말이다.

그렇게 딴죽을 걸고 싶었지만, 입술을 삐죽 내밀고 불만 섞인 눈초리로 올려다보는 기린을 보고 마음을 바꿨다.

말해 두는데, 절대로 기린을 위해서가 아니다.

기린과의 이야기는 최대한 짧게 끝내고 싶어서 그런 거지.

"……표정 관리가 너무 안 되는 거 아니야?"

그런 생각이 표정에 그대로 드러난 게 기린은 꽤나 마음에 안 드나 보다.

"어쩌라고."

"화낸다?"

"내시든가."

상대가 신수 기린이든 말든, 머리끝까지 화가 치밀어 오른 내게 무슨 상관이야?

이유?

간단하다.

이쪽 세계로 돌아와 세희가 저승으로 끌려갔다는 충격적인 이야기를 듣고 한걸음에 집으로 돌아왔을 때.

이 녀석이 나를 기다리고 있었으니까.

단순히 기린이 우리 집에 있고, 하늘의 명을 받드는 신수로서 나와의 독대를 요청하고, 그 때문에 다른 아이들과의 만남이 뒤로 미루어진 것 때문에 화가 난 게 아니다.

그러면 왜 이러느냐고?

쓰레기장 같던 집에서 내가 들었던 기린의 속마음, 세희가 저승에 잡혀갔다는 이야기, 기린이 우리 집에서 나를 기다리고 있었다는 사실.

이 모든 것을 연관 지으면 너무나 쉽게 유추해 볼 수 있거든.

세희가 저승에 끌려가게 된 것은 기린의 사주(使嗾) 때문이라는 것을.

그런데 내가 화가 안 나고 배기겠냐. 생각 같아서는 저 녀석의 뿔을 잡아서 360도로 돌려 버리고 싶은 기분이다.

그랬다가는 신수 기린과 지리산 성훈파가 한 판 붙어야 할 것 같아서 참고 있지만…… 기린이 지금부터 하는 말에 따라서 달라지겠지.

그런 내 생각을 아는지 모르는지 기린은 태평하게 말했다.

"꼭 내가 잘못한 것처럼 말하네, 요괴의 왕. 나는 내 나름대로 너를 위해서 하고 싶은 게임도 뒤로 미루고 기다려 주고 있었는데."

나는 오른쪽으로 시선을 돌렸다.

정확히는 방바닥에 뒹굴고 있는 휴대용 게임기 쪽으로.

휴대용 게임기를 철천지원수처럼 노려보는 내 시선을 눈치챈 기린이 슬쩍 그걸 주머니 속에 집어넣으며 말했다.

"……컴퓨터로 나온 게임이 하고 싶었다고."

여러모로 게임을 할 수 없었던 환경에서 자란 나로서는 속이 비틀리는 소리군. 우리 집에 있는 컴퓨터도 내 중학교 입학 선물로 이모가 사 주신 거였고.

"뭐, 그런 건 됐고."

오랜만에 가족들과 만나 정을 나눠야 할 시간까지 뒤로하고 이 망할 녀석과 독대를 하며 시간을 낭비해야 할 이유는 내게 없으니까.

"나한테 볼일도 있고, 사정을 설명해 주고 싶다고 한 건 너잖아. 그런데 언제까지 시간만 끌 거냐."

기린이 어깨를 추욱 늘어트리며 말했다.

"너무하네, 정말. 내가 어떻게 얻은 분량인데 말이야. 그렇게 빨리 이야기를 끝내고 싶어?"

"……분량?"

갑자기 무슨 소리야?

"응? 몰라?"

주머니 속에 손을 넣은 기린이 꺼낸 건 '나와 호랑이님'이라는, 이제는 지겹기까지 한 제목의 책이었다. 거기에는 어째서인지 기린과 가희가 함께 표지에 그려져 있었고.

"세희가 쓰던 소설인데, 나도 나오더라고."

머리가 지끈거리네.

"……그거였냐."

"난 또, 모르는 줄 알았잖아."

몰랐지.

지금까지 계속 쓰고 있을 줄은.

"헛소리할 거면……."

"알았어."

기린이 손사래를 친 뒤 말했다.

"너도 알고 있겠지만, 세희의 죄를 하늘에 고한 건 나야."

몰랐는뎁쇼.

"……몰랐어?"

그리고 나는 표정 관리가 정말 안 되는 편이다.

"너 때문에 세희가 저승에 끌려갔다는 것 정도만 짐작하고 있었다."

하늘까지 연관되어 있다는 건 지금 알았습니다.

그렇다는 건 하늘은 세희가 죄를 지었다고 판단했다는 이야기가 되는구나.

……세희가 지은 죄가 정확히 뭔지는 잘 모르겠지만.

"신기하네."

그리고 왜 기린이 나를 의아하다는 듯이 보는지도.

"뭐가."

"잠깐만 있어 봐."

기린이 바닥에서 일어나 내게 다가와서 이쪽을 향해 손을 뻗었다. 자연스럽게 나도 뒤로 물러났고, 기린의 손은 허공을 저었다.

"피하지 마, 요괴의 왕."

"내 기억을 읽을 생각인가 본데, 아픈 건 사양이다."

"그런 거 아니야."

다시금 기린이 나를 향해 손을 뻗어 왔지만, 나 역시 가만히 앉아서 당할 생각은 없었다.

"더 이상 다가오면 비명 지른다."

기린이 상당히 복잡 미묘한 표정을 짓고서는 볼을 긁으며 말했다.

"……그런 말을 **남자**한테 듣고 싶지는 않은데."

……나도 이런 말을 **여자애**한테 하고 싶지는 않았다고.

다행인 건 내 협박인지 충고인지 모를 말이 기린에게 먹혔다는 거다.

"으음~ 뭐, 어쩔 수 없지. 별문제도 없어 보이고, 회수는 조금 있다가 할까."

알 수 없는 소리를 하고서 다시금 양반다리를 하고서 자리에 앉은 기린이 턱을 괴며 내게 말했다.

"으음~ 그럼 어디서부터 이야기할까. 이거 고민되네?"

고민은커녕 이 상황을 즐기고 있다는 티를 팍팍 내는 기린에게, 나도 지금 성질 뻗쳐 죽겠다는 티를 팍팍 내기로 했다.

기린이 웃는 얼굴로 몸을 부르르 떤 뒤 말했다.

"그래. 242,145번 평행 세계, 아니, 이제는 또 다른 중심 세계라고 해야 하나? 어쨌든 그쪽에 갔다 왔으니 너도 머나먼 옛날에 무슨 사건이 일어났는지 알고 있지?"

나는 고개를 끄덕였다.

오늘, 아니, 바로 조금 전에 있었던 일을 까먹을 정도로 나는 바보가 아니다.

"그러면 영성이 얼마나 중요한 건지, 영성을 다루는 요술이 얼마나 위험한 건지 설명할 필요는 없겠네."

"그래."

아사달이 가르쳐 주었으니까.

영성이라는 것은 거슬러 올라가다 보면 이 세계를 이루고 있는 조화와 혼돈까지 닿는다는 사실을.

즉, 인간과 요괴의 영성이란 세계를 이루는 근간이라 할 수 있다는 말이다.

"세희가 저승에 끌려가게 된 건, 그 영성을 다루는 요술과 관련이 있어."

기린은 씨익, 기분 나쁜 미소를 지었다.

"먼 옛날. 한 인간이 그 요술을 통해 자신의 영성을 소멸시켜 세상의 근간에 작은 구멍을 뚫었어. 그걸 수습하기 위해 나를 비롯한 신수들과 신선들이 꽤나 고생을 해야만 했고."

그건 이쪽 세계의 아사달이 소멸당한 뒤의 이야기였다.

"그 후로 하늘은 자신의 허락 없이 영성과 관련된 요술을 만들고, 또 사용하는 것을 금지했어. 커다란 댐도 작은 구멍 때문에 분열이 일어나는 것처럼, 이 세상도 약간의 어긋남으로 모든 것이 틀어질 수 있으니까. 다행이도 지금까지 그 금기를 어기는 자는 단 한 명도 없었지."

기린이 검지를 세우며 말했다.

"지금까지는 말이야."

나는 기린이 하고 싶은 말이 무엇인지 깨달았다.

덕분에 어울리지도 않는 표정 관리를 하기 위해 안간힘을 써야만 했다.

왜냐고?

세희가 내게 건 요술의 정체를 알게 됐거든.

아사달과의 첫 만남 때 내 안에 녹아들었던 **알 수 없었던 힘.**

아사달이 스스로를 희생하려 했을 때 나를 변화시키려 했던 **무언가.**

그리고 지금 알게 된 **세희의 죄.**

이 세 가지를 연관 지으면 누구나 알 수 있을 거다.

세희는 내게 아사달의 영성을 훔쳐 오는 요술을 썼던 거다.

그 요술을 언제 내게 걸었는지는 나도 잘 모르겠다. 나를 저쪽 세계에 보낼 때 같이 쓴 것일지도 모르고, 내가 잠들어 있던 사이에 썼을 가능성도 있다. 혹은, 내게 요술을 건 다음에 기억을 지워 버렸을지도 모르지.

나는 요술에 대해서는 아무것도 모르고, 저항할 수 있는 힘도 없으니 알 수가 없지.

하지만 중요한 것은 세희가 내게 영성을 훔쳐 오는 요술을 썼고, 그 결과.

내 안에 아사달에게서 훔쳐 온 영성이, 아니, 영성의 조각이 있다는 거다.

하지만 나는 모르는 척하기로 했다.

지금의 나는 기린과 입장이 반대니까.

"그래서, 네가 하고 싶은 말은 세희가 영성을 다루는 요술을 썼다는 거냐? 그래서 저승에 잡혀갔고?"

"대충 맞아. 정확하게 말하면, 네게 썼다는 거지만."

"하지만 난 세희가 그런 요술을 쓴 걸 본 적이 없는데?"

거짓말은 아니다.

난 정말로 본 적이 없으니까.

"나도 본 적은 없어."

……그건 다행이군.

나는 짐짓 어이없다는 듯한 태도로 기린에게 말했다.

"뭐냐, 너. 그러면 사실 여부도 확인하지 않은 채 세희를 고발했다는 이야기잖아? 그리고 하늘은 네 말만 듣고 세희를 저승에 잡아간 거고. 이래도 되는 거야? 무죄 추정의 원칙은 도대체 어디다 팔아먹은 거야? 어?"

상당히 뻔뻔한 소리였지만, 세희를 믿기 때문에 할 수 있는 말이었다.

세희라면.

그 음흉하고 교활한 녀석이라면!

절대로 남에게 꼬리를 잡힐 여지를 주지 않았을 거다. 그 점을 잘 이용하면 증거 불충분이나 증인의 부재로 세희를 합법적으로 구할 가능성도 있어.

"푸훕!"

그리고 기린은 웃었다.

"뭐가 그렇게 웃긴데?"

"미안, 미안."

쓱쓱 입가를 닦은 후.
기린이 말했다.
"요괴의 왕, 혹시 천망회회(天網恢恢)라는 말 알고 있어?"
뭐냐, 그거.
'하늘이 망했으니 돌아가, 돌아가.'야?
……확실히 그건 아닐 거라고 생각하고 있던 내게 기린이 말했다.
"하늘의 그물은 성글어도 새는 법이 없다, 라는 뜻이야."
그, 그랬습니까. 새로운 사실을 알게 되었군요.
하지만 지식의 습득에 대한 기쁨보다는 긴장이 앞서네.
그건 절대로 내게 좋은 이야기가 아니었으니까.
"그래서?"
"있다는 거지, 그 증거가."
표정 관리를 못 하는 나지만, 신기하게도 나는 평소와 같은 얼굴과 목소리로 기린에게 말할 수 있었다.
"그럴 리가 없을 텐데."
세희의 성격이라면 어설프게 뒤처리를 할 리가 없다는 믿음 덕분에.
세희라면 마치 귀중품을 금고에 보관하는 것처럼, 내게 손을 써 놨을 거라는 믿음 말이야.
"응."
기린이 고개를 끄덕이며 상쾌하게 인정했다.
하지만 나는 기린의 한쪽 입꼬리가 올라가 있다는 사실을 놓치지 않았다.

"하지만 말이야. 마치 뒷수습을 포기한 것처럼, **어째서인지** 있단 말이지?"

어째서 기린이 누구보다 먼저 나를 만나기를 요청했는지 그 사실을 깨달았음에도, 나는 묻지 않을 수 없었다.

"……그러냐?"

"그래."

시원스럽게 고개를 끄덕이는 기린과 달리 내 등 뒤로는 식은땀이 흘러내렸다.

내가 멍청했다. 기린의 무엇을 믿고 독대를 허락한 거지? 랑이나 성의 누나라도 이 자리에 있어야 했다.

아니, 지금이라도 늦지 않았다. 당장 랑이를 부르자.

그렇게 생각했을 때.

"그러니까."

기린이 말했다.

"세희가 하늘이 정한 금기를 어겼다는 유일한 증거."

내가 급히 랑이의 이름을 부르려 했을 때.

기린의 작은 손이 어느새 내 입을 막고 있었다.

"받아 갈게."

내가 마음속으로 랑이를 부르는 것보다 빠르게, 기린의 손이 내 가슴에 닿았다.

그리고.

나는 기린이 내 입을 막고 있다는 사실에 감사하게 되었다.

이어지는 이야기

문제.

어젯밤에 세희와 만났다는 이야기를 아침에 듣게 된 랑이의 반응 중 올바른 것을 보기 중에 고르시오.

1. 졸리다, 하고 다시 잔다.
2. 배고파, 하고 밥을 찾는다.
3. 그렇다면 나도! 라며 세희를 만나러 간다.
4. 왜 나만 빼놓고오오오! 하고 화를 낸다.
5. 응? 하고 이해를 못 한다.

정답은 4번, '화를 낸다.'다.

"어째서! 왜 나를 빼놓고 간 거야! 나도 세희하고 만나고 싶었는데!"

그것도 꽤나 격렬하게.

꼬리가 바짝 서고 털이 부푼 것으로도 모자라, 자기 말투가 달라진 걸 깨닫지 못할 정도인 것 같으니까.

실제로 잠에서 깬 지 얼마 지나지 않았음에도 불구하고, 랑이의 눈동자는 똘망똘망하고 목소리에는 힘이 넘치다 못해 등 뒤로는 포효하는 호랑이의 환영까지 보인다.

……세희가 잘 지낸다는 걸 조금이라도 빨리 알려 주고 싶어서 과정을 생략한 게 잘못이었군.

"아니, 그게 말이다."

조금 늦었지만 지금이라도 세희와 만난 과정을 랑이에게 알려 주려고 할 때.

꼬르륵.

어제 저녁을 먹은 뒤 지금까지 아무것도 먹지 못한 랑이의 배에서 귀여운 소리가 났다. 그에 호응하듯 등 뒤의 호랑이 환영도 살짝 풀이 죽어서 고개를 숙인다.

그래. 금강산도 식후경이라는 말이 있지.

"배고프면 일단 밥부터 먹고 나서……."

탁!

랑이가 꼬리로 침대를 강하게 내려치고서 외쳤다.

"지금 밥이 넘어가겠어?!"

꼬르르르르르르륵.

말과는 달리 랑이의 배가 다시 한번 울렸다.

"으, 으으……."

아무리 화가 난 랑이라도 얼굴이 빨개졌지만, 손으로 배를 가리기만 할뿐. 더 이상 아무 말도 하지 않았다.

그러면 내가 말할 수밖에.

"아, 그건 그렇고 너 말투 바뀌었다."

탁, 탁!

"지, 지금 중요한 건 아니지 않느냐!"

그렇게 말하면서도 다시 바꾸는구나, 랑이야.

그제야 나는 깊은 한숨을 내쉬고 어느 정도 진정한 랑이에게 사정을 설명할 수 있었다.

어젯밤에 갑자기 불려 나갈 줄 몰랐다는 이야기.

그 자리에서 세희를 만나게 될 줄은 정말 몰랐다는 이야기.

그때는 너를 불러오라고 말할 수 있는 상황이 아니었다는 이야기.

세희와 만날 수 있는 시간이 그리 길지 않았다는 이야기.

하나부터 열까지 전부 변명으로 들릴 수 있는 이야기였지만 랑이는 내 이야기를 진지하게 들어 주었다.

내가 이야기를 끝마치고 깊은 한숨을 내쉬었을 때.

"……알고 있었느니라. 성훈이가 나 몰래 세희와 단둘이 만날 성격은 아니라는 것은 말이니라."

랑이가 이불을 움켜쥐고 눈을 내리깔며 말을 이었다.

"그런데도 참을 수 없었느니라. 세희하고 만나고 싶은 마음이 너무나 커서 네게 투정을 부리고 말았느니라."

랑이가 고개를 꾸벅 숙이며 말했다.

"미안하느니라, 성훈아. 아무 잘못도 없는 네게 화풀이를 하는 꼴이 되어 버렸느니라."

이럴 때 내가 할 일은 정해져 있다.

"그건 네 잘못이 아니야."

랑이가 세희를 소중하게 생각하고 있다는 건, 내가 누구보다도 잘 알고 있다.

지금은 마음 안에 담긴 감정이 자신도 모르게 터져 나온 것뿐이라는 것도. 이런 걸 받아 주고 얼러 주는 게, 어른이면서 보호자이며 연인인 나의 역할이겠지.

"난 괜찮으니까 기운 차려."

나는 랑이의 볼을 쓰다듬어 주었다.

랑이가 고개를 들어 물기에 젖어 반짝이는 황금색 보석 같은 눈동자를 내게 보인다.

그 모습이 보고 싶지 않아 나는 허리를 숙여 랑이에게 다가갔다. 내가 무엇을 하려는지 깨달은 랑이가 두 눈을 감았다.

그리고.

꼬르르르르르르르르르르르륵.

이전보다 더 장대한 소리가 랑이의 뱃속에서 울려 퍼졌다.

"……."

"……."

"……밥 먹자."

"……응."

뽀뽀야 언제든지 할 수 있으니까.

나와 랑이의 입맛에 딱 맞는 아침을 먹은 후.

"염라하고 만나고 싶은데."

나는 깨끗하게 비워진 그릇을 치우러 온 우마에게 랑이와 함께 염라를 만나고 싶다는 바람을 전했다.

우마는 살짝 난처해하는 표정을 지었지만, 랑이는 지금만큼은 착한 아이 명찰을 반납하겠다는 듯 자신의 생각을 밀어붙였다.

"응, 응! 염라를 꼭 만나고 싶으니라! 첫날에 본 다음에 지금까지 제대로 이야기도 못 나누지 않았느냐? 나도 염라하고 만나서 하고 싶은 이야기가 저 하늘의 별만큼 많으니라!"

그것은 마치, 마트에서 과자를 사 주지 않으면 그대로 드러누워 떼를 쓸 것이라고 말하는 아이처럼 비장한 모습이었다.

그 모습에 우마는 더더욱 곤란해했다.

"죄송합니다, 호랑이님. 염라대왕님께서는 업무로 인해 바쁘시기 때문에 시간을 내기 힘드신……."

우마가 채 말을 끝내기 전에 랑이가 발라당 뒤로 누워서는 팔다리를 바동거리며 외쳤다.

"으냐아아아아~! 랑이는 그런 거 모르느니라아아아~! 염라하고 만날 것이니라아아아아! 무조건 만날 것이니라아아아!"

뭐랄까.

……지금의 랑이는 내가 원해서 어린아이 모습으로 있는지 의심이 들 정도로 완벽한 가정 교육이 잘못된 어린애의 모습이었다.

우리 부모가 달라졌어요, 라는 TV 프로그램에서는 이럴 때 아이를 일으켜 앉힌 다음에 두 다리로 허리를 끌어안고 두 손을 잡은 뒤 차근차근 어째서 자신의 요구를 받아 줄 수 없는지 이야기해 주면 된다고 했지만.

우마가 그런 걸 어떻게 알겠어?

"호, 호랑이님. 염라대왕님께서는 낮에는 시간을 내기 힘드신……."

"모르느니라아아아아! 랑이는 그런 거 모르느니라아아아! 모른단 말이느라아아아아!"

이분이 호랑이님 되시겠다.

생떼를 부리는 어린아이를 상대해 본 적이 없는지, 우마는 어쩔 줄 몰라 하며 내게 도움을 청했다.

"요, 요괴의 왕님."

나는 어쩔 수 없다는 듯, 일부러 어깨를 한 번 으쓱한 뒤 말했다.

"염라가 바쁜 건 알겠는데, 그래도 한 번 물어봐 줘. 그건 그렇게 힘든 일 아니잖아? 아, 나도 염라한테 하고 싶은 말이 있다는 것도 전해 주고. 그동안 랑이는 내가 달래고 있을게."

"감사해요, 요괴의 왕님."

도망칠 구멍을 마련해 주자, 우마가 허리를 깍듯이 숙이고 빈 접시를 들고 재빨리 방에서 나갔다.

우마가 방을 떠난 동시에.

"으냣차."

랑이가 허리 힘으로 일어나서는 나를 올려다보며 말했다.

"이러면 되는 것이느냐?"

나는 랑이의 머리를 쓰다듬어 주며 말했다.

"그래. 잘했어."

우리 착한 랑이가 우마에게 생떼를 부린 시점에서 눈치를 챘겠지만, 이건 내가 계획한 일이다.

이쪽의 요구를 우마가 자신의 선에서 거절할 경우. 그야말로 부모의 교육 방침이 잘못된 집안에서 자란 아이처럼 행동하라고 말했거든.

……염라가 생떼를 부리던 모습을 떠올리면서 말이지.

그런데 랑이의 표정이 그리 좋아 보이지 않는다. 내가 머리를 쓰다듬어 주고 있는데 말이지.

"왜 그래, 랑이야? 마음에 걸리는 일이라도 있어?"

랑이가 손가락을 입에 물고는 평소보다 낮아진 목소리로 말했다.

"우마를 너무 곤란하게 한 게 아닐까 걱정되느니라."

아이고, 우리 착한 랑이.

천국은 분명 너를 위한 곳일 거다.

"괜찮아."

나는 손을 내려 랑이의 어깨를 감싸 안아 내 쪽으로 끌어당긴 뒤 거칠게 머리를 쓰다듬어 주었다.

"으냐냐냐냐아앗~!"

있는 대로 머리카락이 헝클어지며 랑이가 비명 아닌 비명을 질렀지만, 그렇게 싫은 기색은 아니다.

"이 정도는 어린아이의 특권이라고 생각해도 되니까."

"나는 어린아이가 아니느니라!"

그래?

"참고로 내가 머리를 쓰다듬어 주거나 무릎 위에 앉힌다거나 엉덩이를 톡톡 두드려 주는 것도 네가 아직 어리기 때문에 할 수 있는 거다."

전에도 이런 말을 한 것 같은데, 잊어버린 건지 아니면 내 기억이 잘못된 건지. 랑이가 손가락을 빨면서 말했다.

"……진짜이느냐?"

"응."

랑이가 곰곰이 자아 정체성에 대해 고민하는 동안, 나는 염라가 만남을 거절하거나 허락할 때 어떻게 행동할지에 대해 잠시 생각을 해 봤다.

점점 세희나 아사달을 닮아 가는 것 같지만, 뭐 어때. 오히려 이런 쪽은 좀 배워야 하는 거지.

"그러면!"

그런 생각은 랑이가 머리카락을 삐쭉 세우며 낸 소리에 사라졌다.

"응?"

랑이가 말했다.

"나는 어른이가 되겠느니라!"

……어, 음.

네가 지금 한 말하고 비슷한 말을 TV에서 들은 적이 있는 것 같은데. 사회 문제 쪽에서 말이다.

뭐라고 했더라? 자신이 누릴 권리만 찾고 의무는 모르는 척하는 사람들을 지칭하는 단어였는데 잘 기억이 안 난다.

하지만 이런 묘수가 세상에 또 어디 있겠냐는 듯 눈을 반짝이며 나를 바라보는 랑이가 사랑스러우니 넘어가도록 하자.

"그래, 그래."

"헤헤헷."

랑이가 내게 한 걸음 더 가까이 다가와 볼을 비벼 왔다.

그 모습에 정신이 팔렸기 때문일까.

"……요괴의 왕님, 잠깐 괜찮으신가요?"

어느새 우마가 돌아온 것도 눈치 못 챘다.

우마는 자기가 나가기 전만 해도 침대 위에 드러누워서 생떼를 부리던 랑이가 언제 그랬냐는 듯 내게 애교를 부리는 모습을 보고 많이 놀란 눈치다.

왜일까, 나를 조금 존경하는 눈으로 보는 것 같기도 한데.

"아, 미안. 그래서 염라는 뭐라고 했어?"

염라의 이름이 들리자 랑이가 볼을 비비는 것을 멈추고 똑바로 우마를 올려다보았다.

우마는 그걸 '만약 염라가 시간이 나지 않는다고 했다면 나는 다시 드러누울 것이니라!'라고 해석했는지, 살짝 식은땀을 흘리며 말했다.

"염라대왕님께서는 사시를 알리는 종이 울리기 전까지 업무를 마치신다 하셨어요."

"사시 말이느냐?"

"예, 호랑이님."

랑이는 알겠다는 듯이 머리를 끄덕였지만 나는 그러지 못했다.

……사시가 시간을 뜻한다는 건 저도 알겠습니다만, 도대체 지금부터 몇 분, 혹은 몇 시간을 기다려야 하는지 알 수가 있어야지.

그래서 난 머리를 긁적이며 우마에게 말했다.

"도대체 사시가 몇 시야?"

아니지. 지금은 더 근본적인 질문을 해야 한다.

나는 조금 전의 이야기는 잊어 달라는 뜻으로 머리를 살짝 흔든 뒤 우마에게 말했다.

"아니, 그보다 궁금한 게 있었는데."

"예."

나는 우마에게 말했다.

"여기엔 왜 시계가 없냐?"

휴대폰이 먹통인 건 이해할 수 있다.

여긴 저승이니까. 뭔가 내가 알 수 없는 신비한 힘으로 휴대폰이 고장 났다고 해도 수긍할 수 있어.

이승에 돌아갔는데도 고장 난 상태면 세희한테 사 달라고 할 거지만.

그보다 요즘 시대에 아날로그시계까지 없는 건 너무 이상한 거 아니야?

그런 내 질문에 우마의 볼에 식은땀이 줄줄 흘러내렸다.

"그건……."

"그건?"

우마가 평소보다 살짝 낮아진 목소리로 말했다.

"염라대왕님께서 휴식을 취하실 때 시계가 보이면 쉬실 수 없다는 말씀을 하신 것 같은 기억이 조금은 있는 것 같은 기분이 드네요."

……무슨 말인지 알 것 같다.

나도 업무를 보다가 쉴 때, 종종 시계를 쳐다보면서 앞으로 몇 분 뒤면 다시 일하러 가야 한다는 생각을 하니까.

하지만 한 가지 걸리는 게 있다.

"종소리는 괜찮아?"

내 타당한 질문에 우마가 고개를 흔들었다.

"종소리는 괜찮아요. 오히려 도움이 되니까요."

왜?

그렇게 물어보려고 했던 나는, 예전에 치이에게 들었던 이야기가 기억이 났다.

"아, 그래."

정확히는 기억이 안 납니다만.

종소리에는 번뇌가 사라지고 중생을 구제하는 효능 및 효과가 있지만 요괴에게는 그다지 좋지 않다는 말이었지.

잠깐. 그런데 염라는 요괴잖아?

……뭐, 대요괴는 다른가 보지. 랑이도 별 영향 안 받는 것

같고. 그렇게 궁금한 건 아니니 신경 쓰지 말자.

다른 것도 물어봐야 하고.

"그건 그렇고. 사시라고 했는데, 그러면 얼마나 기다려야 되는 거야?"

내가 그렇게 말했을 때.

저 멀리서 청아한 종소리가 울려오는 것과 함께 우마가 말했다.

"지금 출발하시면 되겠네요."

*　*　*

우마의 안내를 받아 간 곳은 궁궐 뒤편에 있는 커다란 호수였다. 말이 호수지, 웬만한 운동장 몇 개를 합친 것보다 더 컸다.

호수 주변에는 잎이 무성한 나무들이 아름다웠고, 물은 형형색색의 잉어들이 헤엄치는 게 훤히 보일 정도로 깨끗한 데다가 분홍빛 연꽃들이 아름답게 피어 있다.

신선들이 사는 도원향이 이런 곳이 아닐까.

하지만 나는 그런 아름다운 풍경을 그대로 즐길 수 없었다.

"꼭 이런 곳에서 이야기해야 되냐?"

뱃사공 역할에 충실해야 하니까요.

"요괴의 와앙은 풍류를 모르는구나아?"

비단으로 감싸진 의자에 등을 기대며 술을 마시고 있는 염라가 말했다.

아, 참고로 저런 의자가 있는 건 염라뿐이다. 이 나룻배 자체가 염라 전용이었는지 의자가 하나밖에 없었거든.

우마가 다른 의자를 하나 준비해 온다고 했지만, 그건 내가 거절했다. 의자 위에서 나와 랑이가 같이 앉기에는 나룻배의 폭이 좁아 보이는 데다가, 랑이에게는 나라는 전용 의자가 있으니까.

그때는 제가 배의 뒤편에서 기다란 노를 젓는 역할을 맡을 줄은 몰랐습니다.

덕분에 염라의 말대로 '하늘은 맑고, 꽃잎은 아름답고, 불어오는 바람은 선선하며, 햇살을 따스하고, 술 향기가 향긋하구나.' 같은 풍류를 즐기는 소리를 할 수가 없지요!

"성훈아, 힘들면 내가 해도 괜찮으니라."

랑이가 노를 젓는 게 훨씬 빠르고 쉽게 물가에서 멀어질 수 있겠지만.

……제게도 남자의 자존심 같은 게 있습니다.

사실 나룻배가 그렇게 큰 편이 아니라, 랑이가 노를 저었다가는 배가 뒤집어질지도 모른다는 게 걱정되는 것도 있다.

"요괴의 와앙이 원한다며언 내애가 바꿔 줄 수 있는데에?"

그렇게 말하며 염라가 장난기 넘치는 미소를 지었다.

됐네요, 이 녀석아. 마음에도 없는 소리를.

염라가 염라대왕인 이상, 나보다 힘이 셀 거라는 사실은 알고 있지만 말이다.

"됐어."

나는 딱 잘라 거절했다.

랑이와 염라가 제대로 된 대화를 나누는 건 처음인 만큼, 대화에 집중해 줬으면 좋겠으니까.

이런 육체노동은 나한테 맡겨 주고.

그렇게 잠시 나룻배가 물을 가르는 소리만 계속되었을 때.

"바쁘다고 들었는데, 시간을 내 줘서 정말 고맙느니라."

랑이가 먼저 염라에게 말을 걸었다.

"괜찮아아. 나아도 슬슬 쉬고 싶었으니까아."

그렇게 말하며 염라가 펑퍼짐한 소매에서 비단으로 감싸진 무언가를 꺼냈다.

"그러언 의미에서 하나 먹을래애?"

"응? 그건 무엇이느냐?"

"마마가아 같이 먹으라고 준비해 준 거야아."

염라가 비단을 풀자 그 안에는 먹음직스러워 보이는 다양한 쿠키가 가득 담겨 있었다.

……그런데 마마가 준비해 줬다니, 조금 신기하군. 이미지상으로는 우마가 준비해 줬을 것 같은데 말이지.

"오옷! 맛있어 보이느니라!"

랑이는 그저 눈을 빛낼 뿐이지만.

아, 물론 나는 랑이의 뒤쪽에 서서 노를 젓고 있으니까 얼굴이 보이지는 않는다. 하지만 랑이의 꼬리가 살랑살랑 물결을 치는 것만 봐도 무슨 표정을 짓고 있을 지 알 수가 있지.

"그럼 잘 먹겠느니라."

랑이가 손을 뻗어 초코 칩 쿠키를 하나 집고 입에 넣었다.
"어때에?"
염라의 질문에 랑이는 몸짓으로 대답했다.
"으으으응~!"
우리 호랑이님은 달달한 걸 많이 좋아하시는 분이죠.
랑이가 몸을 부르르 떨며 온몸으로 기쁨을 표현하자 염라도 순수한 미소를 지으며 말했다.
"입마앗에 맞으니 다행이네에."
"응! 정말 정말 맛있느니라!"
그렇게 말하며 랑이가 연녹색 쿠키를 하나 집어 들고는 뒤로 돌아 내게 손을 뻗으며 말했다.
"성훈이도 아앙~ 해 보거라!"
랑이의 뒤편에서 히죽 웃는 염라의 표정이 걸리긴 하지만, 그렇다고 거절할 수는 없는 노릇.
"아~"
몸을 숙이고 살짝 입을 벌리자 랑이가 쿠키를 입에 넣어 줬다.
음.
입안에서 화아~ 하고 퍼지는 이 상쾌한 향!
……민트였습니다.
민트는 그렇게 좋아하지 않는데 말이지. 하지만 내 취향에 상관없을 정도로 쿠키가 맛있어서 조금 놀랐다.
"맛있네."
"그렇지 말이니라!"

랑이가 다시 자세를 바로 고치고서는 염라에게 말했다.

"성훈이도 맛있다고 하였느니라!"

"마마아가 기뻐하겠네에~"

그렇게 말하며 염라는 비어 있는 잔에 술을 따라 홀짝, 한 번에 비웠다.

그 모습을 지긋이 바라보던 랑이의 꼬리가 한 번, 호수의 물결처럼 흔들렸다.

"염라야."

"으응?"

염라가 대답하자 랑이가 갑자기 어깨를 움찔 떨고는 손으로 입을 가리며 말했다.

"아!"

"왜 그래애?"

"그게, 염라라고 불러도 되는지 먼저 묻지 않아서 그랬느니라."

랑이의 말에 염라가 고개를 갸웃거리다가, 호수로 떨어지는 명부를 재빠르게 잡으며 말했다.

"이상하네에. 분명, 처음에 만나았을 때에 나아를 염라아라고 부르지 않았어어?"

듣고 있었냐!

"느, 듣고 있었느냐?!"

염라가 눈을 가늘게 뜨며 장난스럽게 말했다.

"잠겨얼이었지마안~ 그래도 말이야아~ 나아, 이래 뵈도오 염라대왕인데 너무 편하게 말을 놓는 거 아니야아~?"

염라가 랑이에게 슬쩍 농담을 건넸습니다만.

문제는 세희에게 온갖 갈굼과 괴롭힘과 장난을 당했던 나와 달리 랑이는 이런 쪽에 별로 내성이 없다는 거지.

그 결과 랑이는 나룻배가 살짝 흔들릴 정도로 두 팔을 허우적거리며 염라에게 말했다.

"그, 그건 말이니라! 염라를 염라대왕이라고 부르면 너무 길어서 그랬던 것이니라! 다른 이유는 없느니라!"

랑이가 허둥대는 모습이 마음에 들었는지 염라가 빈 술잔을 빙글빙글 돌리며 말했다.

"헤에~?"

"으냐아아……."

랑이의 호랑이 귀가 살짝 접히는 걸 보고 나는 살짝 대화에 끼어들기로 했다.

"야, 그러면 앞으로는 깍듯이 염라대왕님이라고 불러 주랴?"

랑이 좀 그만 놀려라, 이 자식아.

말에 담긴 속뜻을 눈치챈 염라가 피식 웃으며 랑이에게 말했다.

"농담이었어어."

"농담이었느냐?!"

랑이의 꼬리가 바짝 섰다.

"지금처럼 편하게 염라아라고 불러도 돼에."

"휴우…… 십년감수하였느니라."

랑이가 작은 가슴에 손을 대고 한숨을 내쉬는 모습을 사랑

스러운 시선으로 보며 염라가 말했다.

"그런데에."

"으냐앗?"

"나아는 호랑이를 어떠엏게 부르면 될까아?"

랑이는 고민하지 않고 말했다.

"랑이면 되느니라!"

"라앙이?"

"랑이이니라!

"랑이이?"

"랑이!"

꼬리까지 벌떡 세우며 내가 지어 준 이름을 또박또박 말한 랑이를 보며…….

염라는 배를 잡고 웃었다.

"아하하하핫!"

용케 이번에는 관과 명부가 떨어지지 않는다고 생각한 나와 달리, 랑이는 눈이 동그래져서 말했다.

물론 정말 보인다는 건 아닙니다만, 랑이하고 알고 지내 온 시간이 시간이니까 알 수 있다.

"응? 왜 그러느냐, 염라야?"

마음껏 웃은 염라가 눈가를 훔치며 말했다.

"랑이느은 정말 순진하구나아?"

"그런 말은 많이 들었는데 그게 무슨 상관이느냐아?"

야, 말버릇 옮았다.

"아무거엇도 아니니라아. 앞으로도 그리이 순진하고 착하게 살아 주거라아."

염라가 몸을 앞으로 숙이더니 손을 뻗어 랑이의 머리를 쓰다듬어 주었다.

"흐냐아~ 염라가 쓰다듬어 주니까 왠지 모르게 마음이 편해지느니라아~"

"당연하지이. 이래 봬에도 나아는 염라대왕이니까아."

랑이는 염라가 자신을 칭찬해 주고 머리를 쓰다듬어 주는 게 기분이 좋아 보였고, 나는 다른 의미로 기분이 좋았다.

죽은 이들의 죄를 심판하는 염라대왕님께서 랑이의 착한 심성을 인정해 주었다는 것이 첫 번째.

그리고 랑이와 제대로 이야기를 하는 것은 오늘이 처음인 염라가 랑이의 머리를 쓰다듬어 줄 정도로 마음의 상처가 나아졌다는 것이 두 번째다.

그건 그렇고.

두 녀석이 통성명을 하고 서로를 조금이나마 알아 가는 도중에 슬슬 호수의 중간 부분까지 배를 끌고 왔다.

대단하다, 나.

훌륭하다, 나.

성실하다, 나.

이제는 노를 안 저어도 멋대로 나룻배가 둥둥 떠다닐 것 같으니, 슬슬 나도 대화에 끼어들어 볼까? 아니면 조금 더 지켜볼까?

그렇게 생각만 하고 있을 때.

"그런데에, 착한 랑이느은 왜 나아르을 만나고 싶었던 거야아?"

내 선택을 강요하는 염라의 말이 들렸다.

이 녀석 봐라?

머리를 계속 쓰다듬어 줘 마음을 편안하게 만든 상태에서 그런 질문을 한다는 게, 정말 세희 부럽지 않을 정도로 능구렁이 같다.

그와 달리 랑이는 꼬리를 살랑살랑 흔들며 행복한 미소를 짓고 있고.

랑이가 이상한 대답을 하기 전에 끼어드는 게 좋을 것 같군.

그렇게 생각했을 때.

"……."

나는 염라의 시선이 랑이가 아닌 나를 향하고 있다는 것을 알 수 있었다.

끼어들지 말라는 경고인가?

그러면…… 가만히 있자.

왜냐고?

그건 랑이의 대답을 들어 보면 알 수가 있다.

"염라와 이야기하고 싶었느니라."

그렇지?

"헤에에? 그게에 다야아?"

염라는 의아하다는 듯이 그리 말했지만, 랑이는 염라의 손길에 따라 머리를 바람에 몸을 맡긴 나뭇잎처럼 흔들며 대답했다.

"사실 말이니라."

"으응."

랑이가 해맑은 미소를 지으며 말했다.

"나는 염라와 친구가 되고 싶었느니라!"

화아아아~

기분 탓인지 랑이에게서 환한 빛이 뿜어져 나온다.

"그, 그래애?"

이런 반응은 예상하지 못했는지 염라는 순간 당황했지만 그것도 잠시, 이내 옅은 미소를 지으며 슬쩍 의자에 몸을 기대며 말했다.

"나아하고?"

"응!"

"왜에?"

예상해 보자면 정말로 궁금한 게 반, 속을 떠보는 게 반일까.

그리고 랑이는 해바라기 같은 환한 미소와 진심이 가득한 목소리로 염라에게 말했다.

"왜냐면, 염라는 친구가 한 명도 없을 것 같아서 말이니라."

아이들의 순수함은 가끔 그 어떤 독보다 치명적일 때가 있지.

바로 지금처럼.

"하, 하하, 하하하하……."

정곡을 찔려 버린 염라는 흘러내리는 관을 잡을 기운도 없어 보였다. 당연히 그 위에 놓인 명부는 이미 나룻배 바닥에

툭, 하고 떨어진 지 오래고.

랑이가 명부를 집어서 염라에게 내밀었다.

염라는 손을 들 기운도 없어 보였지만.

"응? 왜 그러느냐, 염라야?"

완전히 풀이 죽은 염라가 죽어 가는 목소리로 말했다.

"아니이…… 아무리 나아라고 해도오…… 그렇게에 너어 친구 없는 찐따지이, 같은 말을 직접 들으며언…… 마음이이…… 마음이이이이이……."

그제야 랑이도 왜 염라가 저리 기운이 없는지 안 것 같다.

"그, 그런 뜻이 아니니라! 응! 그런 뜻으로 말한 게 아니었느니라!"

나룻배가 흔들릴 정도로 팔을 휘저으며 랑이가 급히 말을 이었다.

"왜냐하면 나도 친구 없는 찐따? 찐따가 뭔지는 모르겠지만, 나도 아마 찐따였으니까 말이니라!"

……끼어들어야 할 이유가 생겼군.

"랑이야."

"으냐아?"

나는 고개를 돌려 이쪽을 바라보는 랑이에게 말했다.

"찐따라는 말은 나쁜 말이니까 안 쓰는 게 좋아."

"어? 그러하느냐?"

"그래."

나는 고개를 끄덕이고 여전히 침울해져서 빈 술잔을 빙글빙글 돌리며, "하하하…… 나아는 친구우는 없지만 우마하고 마마아가 있는거얼……." 같은 소리를 하고 있는 염라에게 말했다.

"너도 랑이 앞에서 이상한 말 쓰지 말고."

발설지옥의 재판관인 염라대왕님께서 말이지.

"앞으로오 조심할게에."

그렇게 말하며, 염라는 괜찮을까 싶을 정도로 목을 뒤로 젖히고서 하늘을 바라보았다.

마음의 상처를 대자연의 품에서 치유받고 싶은 기분은 알겠지만 말이다.

"어, 어쨌든, 염라야!"

일단 랑이의 이야기를 끝까지 들어 줬으면 좋겠다.

"으응?"

"나는 꼭 염라의 친구가 되고 싶으니라!"

랑이의 마음이 닿았는지, 염라가 다시 몸을 추스르고서 말했다.

"나아하고?"

"응!"

랑이가 말했다.

"왜냐하면 나도 세희를 만나기 전까지는 정말 외롭게 지냈기 때문이니라!"

랑이가 세희를 언급했기 때문일까.

염라의 눈빛이 변했다.

"헤에? 그거언 무슨 뜻이야아?"

하지만 염라의 변화를 눈치채지 못한 랑이는 힘을 다해 자신의 진심을 전했다.

"염라가 보기에는 내가 평범한 요괴로 보일 수 있겠지만, 나는 이승에서는 힘이 무지무지 강한 요괴이니라. 그래서 다른 아해들하고 친하게 지내려 해도 다들 나를 무서워했느니라."

염라가 고개를 끄덕였다.

"그런 내게 처음으로 다가와 준 사람이 세희였느니라. 세희가 나를 무서워하지 않고 다가와 줬을 때, 내가 느낀 기쁨은 지금도 생생하느니라!"

그러니까, 라고 랑이는 말했다.

"내가 느꼈던 그 기쁨을! 나도 염라에게 느끼게 해 주고 싶으니라!"

랑이가 염라에게 손을 내밀었다.

"그러니 나를 네 첫 번째 친구로 삼아 주지 않겠느냐?"

랑이를 멍하니 바라보던 염라는, 이내 피식 웃으며 손을 휘저으며 말했다.

"그거언 무리이."

랑이가 손을 내민 채로 굳어 버렸다.

염라의 거절이 꽤나 충격이었는지 꼬리털까지 다 서 버렸네.

하지만 내가 이렇게 관망할 수 있는 건, 염라의 입가에 장난스러운 미소가 감돌고 있기 때문이다.

다만 랑이는 인터넷상에서 친해졌다고 생각한 사람한테 서로 이웃 신청을 거절당한 것 같은 충격에 빠져 그걸 눈치 못

챈 것 같다.

“왜, 왜이느냐? 나, 나하고는 친구가 되기 싫은 것이느냐?”

저러다가 울겠다.

그렇게 생각한 건 나뿐만이 아닌 듯, 염라가 급히 몸을 앞으로 숙여 랑이와의 거리를 좁히며 말했다.

“아니이, 그런 거언 아닌데에.”

“그러면 왜 그러느냐?”

염라가 랑이가 들고 있는 명부를 잡아 자신의 관 위에 올리며 말했다.

나를 보면서.

“내애 첫 번째 친구우가 될 사라암은 요괴의 와앙이거드은. 그래서 랑이이는 두 번째 친구가 될 수밖에 없어서어.”

“으냐앗?!”

꼬리가 번쩍 서는 것과 함께 랑이가 고개를 돌렸다.

말은 하지 않아도 표정을 보면 랑이가 하고 싶은 말을 대충 알 수 있었다.

그래서 나는 말했다.

“내가? 염라하고? 친구? 왜? 싫은데?”

염라가 그대로 굳어 버렸다.

나는 거짓말을 하지 않았으니까.

“서, 성훈아?”

중간에 끼인 랑이가 허둥대며 나와 염라를 번갈아 본다. 그게 마치 초등학교 1학년 때 한 꼭두각시 춤을 추는 것 같아서 귀엽네.

그에 비해 염라의 눈동자는 심하게 흔들리고 있지만.

그래서 나는 말했다.

"친구보다는 은인이 좋은데 말이다."

세희처럼 한쪽 입꼬리를 최대한 올리며 말이다.

한마디로, 짓궂은 농담이었다는 거지.

세상에는 거짓말을 하지 않아도 거짓말을 할 수 있는 방법이 얼마든지 있다는 건 알고 있겠지만…….

친구라는 민감한 화제 때문에 눈이 어두워진 게 네 패인이다, 염라대왕!

우하하하핫!

그러게 누가 랑이한테 장난을 치래?

"너, 너어! 요괴의 와아앙!"

내 장난에 완벽하게 넘어간 염라가 머리카락을 분홍색으로 물들이며 나룻배에서 벌떡 일어날 정도로 화를 냈다.

야! 가만히 있어! 나룻배가 흔들리잖아!

"자, 잠깐! 중심 잡기 힘드니까 갑자기 일어나지 마!"

나는 급히 대답하고서 흔들리는 나룻배를 바로잡기 위해 노를 움직였다.

어떻게 전복될 위기는 넘어간 것 같…….

"성훈아! 그런 나쁜 농담은 하면 안 되는 것이니라! 염라가 얼마나 깜짝 놀랐겠느냐?!"

넘어간 것 같다고 생각했을 때.

염라만큼이나 화가 난 랑이가 지금 있는 곳이 있는 곳이 나룻배 위라는 것도 잊고, 벌떡 일어나 솜방망이 같은 두 주먹으로 나를 토닥토닥 때렸다.

평소라면 미안하다고 말하며 머리를 쓰다듬어 주거나 품에 안아 줬을 테지만…….

문제는 내가 지금 나룻배에 있다는 거지.

정확하게 말하면, 흔들리는 나룻배 위라는 거고.

더욱 정확하게 말하면, 흔들리는 나룻배의 가장 뒤편에서 중심을 잡기 위해 노력하는 중이었다는 거다.

이런 상황에서 랑이가 미는 힘이 보태진 결과.

"어?"

"으냐앗?"

"어라아?"

풍덩!

호수에 빠지고 말았습니다.

* * *

"자업자득이야아."

"그러냐……."

"이건 성훈이가 잘못했느니라."

"랑이, 너마저……."

내가 홀딱 젖은 생쥐가 된 덕분에, 우리들은 다시 물가로 올라왔다.

그런 상황에서도 끝까지 노를 저어야 했던 건 저였습니다.

물에서 끌어올려 줄 때만 해도 걱정이 많았던 랑이였지만, 이내 내가 괜찮다는 걸 알고는 볼을 탱탱하게 부풀렸거든.

염라요?

지금도 살짝 심통이 나서 저를 노려보고 있다면 설명할 필요 없죠?

……아니, 뭐, 저도 이번 일은 제가 잘못했고 그에 합당한 벌을 받았다 생각합니다.

염라가 랑이한테 장난을 치는 걸 보니까 질투심이라고 할까, 소유욕 같은 게 나도 모르는 사이에 차곡차곡 쌓인 것 같아.

그래서 나는 물가로 올라와서 몇 번이나 계속했던 사과를 다시 한 번 했다.

"그건 그렇고 말이다."

조금 다른 식으로 말이지.

"너만 좋다면 내가 네 첫 번째 친구가 되고 싶은데, 괜찮을까?"

그리고 염라와 랑이가 손을 잡았다.

"내애 첫 번째 친구가아 되어 줘서 정말 고마워어, 랑이야아."

"헤헤헤, 고마울 것이 무엇이느냐? 나도 염라하고 친구가 되어서 기쁜데 말이니라."

……완벽하게 무시당했군.

뭐랄까. 이제는 랑이의 주도하에 포옹 중인 두 녀석 사이에 내가 끼어들 구석은 없어 보인다.

우마의 말버릇을 빌려 말하면.

이건 내가 그린 큰 그림이었던 것이었던 기분이 드는 느낌이 살짝 생긴다.

그런 거라고 해 줘.

안 그러면 이 소외감을 받아들일 수 없으니까.

"그래서어."

내가 힘껏 군중 속의 고독을 느끼고 있을 때.

염라대왕님께서 랑이와 손을 맞잡은 채로 제게 말을 걸어 주시는 은혜를 베푸셨습니다.

"응?"

"우마아한테 들었는데 나아한테 하고 싶은 말이 있다면서어?"

……아, 그렇지.

노를 젓고, 염라가 랑이를 탐색하는 것과 둘이 친구가 되는 걸 본 뒤 물에 빠지는 바람에 깜빡 잊어버렸다.

내가 말할 시간도 없었고 말이지.

"아, 그게 말이다."

나는 기분이 풀리지 않은 상태로도 죄인 강성훈을 신경 써 준 염라에게 말했다.

"너 말이다, 우마하고 마마하고 화해라고 할까…… 예전처럼 사이가 좋아졌잖아?"

염라가 고개를 끄덕였다.

"그래도 지금까지 어색하게 지낸 시간이 길었던 건 사실이지. 안 그래?"

"그래서어?"

"그러니까 살짝 서로가 오해를 하고 있던 시절의 남은 앙금 같은 걸 털어 낼 수 있는 자리가 있었으면 좋겠다는 말이 하고 싶었다."

"……."

나룻배 위에서의 일 때문인지, 염라가 나를 의심에 가득 찬 눈으로 바라본다.

"이번에느은 또 무슨 꿍꿍이야, 요괴의 와앙?"

다른 이유일지도 모르겠군.

"뭐, 애프터서비스 같은 거라고 생각해 줬으면 좋겠는데……."

염라의 표정을 보니 그럴 일은 없을 것 같다.

사실 별 기대도 안 했기에, 나는 당황하지 않고 슬쩍 고개를 까닥이는 것으로 랑이를 의식하게 만들며 말했다.

"너희들하고 조금 더 친해지고 싶은 것도 있고."

염라의 인간적인 면에만 기대어 재판에 임할 생각은 없지만, 이쪽의 무기는 많을수록 좋은 거 아니겠어?

"헤에에…… 나아는 공과 사를 자알 구분한다는 거어, 잊은 건 아니지이?"

염라에게 거짓말을 해 봤자 의미가 없기에, 난 사실대로 말했다.

"뭐, 살짝 재판에서 우리 쪽의 편의를 봐주는 걸 기대한 것도 없지 않아 있긴 하지만 말이지. 그게 전부는 아니다."

"그래애?"

그렇게 말한 염라는 슬쩍 랑이를 바라보며 말했다.
"설마아 랑이이도 그런 이유로 나아하고 친구가 된 거언 아니지이?"
염라의 눈빛을 견디지 못하고 랑이가 고개를 돌리고는 불안한 듯 꼬리를 배에 붙이고서는 식은땀을 있는 대로 흘리며 말했다.
"아, 아, 아, 아, 아……."
양심상 아니라고 말하지 못하는 랑이가 보고 있기 안쓰럽다.
"사실대로 말해도 돼, 랑이야."
애초에 염라에게는 거짓말이 통하지 않고, 랑이는 사람을 속이는 일에 재주가 없으니까.
"그, 그게 말이니라……."
랑이가 양쪽 검지를 콕콕 대며 기어들어 가는 목소리로 염라에게 말했다.
"그런 마음도 조금…… 조금은 있었느니라."
"헤에에~?"
아마 지금 염라가 장난을 치고 있다는 사실을 모르는 건 랑이밖에 없을 거다.
"하지만 그게 아니니라! 너하고 친구가 되고 싶었던 건 그런 이유 때문이 아니니라! 난 정말로 내가 느꼈던 기쁨을…… 으읍?"
열과 성을 다해 자신의 진심을 전하던 랑이의 입을 염라가 막았다.
……아니, 이런 식으로 말하니까 조금 이상하게 들리네.

열과 성을 다해 자신의 진심을 전하던 랑이의 입을 염라가 손으로 막았다.

깜짝 놀라 눈이 동그래진 랑이에게, 염라가 미소를 지우지 않고 말했다.

"알고 있어어. 사라암의 마음은 복잡한 거니까아."

요괴입니다만.

그렇게 딴죽을 걸고 싶었지만 랑이가 어깨와 함께 꼬리를 추욱 늘어뜨리는 걸 보고 관뒀다.

"휴우…… 다행이니라."

"그래애, 그래애."

착한 아이를 칭찬하는 것처럼 손을 들어 랑이의 머리를 쓰다듬던 염라가 고개를 돌려 나를 보았다.

"그래서어 뭘 할 거야아?"

염라의 질문에 대답하기 위해서는 조금 전에 무슨 이야기를 하고 있었는지 떠올릴 필요가 있었다.

그러니까 뭘 하면서 랑이하고 염라하고 우마하고 마마하고 놀 거냐는 거지.

"으음…… 잠깐만."

마마와 함께 궁궐의 이곳저곳을 돌아다니면서 같이 놀 만한 장소는 많이 봤다.

그 중에서 어디가 좋을까?

오락실?

……격투 게임이라도 했다가는 의자가 날아가는 수준에서

안 끝날 것 같으니까 넘어가고.

도자기 빚기?

랑이의 정서 교육상 좋을 것 같긴 하네. 일단 이건 후보에 올려놓고.

책 읽기?

같이 논다는 취지에 맞지 않고, 저승까지 와서 책을 읽고 싶은 마음은 조금도 없다. 랑이도 싫어할 것 같고.

낚시와 분재 가꾸기는 생각할 것도 없다.

그러면 도자기 빚기로 할까?

그렇게 결정하려 했을 때.

뚝.

물방울 하나가 머리카락에서 떨어져 내렸다.

……아!

어째서 그 좋은 곳을 까먹고 있었지? 설마 속옷까지 젖은 게 기분 나쁘다는 이유로 그 선택지를 지워 버린 건가?

이 어리석은 놈! 어째서 대의를 보지 못하는가!

나는 스스로를 꾸짖으며, 번쩍하고 머리에서 떠오른 것을 말했다.

"수영장에서 노는 건 어때?"

그리고 다음 날.

"어푸, 어푸!!"

저는 실내 수영장에서 물에 빠진 치이처럼 허우적거리고 있습니다.

어떻게든 떠 있으려고 두 팔을 허우적거리지만 소용없다! 그런 나를 보며 선수용 수영복을 입은 마마가 웃음을 터트렸다.

"아하핫, 재밌어!"

재밌냐?! 지금 내 꼴이 재밌어?!

그렇게 쏘아붙이고 싶었지만 지금 말을 할 수 있는 상황이 아니죠!

생각 같아서는 힘껏 발장구를 쳐서 위로 올라가고 싶지만, 그럴 수 없는 이유가 있다.

"푸핫!"

그 이유였던 녀석이 물 위로 올라왔다.

그동안의 교육으로 인해 새하얀 수영복, 이웃 나라의 학교에서 쓰는 수영복을 입고 있는 랑이다.

랑이가 물에 젖어 앞으로 내려온 머리카락을 한 손으로 쓰윽 뒤로 넘기고서는 당당하게 말했다.

"에헤헷! 나도 당하고만 있지 않느니라!"

평소라면 그 모습이 귀여워서라도 꿀밤 한 대로 봐준 뒤 수영장에서 그런 장난을 치면 안 된다고 말했겠지만.

……옆 동네 유수 풀에서 튜브에 올라타 둥둥 떠다니는 신문물을 즐기던 랑이의 다리를 잡아 빠뜨리고 도망친 죄 때문에 뭐라 할 말이 없습니다.

예. 자업자득이라는 거죠.

"이 녀석이!"

그래서 나는 꿀밤 대신 있는 힘껏 두 손으로 랑이를 향해 물장구를 쳤다.

"느리느니라!"

하지만 내가 한 공격이 닿기 전에 랑이는 재빠르게 물속으로 잠수했고.

"우왓?!"

조금 전만 해도 제삼자의 입장에서 구경만 하고 있던 마마가 내 공격에 그대로 직격당했다.

"……."

그야말로 물에 젖은 망아지 꼴이군.

HAHAHA.

"아, 미안."

바로 사과를 했지만 마마는 이마에서 흘러내리는 물을 닦을 생각도 하지 않고 가만히 나를 보았다.

"아, 이건 성훈이가 잘못하였느니라. 갑자기 마마를 공격하면 어찌하느냐?"

어느새 내 등 뒤로 숨은 랑이는 발뺌을 하고 있고.

"괜찮아."

마마는 그렇게 말하고는 위로 올리고 있던 수경을 쓰고서는 뒤로 돌아섰다.

뭘 하려는 거지?

그런 생각을 하고 있을 때.

"우와아아앗?!"

마마가 있는 힘껏 발장구를 치며 내 반대쪽으로 헤엄쳐 나갔다.

수영 선수 빰치는 깔끔한 자세였지만 지금 중요한 건 그게 아니다. 얼마나 다릿심이 좋은지 물이 튀기는 게 장난이 아니었으니까!

파도가 생길 정도야!

"으냐아앗~!"

불행 중 다행이라면 나만 당한 게 아니라는 걸까.

나와 랑이가 사이좋게 파도에 휩쓸려 유수 풀을 강제 체험하면서 물속에서 허우적거리고 있을 때.

"나도 같이 놀면 되니까."

어느새 수영장의 끝을 찍고 다시 돌아온 마마는 그렇게 말했다.

"그, 그러냐."

그런데 너하고 같이 물놀이를 하려면 일단 목숨이 하나는 더 있어야 할 것 같다.

지금이야 조금이나마 떨어져 있어서 물길에 휩쓸리는 것 정도로 끝났지, 바로 앞이었으면…….

끔찍하군.

"그러면 나도 질 수 없느니라!"

끔찍한 일이 하나 더 생기려고 하는군.

나는 손을 호랑이의 앞발로 변화시킨 랑이를 보고 결심했다.

도망치자.

나는 슬쩍 뒤로 물러나서는 물 아래로 잠수했다.

물을 가로저으며 움직였다가는 호랑이와 말의 싸움에 휘말릴 것 같았으니까.

그래서 말인데.

물속에서 보는 세계는 조금 뭐랄까, 봐서는 안 되는 걸 엿본 듯한 느낌이 든다고 할까.

이대로 숨을 참을 수 있는 만큼 지켜보고 싶다는 생각이 들 정도로 배덕감이 넘친다.

……그랬다가는 도망칠 기회를 완전히 놓치게 될 테니까 참아야 했지만.

그 선택은 옳았다.

"으냐냐냐냣!!"

"아하하하핫!!"

몰래 수영장에서 나왔을 때, 뒤를 돌아보니 벌어지고 있는 앞발과 뒷발의 싸움은 장절하기까지 했으니까.

누구나 알 법한 외계인들이 등장하는 만화에서 장풍 싸움을 하는 것 같은 모습이 연출되고 있다고.

저 안에 끼었다가는 정말 발설지옥이 또 다른 고향이 됐을지도 모르겠어.

휴, 노는 것도 좋지만 일단 살고 봐야지.

그건 그렇고.

이 자리의 또 다른 주인공 녀석이 지금 뭘 하고 계시냐면…….

"오래앤만에 이런 깃도 좋네에~"

한 손에 칵테일 잔을 들고서는 흔히 말하는 썬 배드에 누워 다른 애들이 노는 걸 구경하고 계십니다. 그것도 평소와 같은 차림으로.

수영장에서 수영복을 안 입다니, 이 녀석은 도대체 수영장을 뭐라고 생각하는 걸까.

……아니, 염라의 수영복 차림을 보고 싶다는 생각은 요만큼도 없다. 염라가 우마처럼 눈을 둘 곳 없을 정도로 몸매가 좋은 누님도 아니니까.

단지 수영장에서는 수영복을 입는 게 예의니까 그런 거야.

그렇다.

예의인 것이다.

드레스 코드는 지켜져야만 하는 것이다!

그렇기에 나는 염라에게 다가가 아주 살짝 거칠어진 목소리로 말했다.

"넌 수영장까지 와서 물에 안 들어가냐."

"무울은 별로 좋아하지 않아서어."

그건 네가 염라대왕이기 때문이냐? 라고 묻고 싶었다. 왜, 불꽃 염(炎)인가 하는 한자 있잖아.

……염라대왕의 염이 그 염이 아닌 것 같긴 하지만, 어쨌든.

"거기다아 술을 마시고 수여엉하다가 사망하는 경우가아 이승에서도 많은데에, 그런 걸 추천하는 거야아?"

"애초에 술을 안 마셨으면 됐잖아."

"수울을 안 마시면 나아 때문에 요괴의 와앙이 힘들 테니

까 안 돼에."

수영장에 와서 술이나 마시며 다른 애들 노는 걸 구경만 하고 있는 네가 나를 힘들게 만든다, 이 녀석아.

그냥 번쩍 든 다음에 물에 던져 버려?

"이 오옷 말리기 힘들어어~ 나아를 물에 던지면 우마아가 고생할 거야아."

큭. 비겁한 녀석!

"수영복은 또 왜 안 입은 건데?"

툴툴거리는 목소리로 수영장에 대한 예의를 지키자는 본론을 꺼낸 나에게.

"내애가 벗으면 굉자앙하거드은."

나는 염라를 보았다.

염라의 옷이 펑퍼짐하긴 하지만, 내가 지금까지 봐 온 아이들이 몇인가. 당연히 염라의 체구도 얼추 짐작할 수 있다.

그런 내가 보기에, 염라는 어딜 봐도 랑이하고 비슷한 수준이다.

정확히, 가슴 부분이.

확실히, 가슴 부분이.

명확히, 가슴 부분이.

뭐, 염라가 거짓말을 하지 않는다는 건 알고 있습니다만. 세상에는 거짓말을 하지 않고도 사실을 숨기는 방법이 넘치도록 많다는 걸, 나는 세희에게 배웠다.

"왜에 그런 눈으로오 보는 거야, 요괴의 와앙?"

살짝 장난기가 섞인 눈으로 보는 염라에게 나는 사실을 말했다.

"믿기지가 않아서."

염라의 눈매가 조금 험악해지기 전에 나는 이어 말했다.

"네가 거짓말을 한 게 아니라는 건 알지만."

"헤에~ 그러며언 무슨 의미이?"

"말 그대로의 의미다."

그렇게 말하며 나는 슬쩍 시선을 옮겼다. 염라의 시중을 들기 위해서 지금껏 염라의 옆을 지키고 있는 우마를 향해서.

다행히도.

정말로 다행이도 우마는 드레스 코드도 모르는 누구누구씨와 달리 수영복을 입고 있었다. 그것도 끈으로 이루어진 수영복을 말이다.

끈으로 만든 수영복이라고 생각하면 보통 노출증 환자만 입을 것 같은 두 개의 끈으로 가슴과 하반신을 겨우 가리는 그 수영복을 떠올릴 텐데, 그건 아니다.

……끈 수영복이라는 말에 그걸 생각하는 게 보통이 맞는지는 일단 넘어가고.

우마는 너비가 넓은 끈을 이리저리 얽어서 가슴과 하반신을 가리는 디자인의 수영복을 입고 있다. 노출도가 높긴 하지만 너무 심하지는 않은, 섹시하긴 하지만 눈살이 찌푸려지지 않는.

보는 이로 하여금 심장 박동 수치를 늘려 혈액 순환에 도움이 되게 만들어 생명 연장의 꿈을 이루게 해 주는, 그야말로 완벽한 수영복이다.

무엇보다 그런 수영복을 완벽하게 소화하다 못해 그 너머로 나아가게 만드는 우마의 가슴! 커다란 가슴! 그야말로 아름다운 거유!

바라보는 것만으로도 멜론 같은 달콤함과 솜사탕 같은 부드러움이 느껴지는 아름다운 가슴이다.

무엇보다 내 이성을 위협하는, 그 아리따운 가슴을 파고드는 끈의 존재가, 더더욱 있는 그대로의, 자연 그대로의 숭고한 존재를 상상하게 만들어 내 이성을 미치게 만든다.

아아, 이승에 나래와 정미 누나가 있다면 저승에는 우마가 있는 것이다.

감사합니다, 감사합니다.

저승에 오길 잘했어요.

"저기이~ 듣고 있어어, 요괴의 와앙?"

응?

마음속으로 우마에게 절을 하고 있는데 내 기도를 끊는 누구누구 씨의 목소리가 들렸다.

나는 참으로 안타깝지만 고개를 돌렸다.

왜인지 모르겠지만, 살짝 눈썹과 눈동자와 머리카락이 연분홍색으로 물든 염라가 눈살을 찌푸리고 나를 올려다보고 있었다.

"왜."

"우마는 내애 소중한 부하거드은?"

알고 있다.

"그래서?"

"그렇게에 음욕이 가득하안 눈으로 계소옥 바라보면……."

염라가 눈을 부릅뜨며 말했다.

"찢어 버린다?"

우와아아앗! 무서워! 진짜 무서워!

얼음물 속에 알몸으로 들어간 것보다 더 온몸이 오싹해졌다.

그런 나를 구해 준 건 얼굴을 살짝 붉히고 있는 우마였다.

"저는 괜찮아요, 염라대왕님. 요괴의 왕께서 제게 관심을 가져 주시는 건 감사한 일이니까요."

우마의 구원에 염라가 화를 거두고 살짝 입술을 삐죽이며 말했다.

"뭐야아, 우마는 요괴의 와앙한테 시집이라도오 갈 생각이야아?"

우마가 깜짝 놀라며 한쪽 무릎을 꿇고 앉아 염라의 손을 잡은 채 격하게 고개를 흔들며 말했다.

"설마요! 저는 염라대왕님의 곁을 떠날 생각은 없어요. 절대로요."

염라여, 왜 나를 보며 턱을 들어 올리고 코웃음을 치는가. 우마에게 보이지 않게 슬쩍 오른손으로 브이를 그리는 이유는 또 무엇이고.

나도 말이야! 응? 우마처럼 말해 줄 아이들 많거든? 일단 저기서 마마하고 저 세상 물놀이를 하고 있는 랑이도 있고!

어제까지만 해도 외롭다고 징징거리던 녀석이 저러니까 왠지 모르게 화가 난다.

그렇게 나와 염라가 어린애 같은 눈싸움을 벌이고 있을 때, 우마가 말했다.

"그저 요괴의 왕께는 크나큰 은혜를 입었는데, 제가 그 은혜를 갚을 수 있는 방법은 이 비천한 몸……."

"잠깐, 잠깐, 비천하다고 말하는 건 아니지."

"예?"

아, 나도 모르게 끼어들고 말았다.

이제 와서 '아무것도 아닙니다, 계속 말씀하세요.'라고 말하기에는 염라와 우마의 시선을 무시할 수 없다.

어쩔 수 없군.

나는 사실대로 말했다.

"노출도가 높으면서도 천박하게 보이지 않는 수영복을 입고 있는 우마는, 그저 바라보는 것만으로도 심장이 두근거릴 정도로 아름다우니까. 무엇보다 그런 수영복을 완벽하게 소화하는 부드러우면서도 아름다운 몸의 선, 특히 그 완곡한 곡선의 끝을 이루는 **풍만한** 가슴은 멜론 같은 달콤함과 뭉게구름처럼 푹신함이 느껴질 정도로 아름답다고. 그런데 그런 아름다운 미를 간직한 자신을 비천하다고 말하는 건 내가 용납할 수 없어."

조금 전에 했던 생각을 정리해서 말로 풀어 내는 게 끝났을 때.

"……."

"……."

나는 온도 차이가 느껴지는 두 시선을 동시에 받을 수 있었다.

먼저, 염라.

염라는 나를 영겁 동안 지옥에서 고통받아야 마땅한 죄인처럼 보고 있었다.

그, 그런 눈으로 보지 말아 줄래? 사극에 등장하는 대역죄인처럼 넙죽 엎드려서 '살려 주시옵소서, 전하!'라고 외치고 싶어지니까.

그러지 않을 수 있었던 건, 옆에 있는 우마가 얼굴이 새빨개지다 못해 불타고 있었기 때문이다.

……이렇게 말하면 오해를 할 수 있는 환경이라는 게 조금 웃겨서 덧붙이면, 정말 불타고 있다는 건 아니다. 그만큼 부끄러워하고 있다는 뜻이니까.

그건 그렇고.

염라가 두 명이냐고 물었을 때처럼 우마의 뿔이 평소보다 크고 두꺼워진 기분이 드는 걸 보니, 아무래도 우마는 감정 기복이 심해지면 뿔이 반응하는 게 맞는 것 같다.

"……거짓말을 할 수는 없잖아."

지금은 나에 대한 인상이 나빠지는 걸 막는 게 더 중요하지만.

"하아아……."

내 변명 아닌 변명에 염라는 크게 한숨을 쉬었다. 덕분에 관이 아래로 흘러내릴 뻔했지만, 그전에 우마가 잡아 줘서 고쳐 쓸 필요는 없었다.

"요괴의 와앙이 그런 인간이라는 거언 알고 있었지마안…… 그렇게 생각한 그대로오 말할 필요느은 없지 않아아?"

지당하신 말씀입니다.

제가 워낙 가슴을 좋아해서, 자제력과 이성을 잃고 있는 그대로 말해 버리고 말았습니다.

이래서야 완전히 성희롱으로 감옥살이를 해도 이상하지 않을 정도다.

할 말이 곤궁해져서 말라 가는 입술을 수영장에 가득 찬 물로 적셔야 할까 고민하고 있을 때.

우마가 무릎을 펴고 일어나며 염라에게 말했다.

"저, 저는 요괴의 왕께서 그, 그렇게 좋아해 주시는 게 그렇게 싫지만은 않은 듯한 기분이 드는 느낌이 들지도 모르니까 괜찮아요, 염라대왕님."

"우마아가 그렇게 말하면 어쩔 수 없지마안……."

염라가 휙, 고개를 돌려 나를 무서운 눈으로 째려보며 말했다.

"신경 쓰게 되니까아 조심해서 말해애."

"응."

나는 그렇게 반사적으로 염라에게 대답했지만.

"응?"

무엇을 신경 쓰게 된다는 건지 제대로 이야기 안 했다는 점을 깨달았다.

그 점에 대해서 물어보려고 했을 때.

"잡았느니라!"

"나도 잡았어."

"어?"

언제 올라왔는지 모를 랑이와 마마가 양쪽에서 나를 잡아서 물어볼 기회를 놓쳤다.

그런데 말이다.

"셋에 하는 것이니라?"

"응."

"성훈이는 허약하니까 힘을 너무 주면 안 되느니라."

"알고 있어."

물놀이를 하다가 친해진 것 같은 두 녀석이 왠지 간과할 수 없는 소리를 하는 것 같은데.

""하나, 둘.""

지금 이런 말을 할 때가 아니다!

"자, 잠깐, 너희들 뭘……."

하지만 나는 말을 채 끝마치지 못하고.

""셋!""

"우와아아앗?!"

하늘을 날아 수영장에 풍덩 빠지고 말았다.

첫 번째 이야기

랑이는 잠버릇이 자유로운 편이다.

잠자는 지리산의 공주님처럼 곤하게 잠들 때가 있는가 하면, '호랑이도 고양잇과니까 저런 자세로 잠들 수 있는 건가.' 하고 고민될 때가 있다.

"……"

지금은 후자였고.

나는 내 목 위에 올라와 있는 랑이의 통통하고 말랑한 종아리를 옆으로 살짝 민 다음에 침대에서 일어나 늘어지게 기지개를 켰다.

흐아아아아~

아직 피곤하긴 한데, 그렇다고 다시 누워 봤자 잠이 올 것 같진 않은 미묘한 상태다.

이럴 때는 그냥 일어나는 게 좋겠지. 내가 랑이도 아니고 낮잠을 너무 자면 밤에 이리 굴렁, 서리 굴렁 할 게 뻔하니까.

그러면 이제 뭐 하지?

몸 좀 풀 겸 짧게 산책이나 나갔다 올까?

나는 랑이의 볼에 내려온 머리카락을 옆으로 치워 주고 입을 맞춘 다음, 방문을 나섰다.

"무슨 일이신가요, 요괴의 왕님?"

아, 깜짝이야.

우마가 방문 앞에 서 있을 거라고 생각도 못한 나는 하마터면 비명을 지를 뻔했다. 세희한테 단련이 되어 있어서 속으로 삼키고 대답할 수 있었지만.

"잠깐 산책이나 할까 해서."

"가고 싶은 곳이 있으시면 제가 안내해 드릴게요."

친절하시기도 해라.

"가고 싶은 곳은 없고, 그냥 좀 걷고 싶어서 그래."

"그러신가요?"

우마가 빙긋 웃으며 말했다.

"그러면 요괴의 왕님께서 산책하시는 동안 옆에서 시중을 들어도 괜찮을까요?"

솔직히 조금 부담스럽습니다.

"아니, 그게……."

"안 되나요?"

인간의 마음을 버리지 못한 나는, 우마의 초롱초롱한 눈망울을 바라보며 안 된다고 말할 수 없었다.

"아니, 괜찮아. 그런데, 그래도 돼? 할 일이라든가 없어?"

하지만 인간 강성훈, 넘어져도 맨손으로 일어나지는 않는 남자…… 가 되려고 하지만 실패하는 경우가 많은 사람이다.

"요괴의 왕님을 시중드는 게 제가 할 일인걸요?"

우마가 문 앞에 대기 중이었다는 시점에서 눈치챌 수 있는 일이었습니다.

"알았어."

결국 나는 우마의 호의를 받아들이고서 느긋하게 성안을 돌아다녔다.

하늘에 떠 있는 뭉게구름과 푸른 나무를 보고, 지저귀는 새소리와 물이 흐르는 소리를 들으면서 느긋하게.

……거짓말입니다.

신경이 굵지 않은 관계로 뒤에서 아무 말 없이 따라오는 우마가 꽤나 신경 쓰인다. 산책길에 누가 동행하는 일이 드문 건 아니지만, 보통 그럴 때는 우리 집 아이들이어서 조용할 때가 없었지.

예외라고 한다면 세희겠지만, 그 녀석은 우마와 달리 인기척이 없다. 뒤를 돌아보지 않으면 정말 나를 따라오고 있는지조차 의심스러울 때가 많으니까.

그에 비해 우마는 걸을 때마다 무언가 중력의 영향을 받아 자신의 존재를 증명하려는 소리가 들리는 것 같은 기분까지 든다고.

……그냥 내가 말을 거는 게 맞겠다.

그렇게 생각한 건, **서른 걸음 정도**를 내딛은 다음이었다.

"이제는 괜찮은 것 같네."

"예?"

갑자기 말을 걸어서 그런지 우마가 살짝 놀란 목소리로 되물었다. 나는 당황하지 않고 말했다.

"왜, 수영장에서 보기에는 염라하고 사이가 좋아진 것 같아서 말이야."

말해 두는데, 절대로 우마한테 생색내는 거 아니다.

단순히 공통 화제로 삼기 편한 게 염라여서 그런 거야.

"아……."

우마는 고개를 끄덕이고 따듯한 미소를 지으며 말했다.

"모두 염라대왕님 덕분이에요."

그 모습은 마치 옆집 아주머니에게 자기 집 아이를 자랑하는 어머니처럼 보이기까지 했다.

"지금까지 서먹하게 지냈던 만큼 더욱 저희들을 편히 대해 주시기로 결정하신 것 같으니까요. 그래서 저희들도 염라대왕님의 관심과 사랑에 답하기 위해서 더욱 노력하기로 했어요."

그래, 훈훈하구먼~

거기다 뭐랄까.

성취감? 만족감?

비록 화해의 순간에는 함께 하지 못했지만, 내가 한 일이 이렇게 결실을 맺었다는 사실이 순수하게 기쁘다.

그렇게 흐뭇한 기분을 느끼며 대화의 물꼬도 텄겠다, 다른 화제로 넘어가려고 했을 때.

"그래서 말인데요, 요괴의 왕님."

우마가 말했다.

"응?"

"요괴의 왕님께 받은 은혜를 갚고 싶어요."

……이래서야 정말 엎드려 절 받기 및 생색내기 그 자체밖에 안 되지.

"아니, 괜찮아. 어차피 내가 한 건 염라하고 한 거래 때문이었으니까. 네가 신경 쓸 건 없어."

이건 점잖게 한 번 사양하는 게 아니라 내 진심이다. 실제로 그 거래 때문에 나는 세희와 만날 수 있었으니까. 그것만으로도 나는 이미 충분한 보상을 받았다고 생각한다.

하지만 우마는 고개를 가로저었다.

"겸손해하실 필요 없어요. 저희도 알고 있는걸요? 염라대왕님과 요괴의 왕님께서 나누신 약속은 그런 게 아니었다는 사실을요."

왜 우마는 내가 시선 둘 곳을 없게 만드는 걸까.

가슴이라도 보고 있어야 하나. 그러면 마음의 안식을 찾을 수 있을까.

현실 도피를 위해서 멍청한 생각을 하고 있는 동안에도 우마는 따스한 눈빛으로 나를 바라보며 말을 이었다.

"요괴의 왕님께서는 염라대왕님과 저희를 위해서 필요 이상의 수고를 들이셨다는 점은 알고 있어요."

"……그, 그래?"

뜨거워! 얼굴이 뜨거워! 우리 집 아이들도 아니고, 그렇다고 남의 집 아이도 아닌! 남의 집 누님뻘인 우마다 보니 얼굴이 다 화끈거린다!

"그, 그래서 말인데요."

그리고 나에 지지 않을 정도로 얼굴이 붉어진 우마가 안 그래도 사람의 시선을 잡아 끄는 데 특화된 신체 부위를 강조하며 말했다.

"수, 수영장에서 요괴의 왕님께서 제게 하신 말씀을 기억하고 있는 듯한 기분이 드는 느낌이 있거든요?"

아니! 그건 우마의 수영복 차림이 너무 매력적이라서 내 이성이 잠시 본능에게 자리를 비켜 준 탓에 나온 헛소리입니다!

그걸 진지하게 받아들이는 것으로 모자라 '내가 어떻게 하면 요괴의 왕님이 기뻐해 주실까?'까지 이어질 필요는 없다고요!

"그래서 말인데요."

아니, 이런 생각을 하고 있을 때가 아니다!

"괜찮으시다면 요괴의 왕님께서 마음에 들어 하시는 제 가슴을 마음껏 만져 보시……."

"아니!"

당장이라도 위험한 선을 넘어 버리게 만들려고 하는 우마에게, 나는 급히 말했다.

"괜찮아! 정말 괜찮으니까! 그때는 내가 잠시 이상해졌던 거고! 난 너한테 그런 일을 바라지 않으니까!"

무엇보다 그랬다가는 염라에게 죽는다.

농담이 아니라 진짜 죽는다. 그때의 염라 표정을 다들 봤어야 해.

난 저승에서 죽는다는 신기한 경험은 하고 싶지 않아!

"아……!"

왜일까.

그 신기한 경험을 할 확률이 높아진 기분이 드는 건.

"요괴의 왕님은 원래 어린아이를 좋아하셨죠!"

아니야!

어린아이를 좋아하는 게 아니라 내가 사랑하게 된 랑이가 아이였을 뿐이다!

"그러면 저보다 마두마면 쪽을 더 좋아하시겠네요. 제가 마두마면에게 잘 말해 둘게요. 분명, 마두마면도 요괴의 왕님께 받은 은혜가 있으니 거절하지 않을 거예요."

뭘? 뭘 거절하지 않는데?

나는 차마 그걸 물을 용기가 나지 않아서 있는 힘껏 고개와 손을 휘저으며 말했다.

"아니, 진짜 괜찮다니까! 그런 걸 바라고 한 일도 아니고! 그랬다가는 내가……."

사회적으로도 물리적으로도 죽어!

그렇게 말하려고 했을 때.

갑자기 등 뒤에서 두두두두두! 같은 소리가 들려왔다. 그 소리는 점점 가까워졌고, 나는 두려움을 이기지 못하고 뒤를 돌아보았다.

동시에 끼이이이익! 하는 소리와 함께 운동화에서 연기를 내며 마마가 내 옆에 멈춰 섰다.

"나 불렀어?"

이런 걸 엎친 데 덮친 격이라고 하는 거겠지?

갑작스러운 마마의 등장에 우마가 반색을 하며 말했다.

"잘 왔어요, 마두마면. 그런데……."

하지만 그것도 잠시.

"앗."

우마의 시선이 날카로워지는 것을 보고 마마가 급히 내 등 뒤로 숨었다.

"그런다고 안 보이는 게 아니에요."

마마가 고개만 빼꼼 내밀고서 말했다.

"안 보여."

우마가 낮은 한숨을 쉬고는 내게 말했다.

"죄송해요, 요괴의 왕님. 마두마면이 실례를 범하고 있네요."

"난 괜찮아."

오히려 지금 대화의 흐름을 봐서는 마마가 와 준 게 고마울 지경이다. 왜인지 모르겠지만 우마가 화제를 바꿔 줬으니까.

"마두마면, 지금은 요괴의 왕님께서 계시니까 이곳에서도 제대로 된 차림을 하고 있으라고 제가 말했죠?"

아, 그런 이유였냐.

고개만 내밀고 있는 마마가 내 옷을 잡은 손에 살짝 힘을 주고는 발끝으로 복도 바닥을 비비며 말했다.

"하지만 불편한걸."

……왜 랑이가 떠오르는 걸까.

그래도 옷이 불편하다는 이유로 알몸으로 다니겠다고 선언했던 랑이하고 비교해 보자면, 러닝셔츠에 핫팬츠라도 입고 다니는 게 어디냐 싶지만.

우마는 그렇게 생각하지 않았지만.

"요괴의 왕님께서 어떻게 생각하시겠어요?"

"요괴의 왕은 아무 말도 안 했어."

우마의 뿔이 살짝 굵어졌다.

"……그렇게 입고서 요괴의 왕님 앞에 선 적이 전에도 있다는 건가요?"

"……."

마마가 슬쩍 내 등 뒤로 얼굴을 숨겼다. 그에 비례하듯 우마의 뿔이 커졌고.

가만히 있다가는 소와 말의 싸움에 끼인 나약한 인간 꼴이 될 것 같아서 나는 황급히 우마에게 말했다.

"난 신경 쓸 것 없어."

"하지만……."

"여기는 염라하고 너희들의 집 같은 곳이잖아? 그런데 나 때문에 집에서도 불편하게 지내면 내가 미안해지는걸."

내가 자신의 편을 들어 주자, 어느새 쏘옥 얼굴을 내민 마마가 고개를 끄덕이며 말했다.

"응, 응."

그 모습을 보며 우마는 낮은 한숨을 쉬고는 포기한 듯한 목소리로 말했다.

"……그렇게 마두마면의 어리광을 받아 주시지 않으셔도 되요."

나는 마두마면의 머리를 쓰다듬어 주며 말을 이었다.

"이런 건 어리광 축에도 안 들어가는데, 뭘."

우리 집 아이들이 어리광이 조금 심해야지 말이지. 같이 놀아 달라, 쓰다듬어 달라, 씻겨 달라, 밥 먹여 달라, 동화책을 읽어 달라, 같이 자 달라 등등.

물론 싫다는 건 아니다. 절대 아니야!

오히려 아이들이 어리광을 부리지 않으면 방구석에 쪼그려서 이제는 다들 철이 들었구나 하며 울 자신도 있으니까!

그런 생각을 하고 있는 동안.

이젠 괜찮겠다고 생각했는지, 마마가 슬쩍 등 뒤에서 나와 내 옆에 섰다. 그 모습을 보고 우마는 살짝 한숨을 쉬었지만 그것도 잠시.

이내 뿔을 원래 크기로 돌이키고서 마마에게 말했다.

"하긴, 오히려 요괴의 왕님의 호의에 보답하기 위해서는 그 옷이 더 좋을지도 모르겠네요."

이왕이면 영원히 언급되지 않았으면 하는 화제를 말이지.

"요괴의 왕한테 보답?"

마마가 호기심 어린 표정으로 나를 올려다보며 말을 이었다.

"말만 해. 내가 해 줄 수 있는 건 다 해 줄게. 요괴의 왕 덕분에 염라대왕님하고 화해했는걸."

내가 긴장한 것과 달리 우마는 뿌듯한 표정을 지으며 말했다.

"제 말이 맞죠?"

이럴 때는 좀 틀려도 되는데.

아무래도 어물쩍 넘어가는 건 힘들 것 같다. 그렇다고 아무런 보답도 바라지 않는다고 할 수도 없고 말이야.

그랬다간 우마와 마마의 마음이 편치 않을 테니까.

이렇게 된 거 세희의 재판 때 잘 봐 달라고 하는 건…… 둘의 호의를 노골적으로 이용하는 것 같은 데다가, 오히려 역효과가 일어날 것 같으니까 안 된다.

그렇다면 내게 있어 최선은 우마와 마마가 제대로 된 보답을 했다고 생각하면서도, 윤리적이며 도덕적인 일이어야 하고, 세희의 재판 때 살짝 이쪽이 유리해지는 일이 가장 좋겠지.

문제는 그런 복잡한 조건을 충족시키는 방법을 바로 떠올릴 수 있는 사람 중에 내 이름은 없다는 거다.

그런 이유로 길어진 침묵을 마마는 다른 식으로 받아들인 것 같다.

"……어?"

어느새 내 등 뒤에 올라타서는 랑이처럼 찰싹 달라붙었으니까. 튼실한 허벅지로 허리를 감고 두 팔은 내 겨드랑이 사이에 넣어서 어깨를 잡은 게, 그야말로 물아일체(物我一體)의 경지에 올랐다고 할까.

"자, 잠깐."

즉, 셔츠 너머로 이거라고 해야 할까, 저거라고 해야 할까,

요거라고 해야 할까.

어쨌든 뭔가의 감촉이 느껴진다는 거다.

이, 이 녀석! 속옷도 안 입고 달라붙지 말라고! 네가 랑이냐?!

"뭐 하는 거야?"

내 말에 마마의 목소리가 귓가에 들렸다.

"요괴의 왕이 좋아할 만한 거."

제가 어린애하고 같이 노는 걸 좋아하긴 합니다. 어부바는 많이 해 주기도 하고요.

하지만 이걸 보답이라고 생각하기에는 조금…….

이런 말을 하고 싶지는 않지만, 좀 아니지 않을까?

하지만 나는 바로 내가 했던 생각을 후회하게 되었다.

"읏샤, 읏샤."

마마가 위아래로 몸을 움직이기 시작했으니까.

"자, 자, 자, 잠깐 뭐 하는 거야?!"

식겁해서 외치는 한편.

나는 최대한 몸을 앞으로 숙여서 접촉을 피하려고 했다. 하지만 마마도 그에 지지 않겠다는 듯이 찰싹 달라붙는다. 허벅지를 억지로 벌려 보려고 했지만, 웬걸. 꿈쩍도 하지 않는다.

말 그대로 말 근육이라는 거냐?! 무슨 다리 힘이 이렇게 좋아?

살짝 감탄하고 있을 때 마마가 말했다.

"요괴의 왕은 이런 거 좋아하지 않아?"

"좋아하겠냐?!"

"이상해. 남자들은 다 좋아한다고 책에서 읽었는데."

사실 좋아합니다! 좋아하긴 하는데! 난 때와 장소와 상대를 구분할 줄 아는 착한 청소년이라고! 지금은 그 세 가지 조건이 모두 충족되지 않았어!

"도대체 무슨 책을 읽은 거야?!"

"플레이 소녀."

"그런 게 왜 저승에 있어?!"

"도서관에 있었는데?"

염라아아아아아아아아!!

아니, 지금 딴죽 걸 때가 아니지!

"그보다 이런 짓 그만해!"

이대로 가면 곤란하다는 마음을 가득 담아 외쳤기 때문일까.

"……진짜 싫어?"

"그래!"

마마가 움직임을 멈추는 것과 함께 허벅지 근육이 살짝 말랑말랑해졌다.

때는 이때다!

나는 급히 내 허리를 감싸고 있는 다리를 풀고서 마마를 땅에 내려놓은 다음에 뒤를 돌아섰다.

그곳에서 내가 본 건 풀이 죽어서 고개를 숙인 채 발끝으로 땅을 비비고 있는 마마였다.

……왜 내가 나쁜 짓을 한 것 같은 기분이 드는 걸까. 난 아무것도 잘못한 게 없는데.

"아니, 그게 말이다."

하지만 어쩌겠냐. 풀이 죽은 아이들을 보면 일단 달래고 싶은 게 나인데.

"사실 싫은 건 아닌데, 그런 식으로 보답을 받으면 내가 인간쓰레기가 된 느낌이 든다고 할까, 마음이 편하지 않아서 그런 거야."

"그런 거야?"

"그런 거다."

나는 고개를 든 마마의 머리를 쓰다듬어 주며 말을 이었다.

"그러니까 그렇게 나한테 뭔가 해 주고 싶으면 다른 방법으로 부탁한다."

"다른 방법?"

조금 전까지 내가 곤란해하는 꼴을 구경만 하고 있던 우마가 이야기에 끼어들었다.

"그건 어떤 걸 말씀하시는 거죠?"

……그건 너희들이 생각해야지.

그렇게 말하지 못하는 건, 조금 전과 같은 일이 우마를 통해 반복될 것 같아서 그렇다.

만약 처음 만났을 때처럼 저 풍만하고 부드러우며 푹신하면서 사람의 마음을 편안하게 만들어 주는 우마의 가슴에 안긴다면.

솔직히 랑이가 옆에 없는 지금 내 이성이 견뎌 줄지 자신 없다.

그래서 나는 잔머리를 굴렸다.

열심히 굴렸다.

내게 있어 최선의 방법을 생각해 내기 위해 노력했다.

다행이 이번에는 전과 달리 우마와 마마가 기다려 줬고, 결국 나는 시간을 들여 답을 찾을 수 있었다.

"염라가 어떻게 재판을 하는지 가르쳐 줄 수 있어?"

내가 한 말이 그렇게 의외였을까.

우마와 마마가 눈이 동그래져서 내게 물었다.

"왜?"

"왜 그런 게 궁금하신 거죠?"

왜긴 왜냐.

조금이라도 세희의 재판에서 유리한 위치에 서고 싶어서 그렇지. 하지만 우마와 마마에게 솔직하게 말할 수는 없는 법.

나는 미리 생각해 놓은 다른 이유를 말했다.

"나도 언젠가 염라처럼 요괴들을 재판하게 될 날이 올지도 모르니까."

지금이야 세희가 정리해 준 서류에 사인을 하며 이상하거나 가볍게 넘기면 안 될 것 같은 부분이 있으면 언급하거나, 요괴들이 삶을 알아 가는 정도지만.

나중에는 분명 그 이상의 것을 해야 될 때가 올 거다. 그때를 대비하기 위해서는 이런 기회가 있을 때, 전문가에게 조금이라도 배워 두는 게 좋겠지.

겉모습과 평소의 행실을 보면 못 미더울지 모르겠지만, 잊어서는 안 된다.

염라는 하늘에게 인정받은 재판관이라는 사실을.
분명 배울 수 있는 것들이 많을 거다.
……그런데 말이야.
우마와 마마의 반응이 조금 이상하다.
"으으으……."
마마는 복도 바닥이 파일 정도로 발끝을 비비고 있고.
"그건 조금 곤란할 것 같다는 생각이 드는 기분이 잠깐 머릿속을 스쳐 지나가는 것 같은 느낌이네요."
우마는 식은땀을 흘리며 횡설수설하고 있으니까.
……뭐지. 그렇게 어려운 부탁이었나.
"혹시 재판 과정은 비밀로 해야 돼?"
내 말에 마마가 고개를 붕붕 흔들었다.
"비밀은 아니야."
"그러면?"
"그게 말이죠, 요괴의 왕님……."
우마가 뿔 밑을 손끝으로 긁으며 말을 이었다.
"그건 저희가 알려 드려선 안 되는 일인 것 같아서요."
우마의 말에 동의하듯 마마가 고개를 끄덕였다.
그 모습을 보자 머릿속에서 한 가지 가능성이 떠올랐다.
염라가 미리 입막음을 해 놨나?
그 녀석, 술에 취해서 헤실헤실거리는 모습과는 달리 음험하게 보일 정도로 속이 깊으니까 말이다.
일단 확인해 보자.

"왜?"

결론부터 말하자면, 내 생각은 착각이었다.

"그게 말이죠……."

"……우리가 잘 모르거든."

우마와 마마가 얼굴을 붉게 물들이고서 서로 약속이라도 한 듯 반대쪽으로 시선을 돌렸으니까.

"……응?"

그게 말이 돼?

서먹했던 시절이 있다 한들, 지금까지 염라의 측근이었던 우마와 마마가 재판에 대해서 모른다는 게?

아니, 뭐, 우리 집 아이들도 내가 보는 업무에 대해 잘 모르긴 한다. 하지만 그건 내가 일에 집중하기 위해서 아이들이 내 방에 들어오지 못하게 했기 때문이지.

그래서 나는 우마에게 물었다.

"혹시 염라가 재판을 할 때 너희들은 곁에 없냐?"

우마가 고개를 저었다.

"아니요."

"그런 게 아니야."

"그러면 뭔데?"

우마와 마마가 곤란해 하면서 서로를 바라보다가 결국 나를 향해 고개를 돌리고서 말했다.

"염라대왕님이 어떻게 재판을 보시는지 우리도 알긴 알아."

"문제는 저희가 요괴의 왕님께 설명해 드릴 정도로 그 과정에 대해 자세히 알지는 못한다는 거죠."

"응. 재판이라는 건 과정도 중요하거든."

아, 그런 거였냐.

이 녀석들, 내게 제대로 된 보답을 해 주고 싶어서 곤란해했던 거구나. 이런 모습은 우리 집의 검은 녀석들이 좀 보고 배웠으면 좋겠다.

그렇게 생각하고 있을 때, 나는 우마와 마마의 시선이 한곳으로 모인 것을 보았다.

왜인지 모르겠지만 복도의 끝을 바라보는 우마가 먼저 말했다.

"그러니까 요괴의 왕님께서 염라대왕님께 직접 물어보시는 건 어떨까 하는 생각이 잠깐 들었다가 확신으로 변하는 것 같은데, 어떻게 생각하세요?"

"나도 그게 좋은 방법 같아."

나야 나쁠 건 없지만 말이다.

"……그래도 되냐?"

그 녀석 지금 일하고 있는 거 아니었어?

내 질문에 우마와 마마는 고개를 끄덕이며 확신에 찬 목소리로 말했다.

"저희가 부탁드리면 괜찮을 거예요."

"우리만 믿어."

셋의 사이가 좋아졌다는 반증으로 보여 기분이 좋군.

"알았어."

그렇게 난 우마와 마마의 뒤를 따라 복도를 걸어갔다.

잠시 복도를 걸은 뒤.

복도에 있던 어느 문과 다를 게 없는 곳 앞에서 우마가 말했다.

“요괴의 왕은 여기서 기다려.”

“저하고 마두마면이 염라대왕님께 사정을 설명하고 올 테니까요.”

“응?”

번거롭게 그럴 것까지 있나?

“같이 들어가면 되는 거 아니야?”

내 말에 마마가 휙휙 고개를 가로저었다.

“그러면 안 돼.”

우마도 정색을 하고서는 말했다.

“예, 그럴 수는 없어요.”

저승의 법도라는 건가.

염라가 했던 사람이 잠자고 있는데 무단 침입해서 술병을 비운 시점에서 그런 걸 따지는 게 의미가 있나 싶지만.

뭐, 그건 이곳의 주인이라 할 수 있는 염라가 한 일이니까.

“알았어.”

내가 수긍하자, 우마와 마마가 감사하다는 말을 한 뒤.

조심스럽게 문을 열고서 안으로 들어간 뒤, 정면을 바라보는 채로 재빠르게 문을 닫았다.

그런데 말이야.

문 닫는 데 걸리는 시간이 길어 봤자 얼마나 길겠어? 하지만 나는 그 짧은 시간 동안 열린 문을 통해서 뭔가 알 수 없는 기운이 밖으로 흘러나오는 것을 느낄 수 있었다.

만약 내가 랑이의 힘이 넘치는 기운이라든가 나래의 살기라든가 성의 누나의 패기(覇氣)를 경험하지 못했다면 무릎이 풀렸을지도 모를 정도의 위압감 넘치는 기운이.

문이 닫히는 순간에 사라졌지만.

……도대체 뭐였지? 안에 괴물이라도 기르나?

그렇게 생각하고 있는 사이에 문이 열렸다. 이번에는 조금 전과 같은 기운은 느껴지지 않았고, 덕분에 우마와 마마가 밝은 표정으로 나오는 걸 편하게 볼 수 있었다.

"염라대왕님께서 흔쾌히 허락하셨어요."

"말했지? 우리만 믿으라고."

히죽 웃으며 엄지로 자신을 가리키는 마마에게 우마가 살짝 엄한 표정을 지으며 말했다.

"마두마면, 요괴의 왕님께 최소한의 예의는 차리세요."

"이제 와서?"

그러게 말이다.

나는 피식 웃고는 우마에게 말했다.

"신경 안 쓰니까 괜찮아."

그렇게 따지면 내가 염라대왕에게 말을 놓는다거나, 막 대하는 것도 문제가 될 수 있으니까.

"그보다 이젠 들어가도 되는 거야?"

"예."

그렇게 말하며 우마가 열린 문 앞에서 비켜섰다. 마마도 그 반대편에 섰고.

마치, 여기서부터는 혼자서 가라는 듯.

"너희들은?"

마마가 발끝으로 땅을 비비며 말했다.

"……염라대왕님이 시키신 일이 있어."

나는 우마를 보았다.

"그런 이유로 저희는 여기서 실례하도록 할게요."

한 명 정도는 같이 들어가거나, 문 앞을 지킬 거라고 생각했는데 말이야.

그보다 염라가 무슨 일을 시켰는지가 궁금하군.

뭐, 안에 들어가서 물어보자.

"그러면 내 부탁을 들어줘서 고마웠어."

나는 머리를 숙이며 인사하는 우마와 마마를 뒤로 하고 방 안으로 들어갔다.

염라가 일을 하는 방, 그러니까 집무실이라고 할까?

집무실은 내 예상과는 달리 상당히 깔끔했다. 술을 좋아하는 염라니까, 빈 술병과 안주로 삼은 과자 정도는 굴러다닐 줄 알았거든.

……아버지 때문에 생긴 술 좋아하는 사람에 대한 편견입니다.

하지만 내가 본 집무실은 이 방의 주인이 높으신 분이라고 자기주장이라도 하듯이 화려했고, 깔끔했으며, 웅장했다.

마치 사극에서 보면 양쪽에 나뉘어져 앉은 신하들이 '전하! 통촉하여 주시옵소서!'라고 외치는 곳처럼 말이지.

특히 저기~ 멀리 있는 염라가 앉아 있는 폭이 넓은 의자는 마치 중국의 황제의 옥좌 같았고, 옆에는 투명한 황색 천이 드리워져 있다. 의자 뒤쪽으로는 죄인들이 지옥에서 고통받는 장면을 묘사한 그림이 벽에 걸려 있는데, 보는 이로 하여금 간담을 서늘하게 만들 생각인지 무시무시하기 그지없다.

염라의 앞에는 낮고 넓은 책상이 하나 있었는데, 책상 위에는 커다랗게 변한 업경이 둥둥 떠 있고, 돌돌 말린 두루마리가 피라미드를 쌓다 못해 바닥에까지 굴러다니고 있다. 그런게 얼마나 많은지 책상의 양옆으로 두루마리로 이루어진 만리장성이 집무실의 양쪽 벽까지 쌓여 있다.

그리고 그 중에서는 내 시선을 잡아끄는 것이 하나 있었다. 아니, 두 개니까 두 개구나.

두 개의 두루마리는 다른 것들과 비교해서 크기가 다르고, 표면이 조금 더 고급스러웠다.

하지만 그보다 나는 저 두 개의 두루마리에서만 영롱한 기운이라고 할까, 친숙한 기운 같은 게 흘러나오고 있는 게 마음에 걸렸다.

마치, 거타지 아저씨가 쐈던 화살처럼 말이야.

……신선과 관계 있는 물건인가?

그렇게 잠시 생각하고 있는 사이에, 염라가 뭐라고 말한 것 같다. 하지만 거리가 멀어서 목소리가 들리지 않는다.

나는 일단 염라에게 가까이 다가갔다.

내가 잘못한 것도 없는데 왠지 모르게 볼을 부풀린 염라가 내게 삐친 목소리로 말했다.

"내애 말을 왜 무시하느은 거야아?"

……왜 삐쳤는지 알 것 같군.

"무시는 무슨 무시냐. 멀어서 안 들린 거지."

문에서 여기까지 적어도 50미터는 돼 보이는데, 그런 늘어진 목소리를 내가 어떻게 들어?

"그러고오도 반인반선이야아?"

"그러게 말이다."

나도 빨리 신통력이라든가 선술이라든가 그런 걸 마음대로 쓰고 싶다.

그러면 조금 더 아이들과 신나게 놀 수 있을 테니까.

……저, 사실 거대 강아지로 변한 바둑이의 등 뒤에 타서 달려 보고 싶거든요.

언제 가능할지 모를 일에 대한 생각은 이 정도로 하고.

어디 앉을 곳이 없나 찾아봤지만, 의자라고는 염라가 앉아 있는 의자, 아니, 옥좌밖에 없다.

흐음.

난 살짝 고민한 다음, 쌓여 있는 두루마리를 넘어트리지 않게 조심해서 넘어간 뒤 바닥에 아무렇게나 앉았다.

그런 나를 내려다보며 염라가 말했다.

"왜에 거기 앉아아?"

"그럼 어디 앉을까."

"자아."

염라가 슬쩍 엉덩이를 옆으로 치웠다. 덕분에 사람 한 명 앉을 만한 자리가 났지만…….

좁아.

염라가 입고 있는 옷 때문에 그렇게 보일지 모르겠지만, 좁다.

그냥 바닥에 앉아 있는 게 좋을 것 같다.

물론, 그것 말고도 다른 이유가 있지만.

"됐다."

"그러며언 어제처럼 해도 되는데에?"

어제?

아, 내가 의자에 앉고 내 위에 염라를 앉히라고?

뭐, 그 방법도 생각 안 한 건 아니다. 만약 여기가 내가 잠시 지내고 있는 방이라면 그렇게 했을 거야.

하지만, 아무리 봐도 이 의자에는 내가 앉아선 안 될 것 같다.

"아니, 내가 그 거기에 앉으면 안 될 것 같으니까."

발설지옥을 다스리는 염라대왕만을 위한 자리인 것 같아 보였으니까.

……너무 휘황찬란해서 부담스럽기도 하고.

"헤에에?"

염라가 몸을 앞으로 숙이고서 쿡쿡 내 어깨를 찌르며 말했다.

"의외로오 그런 거 신경 쓰느은 타이입?"

나는 어깨를 툭 튕기며 말했다.

"의외로는 뭐냐, 의외로는."

그런데도 염라는 공격을 멈추지 않으며 말했다.

"요괴의 와앙은 관습 같은 거에 신겨엉 안 쓸 것 같아서어."

나는 손을 뻗어 염라의 팔목을 잡으려다가 놓치며 말했다.

"관습은 무슨 관습. 그냥 그런 비싸 보이는 의자에 앉고 싶지 않은 거다."

염라는 이제 어깨에서 끝나지 않고 볼을 쿡쿡 찌르며 말했다.

"헤에에. 뭐야아, 그거언. 지금 내애가 있는 처억을 한다는 거야아?"

이번에도 염라의 재빨랐다.

"있는 척을 했다는 게 아니라……."

아, 진짜!

"그만 좀 해!"

나는 염라의 찌르기를 피하기 위해 벌떡 일어났다.

염라가 나를 올려다보며 말했다.

"뭐야아. 친구우한테 장난도 못 쳐어?"

"그 친구가 싫어하는 것처럼 보이면 그만둬야 한다는 거 모르냐?"

"지이금까지 친구우가 없는 삶이어서어~"

이, 이 녀석. 슬픈 소리를 태연하게 하다니.

친구가 없기로 따지면 서러운 나로서, 그렇게까지 말하면 어쩔 수 없다.

나는 다시 옆에 앉고서는 염라에게 말했다.

"어쨌든 여기도 편하니까 괜찮아."

의자라는 등받이도 있고 말이지.

한 가지 불만이 있다면 염라를 올려다봐야 한다는 거지만, 뭐.

역시사시였나? 언제나 나를 올려다보는 아이들 입장을 경험해 본다고 생각하자.

"웃차아."

하지만 염라는 그런 게 마음에 들지 않았던 것 같다. 스스로 의자에서 내려와 내 옆에 착 달라붙어 앉았으니까.

나는 티 나지 않게 염라와 거리를 벌리며 말했다.

"옷 더러워진다."

그걸 또 눈치채고는 염라가 다시 달라붙는다.

"내애가 빠는 거 아닌거얼."

어이쿠, 이제는 아예 머리까지 기대 오는군.

살짝 부담스러워진 나는 염라에게 말했다.

"……왜 이렇게 달라붙어?"

"기부운이 좋으니까아."

"응?"

염라가 헤실헤실 웃으면서 술잔에 술을 따라 마시고는 독하면서도 향기로운 술 냄새를 풀풀 풍기며 말했다.

"내애 일에 관심으을 가져 준 거언 요괴의 와앙이 처음인거얼. 우두하고 마두의 부타악이 없었더라도오 기쁘게 허락했을 거야아."

……잠깐 눈물 좀 닦자.

"뭐, 우마…… 가 아니라. 우두마면하고 마두마면이 궁금해할 일은 없을 테니까."

염라가 고개를 끄덕였다.

아, 그러고 보니까 물어볼 게 있었지.

"그런데 우두마면하고 마두마면한테는 무슨 일을 시킨 거야?"

"으응? 재파안하고 관련된 거어."

나는 반사적으로 물었다.

"혹시 세희의 재판?"

"궁금해애? 궁그으음해애?"

스킨십에 익숙해진 건 좋은데, 옆구리는 찌르지 마라. 몸을 들이미는 것까지는 괜찮지만.

내가 고개를 끄덕이자 염라는 히죽 웃으며 말했다.

"그래도 비이밀."

……세희의 재판과 관련된 일이라는 거군.

뭐, 그렇다면 더 이상 물어봤자 의미 없겠군.

그래서 나는 본론으로 들어갔다.

"그런데 말이다. 너 일하고 있는 도중이었지?"

"으응?"

내가 관심을 가지지 않는 게 조금 의외였는지 염라가 고개를 갸웃거렸다.

훗.

나를 우습게 보지 마라.

지금까지 눈앞의 떡밥에 낚여서 수없이 바보가 됐던 나를!
“비이밀, 안 궁그음해애?”
“네가 비밀이라고 했으니까 가르쳐 줄 수 없는 일이겠지.”
“그래도오 요괴의 와앙은 내애 친구우니까 부탁하며언 혹시 모르잖아아?”
그, 그런다고 내가 낚일 것 같냐?
“너, 거짓말 안 하잖아.”
“……치잇. 재미없어어.”
바라던 반응이 돌아오지 않자 염라가 드러누웠다.
내 다리 위로.
자연스럽게 관과 명부가 뒤로 넘어갔고, 염라의 머리카락이 살짝 흘러내렸다.
그런데 이 녀석. 관 때문에 잘 몰랐는데…….
“너, 머리가 꽤 길다?”
내 말에 염라가 나를 올려다보며 말했다.
“요괴의 와앙은 이상한 얼굴이야아.”
시끄럽다.
우리 집 아이들은 그런 말 한 적이 한번도 없다고!
거기다 그런 각도로 보는데 이상하게 보이지 않는 건 미남미녀뿐이야!
……제 주변에 미남미녀들이 많은 것들에 대해서 잠깐 푸념을 하고 싶어졌습니다만.
“자르기이 귀찮아서 그래애.”

염라가 대답을 했으니까 넘어가자.

"오히려 긴 쪽이 관리하기 귀찮지 않냐?"

우리 집 아이들도 머리가 긴 애들이 많아서 어느 정도는 안다. 특히 랑이와 아야와 성린은 내가 머리를 빗겨 주는 경우도 많으니까.

"관리이 안 하는데에?"

"안 한다고?"

그럴 리가.

지금 흘러내린 회색 머리카락만 해도 윤기가 흐르고 엉키거나 끝이 상한 부분은 보이지 않는다. 지금 당장 샴푸 광고를 찍어도 이상하지 않을 정도로 상태가 좋아 보인다고.

그런 내 의문에 염라가 답했다.

"나아느은."

우마가 해 준다는 이야기겠지.

마마가 해 줄 리는 없으니까.

"……야, 인마."

머리 손질 정도는 스스로 하라는 내 말에 염라가 흣, 하고 코웃음을 치고는 말했다.

"나아는 왕인거얼? 시주웅받는 건 당연하안 일이야아."

"난 아니라고."

여러모로 도움은 많이 받고 있지만, 아이들의 호의에 너무 익숙해지지 않기 위해 조심하고 있으니까.

"요괴의 와앙도 자기가아 원하면 해 줄 사라암은 있잖아아?"

"뭐 그렇긴 하지."

가장 먼저 떠오르는 건 나래다. 나래는 아마 반색을 하며 반기겠지.

……목욕까지 도와줄 것 같아서 무섭지만.

그 다음은 치이일까?

'오라버니는 너무 게으른 거예요! 이 정도는 혼자서 해야 하는 거예요!'

그렇게 툴툴대면서도 정성껏 돌봐 줄 거다.

성의 누나는 '성훈이 바란다면 기쁘게 해 드릴게요.'라고 하면서 나를 정말 혼자서는 아무것도 할 수 없는 몹쓸 인간으로 만들어 주겠지.

……다른 아이들은 왜 말 안 하냐고?

분명 내 부탁을 들어주려 노력하겠지만, 분명 그 끝은 나의 고난과 역경으로 이어져 있을 테니까.

머릿속으로 여러 가지 가정을 생각해 보고 있던 내게 염라가 말했다.

"요괴의 와앙의 권위르을 위해서라도 지금부터어 익숙해지는 게에 좋지 않을까아?"

그냥 넘어가기 힘든 말이군.

"왜. 지금은 무슨 문제라도 있냐?"

염라가 내 가슴, 정확히 말하면 티셔츠를 툭툭 건드리며 말했다.

"옷 입고오 다니는 게에 여엉……."

"시, 시끄러!"

내가 패션 센스가 없는 게 아니야! 이편이 애니화하기 편하다고 했다고! 하늘이 반쪽이 나도 안 될 것 같지만, 어쨌든!

이 화제는 아프니까 넘어가자!

"그, 그보다 말이다."

"그래애, 패션 센스으 없는 요괴의 와앙."

"……그런데 말이다."

"헤에에? 못 들으은 처억?"

나아는 염라의 손을 꽈악 잡으며 말했다.

"그래서 말이다."

염라가 웃으며 말했다.

"알았어어, 넘어가 줄게에."

그 모습이 얄미워 보여서 이마에 손가락을 튕겨 줄까 잠시 고민했지만, 이승과 저승의 외교 문제가 될 것 같기에 관두기로 했다.

지금은 이득을 볼 때니까.

"네가 어떻게 일하는지 슬슬 알고 싶은데."

나는 일부러 재판이라는 단어를 말하지 않았다.

재판이라는 단어는 자연스럽게 세희와의 일을 연상시키니까 말이지.

"흐으음? 저엉말 그게 알고 싶은 거야아?"

……나름대로 신경을 써서 말했는데 그렇게 말하기냐? 아니면 나를 배려해 준 건가?

어느 쪽이든 내가 할 말은 정해져 있지만.

"응."

"그래애?"

염라는 들썩 몸을 움직여서 조금이라도 더 편한 자세를 잡고는 내게 말했다.

"그런데에, 나아도 갑자기이 궁금해졌는데 말이야아. 요괴의 와왕은 어떻게 일으을 해애?"

……왜 내 주위에는 질문에 질문으로 답하는 녀석이 많은 걸까.

이런 경험이 풍부한 나는 군말 없이 염라의 질문에 대답해 주기로 했다. 급히 들어야 하는 이야기도 아니고, 오히려 이편이 대답을 빨리 들을 수 있고 대화를 이어 나가기도 좋으니까.

"요괴들이 올린 진정서나 탄원서를 세희가 읽어 보고, 그에 대한 해결책을 적어서 건네주면, 내가 그걸 읽어 본 뒤에 이상한 부분이 없을 경우 사인을 하는 식이야."

대답을 들은 염라가 내 쪽으로 몸을 돌리고서는 배를 콕콕 찌르며 말했다.

"그래도 돼애? 요괴의 와앙은 일을 너무 대충대충 하는 거어 아니야아?"

아프잖아.

하지만 나도 할 말은 있다.

"그만큼 내 주변에는 나를 도와주는 녀석들이 많이 있고, 앞으로도 도와줄 테니까."

"헤에~ 대충대충 정도가 아니라아 완전 떠넘기기네에~?"

나는 염라의 말에 살짝 울컥해서 말했다.

"떠넘기기가 아니다. 서로 도우면서 사는 거지. 애초에 나는 요괴의 왕의 책임을 혼자서 짊어질 생각도 없었으니까 말이다."

요괴의 왕이 될 때의 마음가짐 자체도 그쪽과는 거리가 멀었고.

"거기다 그런 말도 있잖아."

"흐응?"

어디 한 번 계속 말해 보라는 태도의 염라에게, 나는 누구나 한 번쯤은 들어 봤을 유명한 문구를 입에 담았다.

"왕은 군림하나 통치하지 않는다는 거. 나는 그런 왕을 목표로 삼고 있다고."

내 말에 염라는 배를 콕콕 찌르는 걸 그만두고 다시 바로 누우면서 말했다.

"뭐어~ 그런 게에 요괴의 와앙이 가지고 있는 군주론이라면 나아도 할 말은 없지마안."

염라가 살짝 한숨을 쉰 뒤 말했다.

"그래도오 말이야, 요괴의 와앙."

꽤나 진지한 목소리로 말이지.

"만약의 상황에 대비해서 언제든지 모든 걸 혼자서 감당할 수 있는 수준의 역량은 갖추어 두는 게 좋아."

나는 이쪽을 향한 분홍색 눈동자를 똑바로 내려다보며 말했다.

"그런 상황이 벌어지지 않도록 노력하는 쪽이 내 성격에 더 맞아."

"헤에에?"

조금 전과는 다른 의미의 '헤에~'에 나는 염라의 시선이 부담스러워져서 잠시 천장을 바라보며 말을 이었다.

"뭐, 그것과는 별개로 나도 네 말대로 할 수 있도록 노력하고 있지만."

최악의 상황이라는 건 준비하지 않는 사람에게 찾아오는 법이니까.

그렇게 잠시 시선을 피하고 있자니 뭔가가 아래에서 흔들리는 게 보였다. 다시 아래를 보니까 염라가 있는 힘껏 손을 뻗는 게 보였다.

아무래도 내 머리를 쓰다듬으려고 한 것 같은데, 염라의 체구가 작다 보니 머리까지는 닿지 않고 얼굴 앞에서 흔들리고 있다.

염라도 지금의 자세로는 영원히 자신의 손이 목적지에 도달하지 못할 거라는 사실을 깨닫고는, 윗몸 일으키기를 하다가 중간에 멈춘 것 같은 자세로 내 머리를 쓰다듬으며 말했다.

"잘했어요, 잘했어요오~"

염라가 머리를 쓰다듬어 주는 건 그리 기분이 나쁘지 않으니까 넘어가겠는데.

"……그보다 안 힘드냐?"

내가 저 자세로 있다면 10초 안에 몸을 부들부들 떨다가 그대로 누워 버릴 자신이 있다.

"안 힘든데에?"

그렇게 말한 염라는, 내가 이제 좀 적당히 하라는 뜻으로 고개를 흔들 때까지 그 자세를 유지하고는 느릿하게 다시 몸을 눕혔다.

이 녀석, 허릿심 장난 아니네.

듣기로는 맨날 일만 하는 녀석이 왜 저렇게…….

아.

나는 이곳에 온 목적을 떠올리고서는 염라에게 말했다.

"그건 그렇고 너는 대답 안 해 주냐."

"아아, 맞다아. 그런 이야기 하고 있었지이?"

자기도 깜빡하고 있었다는 듯, 염라가 손뼉을 치고는 내게 말했다.

"일다안 오늘 재판을 받아야아 할 망자들의 수만크음 명부를 통해 망자들의 이르음을 찾아본 다음에 쭈욱 **외워어**. 그 다음에느은 업경으로 그들의 사앎을 보고서, 판결문을 적고오."

그렇게 말하며 염라가 책상 위에 쌓여 있는 두루마리를 가리켰다.

"보토옹 저 두루마리 하나당 열 명 정도오가 적혀어."

……그런 두루마리가 지금 집무실에서 만리장성을 쌓고 있습니다.

염라가 거짓말을 안 한다는 걸 알고 있지만, 믿을 수가 없네.

"……설마 이것들이 다 판결문이야?"

염라가 자부심이 느껴지는 미소를 지으며 말했다.

"으응. 이것드을 다 오늘 쓴 거야아."

"오늘?"

"사시일 더 있는데에, 그건 전서(傳書)하고오 같이 우두가아 가져갔어어."

"이거 말고도 더 있다고?!"

염라가 내 가슴을 콕콕 찌르며 말했다.

"헤헤헤, 어때애? 조금 다시 보게 됐어어?"

발설지옥에 와서 염라가 처음으로 염라대왕처럼 보인다.

"재판을 하루에 몇 번이나 보길래 판결문을 이렇게 많이 써?"

"요즈음에는 대충 6만 며엉 정도오?"

……상상을 뛰어넘는 숫자에 놀라서 아무 말도 할 수 없는 내게 염라가 말했다.

"이 정도오는 봐야지이 망자들의 수를 맞출 수 있는거얼. 지그음은 신경을 마않이 써야 할 일이 생겨서어 밀렸지마안."

그건 세희의 재판을 이야기하는 거겠지.

"미안."

고개 숙여 사과한 나를 토끼 같은 눈으로 올려다본 염라가 허둥대며 말했다.

"그런 뜨읏으로 한 말 아니야아. 고개 들어 줘어."

"그래? 그러면 신경 쓸 필요 없겠네."

그래서 나는 고개를 드는 것으로 모자라 팔짱을 끼고 턱을 들어 올렸다. 슬쩍 아래를 쳐다보니, 염라가 어이없어 하는 눈으로 나를 올려다보고 있었다.

"……요괴의 와앙은 염치라는 거어 없어어?"

"그런 건 어렸을 때 이미 버렸다."

아마도.

"요괴의 와앙의 어린 시절은 정마알 대단하네에."

불리한 화제가 나올 것 같기에 나는 급히 이야기를 되돌렸다.

"그래서 판결문을 쓴 다음은 어떻게 해?"

"요괴의 와아앙은 저어엉말 대다안하네에에에."

"그래서 다음은?"

한숨을 쉰 염라가 말했다.

"판결문을 재판 때에 읽어 줘어. 가끄음 내애 판결에 불복하는 망자드을도 있지마안, 그럴 때애는 업경으로 자신의 삶을 보여 주며언 보통 수긍해애."

"수긍 안 하면?"

염라가 한쪽 입꼬리를 살짝 올리며 말했다.

"그때애는 실려억 행사아."

갑자기 무시무시한 이야기가 나왔군.

"실력 행사라는 건 뭐야?"

"그거언 내애 이미지 관리르을 위해서 비이미일~"

……이미지 관리할 게 있냐. 이미 나락으로 떨어져 있는 것 같은데.

그래도 말해 줄 수 없다는 건 알겠으니 다른 걸 물어보자.

"그러면 그 과정에서 주의 사항 같은 건 없냐?"

"으음~"

내 질문에 염라가 잠깐 턱을 매만지며 고민하는 척을 한 뒤 말했다.

"나아는 업경이 있으니까아 편하지만, 요괴의 와앙은 증거어를 모으는 데 열심이어야 할 거야아."

"그리고?"

염라가 말했다.

"판다안을 내리는 데 주의하고오 또 주의할 거엇."

그렇게 입을 연 염라는 내게 이런저런 조언을 해 줬다.

재판을 받는 사람 혹은 요괴. 그러니까 피고인에 대한 선입관을 가지지 말 것.

피고인의 이야기를 제대로 듣고, 그 가운데에서 증거와 어긋나는 부분이 있는지 확인할 것.

주변의 의견을 듣되 그에 흔들리지 말 것.

무죄추정의 원칙을 지킬 것.

사사로운 감정에 흔들리지 말 것.

이득을 위해서 정의를 어기지 말 것 등등.

"후우우……."

쉴 새 없이 말하던 염라는 낮은 한숨을 쉬고는 술잔을 기울여 목을 축이고서 살짝 지친 목소리로 말했다.

"이 정도일까아?"

음.

죄송합니다. 다 기억하지 못할 것 같습니다.

아무리 내가 지금 영향을 받은 상태라고 해도 기본 성능이 올라간 건 아니니까 말이지.

"이해했어어?"

"응."

하지만 나는 그렇게 대답했다.

염라의 모든 조언에서 공통적으로 느껴지는, 상대방을 생각하고 배려해 주며 그럼에도 진실을 추구해야 한다는 사실을 마음으로 받아들일 수 있었으니까.

……머리는 중요하지 않아, 머리는!

"그러며언~"

염라가 만족스러운 미소를 지으며 나를 올려다보면서 말했다.

"요괴의 와앙의 부탁은 들어준 것 같으니까아, 이제 나아도 다시 일해야 할 것 같아아."

그렇게 말씀하신 염라대왕님께서는 저를 베개로 삼은 자세에서 꼼짝도 하지 않으셨습니다.

염라가 움직이기를 기다리다 지친 내가 입을 열 때까지.

"너, 혹시 언행…… 아니, 말한 대로 행동한다는 말 아냐?"

"언행일치 말하는 거야아?"

아, 맞다. 언행일치였지.

"그래."

"으으음. 잘 아는데에……."

염라가 자신의 볼을 긁적이며 말했다.

"요괴의 와앙하고 떨어지고오 싶지는 않거든은."

이 녀석이 스킨십을 좋아한다는 사실은 그날 밤 질리도록 알게 됐지.

"……그래서 나보고 어쩌라는 거냐."

"그거얼 요괴의 와앙이 어떻게든 해 봐아."

어이없는 요구이긴 했지만, 들어줘서 나쁜 부탁은 아니기에 나는 고개를 끄덕였다.

그래서 나는 가장 먼저.

"아야야야야?"

염라의 볼을 쭈욱 잡아당겨 봤다.

어린 아이들의 볼은 잡아당기면 찹쌀떡처럼 쭈욱 늘어나서 재밌다니까? 말랑말랑하니 감촉도 좋고.

"아파아아!"

"엄살은."

그렇게 세게 잡아당기지도 않았는데. 그래도 일단 놓아주기로 했다.

염라가 살짝 붉어진 볼을 손으로 매만지며 말했다.

"뭐 하는 거야아, 요괴의 와앙?"

"뭐 하긴, 네가 스스로 일어나고 싶어지도록 하고 있는 중이지."

자기가 한 말이 있기 때문일까.

"……아픈 거언 싫다고오."

불만이 가득한 표정으로 나를 올려다보면서도 강하게 말하지 못하고 있다.

순간 장난기가 꿈틀거렸지만, 아픈 건 싫다고 했으니까 다른 걸 해 보자.

"뭐어 하는 거야아?"

옆머리를 앞으로 묶어서 수염처럼 보이게 만들고서 웃어 본다거나.

"이, 이상하안 짓 하지 마아아~!"

검지로 미간을 꾸욱 누른 다음에 위로 올려서 이상한 얼굴로 만든다거나.

"나아, 일단 여자거드은?!"

양쪽 볼을 꾸욱 눌러 오리 입으로 만든다거나 하면서, 나는 염라를 가지고 놀았다.

……아니, 이렇게 말하니까 조금 이상하게 들리는군.

나는 근엄하고 지엄하신 염라대왕님의 얼굴을 이상하게 만들면서 놀았다.

여담이지만, 그렇게 이상한 얼굴이 되도 귀여워 보인다는 게 아이들의 장점이겠지.

"아아, 정마알!"

그건 그렇고, 내 장난감이 된 염라는 그때마다 몸을 바동바동거리기는 했지만 영~ 일어날 생각을 안 하고 있다.

흐음…….

아프지 않은 선에서 이것보다 더한 장난이라면 뭐가 있을까? 우리 집 아이들이었다면 옷 아래로 손을 넣는다거나, 엉덩이를 두드린다거나 하겠지만…….

나는 피고인석에서 스스로를 변호하기 위해서 발설지옥에 온 게 아니라서 말이다.

그보다 슬슬 다리가 저리네. 염라의 머리 때문에 피가 안 통하고 있으니까 말이다. 이젠 손을 넣은 다음에 강제로 일으키는 방법 밖에 없겠군.

내가 계획을 실행하기 위해 손을 움직이려 할 때.

“으응?”

염라가 입구 쪽을 향해 고개를 돌렸다. 누가 들어왔나 싶어 고개를 돌려봤지만, 문은 굳게 닫혀 있는 상태였다.

……라고 생각했을 때.

“으냐아앗!”

너무나 익숙한 목소리와 함께 문이 활짝 열리고 태양을 등진 랑이의 모습이 보였다.

멀어서 잘 보이지는 않지만, 여기까지 들린 목소리를 보아 하니 왠지 모르게 화가 많이 난 것 같은데?

그리고 나보다 훨씬 눈이 좋은 랑이는 이쪽을 보고는 한걸음에 달려와서는 내 앞에 서서 외쳤다.

“또 나 빼고 둘이서만 놀고 있었구나아아아!”

왠지 모르게 화가 많이 난 것 같은데, 가 아니라 정말 화가 많이 났구나.

바짝 선 꼬리라거나, 곤두선 털이라거나, 불끈 쥔 두 주먹이라든가, 세상의 모든 서러움을 가득 담은 표정을 보면 누구든지 알 수 있을 거다.

이러다가 랑이 울겠다.

내가 놀기 위해 염라를 찾은 게 아니라 여러 가지를 배우기 위해 왔다고 말해 줘야겠는데…….

지금 나와 염라는 어딜 봐도 같이 놀고 있는 꼴입니다.

이걸 어떻게 설명해야 할까 고민하고 있던 찰나.

"헤에에~"

염라가 가로누워서 랑이를 보며 말했다.

"랑이이는 독점욕이 심하구나아?"

그러고서는 또 장난기가 도졌는지 갑자기 남의 배를 만지작거리면서 말했다.

"하지마아안~ 이미 요괴의 와앙하고오 나는 이런 관계이인 거얼?"

그게 무슨 관계냐. 남의 뱃살을 만지는 관계가 도대체 어떤 관계냐고.

당황해서 말이 안 나오는 나 대신 랑이가 말했다.

"응? 그런 건 괜찮으니라."

살짝 당황해서 몸이 굳은 염라를 보며, 랑이가 힘이 넘치는 걸음으로 내 옆에 다가와 털썩 앉으면서 말했다.

"이러면 나도 괜찮으니까 말이니라!"

그러고서 랑이가 내 어깨에 볼을 비볐다.

그 모습을 보고 염라가 살짝 실망한 듯한 한숨을 쉬고서 말했다.

"이번에에는 안 통했네에~"

랑이를 우습게 본 염라는 한 손으로 관을 잡고는 몸을 일으켜 앉았다. 아무래도 아까처럼 누워 있는 채로는 랑이를 보면서 이야기하기 힘드니까 그런 것 같다.

다리의 감각이 사라진 나한테는 좋은 일이지.

내가 다리를 쭈욱 피고 찌릿하고 올라오는 전기에 살짝 이를 악물고 있을 때.

랑이가 몸을 앞으로 숙여 빼꼼 고개를 내밀고는 염라에게 말했다.

"그런데 성훈이하고 뭘 하고 있었느냐?"

염라는 비어 있는 술잔을 손으로 빙빙 돌리면서 대답했다.

"요괴의 와앙에게 와앙으로서 알아야 할 이거엇저거엇을 가르쳐 주고 있었어어."

랑이가 몸을 앞으로 숙인 채로 굳었다.

"어, 어려운 이야기 중이었느냐?"

"이제에 다 끝났으니까 괜찮아아."

"휴우, 다행이니라."

랑이가 가슴에 손을 얹고 안도의 한숨을 쉬었다.

나도 이제 슬슬 다리 저린 게 풀려서 다행이고.

"그래서어 요괴의 와앙한테 슬스을 나가 달라고 말하고 있던 중이었어어."

즉, 랑이도 내 손 잡고 같이 나가라는 거지.

"응? 왜 그러느냐? 어려운 이야기가 끝났으면 성훈이하고 같이 노는 게 당연한 거 아니느냐?"

랑이는 다른 식으로 받아들였지만.

염라는 살짝 당황한 눈치였지만, 이내 평상심을 되찾고 랑이에게 말했다.

"해야 하알 일이 많이 남아 있거드은. 그런데에 요괴의 와앙하고 놀 수는 없잖아아?"

랑이가 심각한 표정으로 팔짱을 끼고는 고개를 끄덕이며 말했다.

"응, 아느니라. 그 마음 아느니라."

"으응?"

염라가 나를 보았다.

대화의 흐름으로 보아, 랑이가 이승에서 일을 하냐고 묻는 것 같기에 나는 고개를 흔들었다.

염라가 다시 랑이를 보며 말했다.

"안다고오?"

"당연하느니라!"

랑이가 확신에 찬 목소리로 말했다.

"성훈이하고 같이 놀면 세상만사 모든 시름을 잊고 그저 그 품안에 안긴 채 사랑을 나누고 싶어지니까 말이니라! 그 마음을 내 어찌 모르겠느냐?"

속된 말로, 염라가 벙 쪘다.

하지만 그것도 잠시.

격하게 고개를 흔들어 머리에 올린 관을 위태롭게 만든 염라가 랑이에게 말했다.

"아니이, 나아, 요괴의 와앙을 사랑하는 거언 아닌데에?"

"그러면 곧 그렇게 될 것이니라!"

랑이가 즉답했고 염라는 이쪽을 보았으며 나는 고개를 돌렸다.

부끄러우니까 그렇게 보지 마라. 나도 할 말 없으니까.

아니, 있다면 있구나.

현재 랑이의 주장은 저의 의사와 가치관과 이념에는 전혀 관계가 없으며, 제가 주입한 것도 아닙니다.

이런 내 마음을 아는지 모르는지, 랑이는 이 세상에 이만큼 즐거운 일이 없다는 듯 얼굴에 환한 꽃을 피우며 말했다.

"왜냐하면 우리 성훈이는 너무너무 멋지니까 말이니라!"

"그, 그래애?"

두 손으로 얼굴을 가렸지만 염라의 싸늘한 시선이 꽂히는 게 느껴진다!

"응? 염라는 그렇게 생각하지 않느냐?"

왜 제 손은 두 개인가요! 네 개라면 귀도 막을 수 있을 텐데!

"아니이, 그런 거언 아닌데에…… 잘 모르겠어서어……."

슬쩍 말을 흐리는 염라를 향해 랑이가 그야말로 호쾌한 목소리로 말했다.

"그러면 내가 성훈이가 얼마나 멋진지 알려 주겠느니라!"

그렇게 저에게는 참으로 힘든 고난의 여정이 시작되었습니다.

내가 랑이에게 사랑받고 있다는 건 당연히 알고 있고, 마음으로 느끼고 있으며, 영혼에 각인되어 있다 생각했지만…….

그걸 염라에게 하나하나 예를 들면서, 마치 강성훈교를 전파하는 것처럼 열성적으로 이야기하는 걸 옆에서 듣는 건 맨 정신으로 견디기 힘든 일이었다.

책상 위에 있는 술병이 눈에 들어올 정도로.

아버지. 아버지가 조금은 이해가 될 것 같습니다. 아버지께서도 힘든 현실 때문에 그렇게 술을 즐겨 드셨군요.

물론 나는 아버지와는 다르기에 그저 먼 산을 바라보며 랑이의 이야기가 끝나기를 기다리는 수밖에 없었다.

조금 의외였던 건, 처음에는 질린다는 듯 랑이의 이야기를 들었던 염라가 점점 미소를 지었다는 거다.

그리고 마침내.

"성훈이의 좋은 점은 아직도 많이 있지만 염라가 스스로 알아가는 즐거움을 빼앗고 싶지는 않으니, 이 정도로 하겠느니라."

랑이가 이야기를 끝냈을 때는 웃음을 참지 못하고 소리를 내 버렸다.

"아하하핫!"

아마도 염라 입장에서는 랑이가 팔불출처럼 자신의 연인을 자랑하는 게 귀여웠던 거겠지.

"왜, 왜 웃느냐?"

랑이는 다른 식으로 받아들였지만.

"성훈이가 멋지지 않다는 것이느냐?"

염라가 손을 내저으면서 말했다.

"아니이, 그런 거 아니야아. 나아도 요괴의 와앙이 매력 있는 사람이라는 거언 알고 있으니까아."

조금 전까지만 해도 활화산이 될 뻔했던 랑이는 언제 그랬냐는 듯 사화산이 되어서는 머리카락으로 물음표를 만들며 염라에게 말했다.

"응? 그러면 왜 성훈이를 사랑하지 않느냐?"

아, 그렇군. 아직 현실을 돌아볼 때가 아니었구나.

나는 너무나 자연스럽게 술병을 향해 뻗으려는 오른손을 왼손으로 억누르며, 그저 이 사춘기 청소년의 수치심을 괴롭히는 시간이 빨리 흘러가기를 바랄 수밖에 없었다.

"그게 말이야아."

염라가 랑이의 질문에 대답했으니까.

"상대가 매력 있는 사람이라고 해도오, 꼬옥 사랑에 빠지라는 버업은 없잖아아?"

고개를 갸웃거리는 랑이를 보며 염라가 말을 이었다.

"무엇보다 말이야아. 나아는 죽을 운명으을 타고 난 **생명**을 사랑해서느은 안 돼에. 그렇게에 되면 언젠가아 삶의 끝이 다가왔을 때에, 그의 펴언을 들어 주게 될 테니까아."

염라는 무언가 해탈한 듯이 말했다.

"아무리 공명정대하기로 이름 높은 나아라고 해도, 사라앙에는 이길 것 같지이 않으니까아."

그리고 랑이는 머리카락으로 물음표를 만든 것으로 모자라 손가락까지 입에 물고는 염라에게 말했다.

"그러면 성훈이가 안 죽으면 되는 것 아니느냐?"

그 말을 듣고.

""푸웃!""

나와 염라가 동시에 뿜었다.

"왜, 왜 그러느냐? 내가 이상한 말을 했느냐?"

랑이가 허둥대며 물었지만, 대답을 해 줄 수 있는 상황이 아니었다.

나나, 염라나.

분명 지금만큼은 똑같이 그때의 일을 떠올렸을 거다.

왜, 내가 재판받기 싫어서 죽지 않겠다고 했던 때 있잖아.

부부가 아무리 닮는다고 해도, 이런 부분까지 닮을 필요는 없는데 말이지. 내가 랑이를 물들인 건가. 아니면 랑이가 나를 물들인 걸까?

어느 쪽이든 좋은 거지만.

"아니이, 아니야아. 정답이라서어 그래애."

"응! 그러니까 성훈아! 빨리 신선이 되어야 하느니라!"

나도 빨리 신선이 되고 싶다고.

우리 집에서 요술이든 선술이든 도술이든 아무것도 못 쓰는 사람은 나 하나뿐이니까.

이래서야 가장의 무게가 서지 않는다…… 같은 얼빠진 생각을 하고 있을 때.

염라가 나에 지지 않을 정도로 얼빠진 소리를 했다.

"그래애, 요괴의 와앙이 신선이 된다며언 그때는 또 모르겠는데에?"

말로 끝내라.

남의 팔뚝 쿡쿡 찌르지 말고.

"요괴의 와앙은 어떻게 생각해애? 이 염라대왕님이이 요괴의 와앙의 처가 되는 거얼?"

아무리 봐도 실없는 농담이지만.

"그건 두 손 들고 반길 일이지만, 성훈이의 본처는 나이니라!"

랑이가 손쉽게 걸려들었다.

"헤에에? 그건 싫은데에? 만야악 내애가 요괴의 와앙하고 결호온하면, 본처어가 좋은 거얼."

"싫어도 어쩔 수 없느니라! 성훈이하고 가장 먼저 혼례를 올리는 건 나로 정해져 있으니까 말이니라!"

랑이는 마치 낮에는 해가 뜨고 밤에는 달이 뜬다는, 누구나 아는 사실을 말한 것처럼 당당했다.

"안 그러느냐, 성훈아?"

거기다 나에게 확언까지 받으려고 했다.

음…….

나는 어른의 미소를 짓고 랑이에게 말했다.

"그건 나래와 함께 이야기를 해야 하지 않을까?"

"서, 성훈아?!"

랑이가 번개를 맞은 것처럼 깜짝 놀라 했다.

그 모습을 보고 염라는 더욱 장난기 짙은 미소를 지었고.

"그렇다는데에~? 그러며언 나아도 아직 기회가아 있는 거 아니야아?"

"으, 으냐아아아."

나는 곤란한 표정으로 나를 올려다보는 것으로 모자라 티셔츠까지 잡아당기는 랑이의 머리를 쓰다듬으면서 말했다.

"농담은 이 정도로 하자. 랑이가 곤란해하니까."

"그러며언 그만할게에."

장난을 치다가도 상대가 곤란해하면 그만두라고 했던 내 말을 잘 기억하고 있구나.

이 아저씨는 기쁘단다.

물론, 그 자리에 없었던 랑이는 뿅! 하고 머리카락으로 물음표를 만들어 내 손바닥을 살짝 밀었지만.

"어? 지금까지 다 농담이었느냐? 난 염라도 우리 가족이 될 것 같아서 기뻤는데 말이니라."

랑이의 시선을 받은 염라가, 속이 안 보이는 어딘가 나른한 미소를 지으며 말했다.

"그거언 어떨까아?"

왜 긍정도 부정도 안 하냐?

그렇다는 건…….

아, 여기서 '훗, 염라도 결국 나한테 반해 버렸군. 역시 나는 최고야!' 같은 생각은 안 합니다.

전에도 말한 적 있는 것 같지만, 외로움이 극에 달한 사람은 종종 자신의 감정을 오해하곤 하는 법이니까.

비슷한 예로, 여자애가 교실 바닥에 떨어뜨린 지우개를 주워 주는 것만으로도 머릿속에서 결혼식을 올리는 경우가 있습니다.

예! 제 이야기입니다!

그런 의미로.

만약 염라가 자신의 감정을 착각하고 있다면 그 마음의 이름을 같이 찾아 주는 게 내 일이 아닐까 하는 생각이 들었을 뿐이다.

물론 지금은 아무것도 확실한 게 없습니다만.

랑이도 염라의 속마음을 알 수 없었는지, 물끄러미 바라보다가 결국 손가락을 입에 물며 말했다.

염라를 물끄러미 바라보던 랑이는 손가락을 입에 물었지만.

"으냐아…… 염라는 무슨 생각을 하는지 알기가 너무 힘드느니라."

"염라대왕이니까아."

"알려 줄 수 없느냐?"

고개를 갸웃거려 내 어깨를 관의 모서리로 찌른 염라가 말했다.

"아직은 안 돼애."

염라의 대답에 랑이가 잠깐 생각에 잠겼다.

중간에 끼인 나로서는 상당히 어색하군. 화제를 돌려 볼까?

그런 내 눈에 집무실을 둘러봤을 때 본, 다른 것보다 크고 우람하며 화려한 두루마리 두 개가 들어왔다.

흠.

저거로 해 볼까?

"알겠느니라."

"으응?"

랑이가 어느새 고민을 끝냈는지 얼굴에 활짝 꽃을 피웠으니 안 해도 되겠군.

"그쪽으로는 내가 염라보다 선배이니 말이니라. 기다려 줄 수 있느니라."

"에에에?"

응, 응, 하고 뿌듯한 표정으로 고개를 끄덕이는 랑이에게서 이쪽을 향해 시선을 돌린 염라가 말했다.

"요괴의 와앙은 랑이이의 말이 무슨 뜻인지이 이해했어어?"

"……아니."

"……진짜야아?"

"그래."

거짓말은 아니다.

내 생각이 맞는지 확실하지는 않으니까.

왜, 랑이도 사랑이 무엇인지 잘 모르던 때가 있었잖아. 그 경험에 비춰 봐서 염라도 그때의 자신과 똑같지 않을까, 라고 생각한 것 같긴 한데…….

내가 세희도 아니고 사람 속을 어떻게 압니까아~ 안 그렇습니까아?

"……."

나는 염라의 따가운 시선을 피하기 위해 조금 전에 준비한 비상 탈출 장치를 발동시켰다.

"그런데 저것들은 왜 다른 두루마리하고 달라?"

"으냐아?"

"으응?"

초등학교 1학년생을 바라보는 6학년의 시선으로 염라를 바라보던 랑이도.

사실대로 말하지 않으면 큰 코를 다치게 해 주겠다는 시선으로 나를 바라보던 염라도.

동시에 내가 가리킨 쪽을 향해 고개를 돌렸다.

"그거언……."

염라가 뭐라고 말을 하려던 찰나.

"아! 그러고 보니 처음 들어왔을 때부터 궁금하였느니라."

랑이가 염라의 말을 끊고는, 영차! 바닥에서 일어나서 책상에 쌓인 두루마리가 무너지지 않도록 손으로 조심스럽게 툭툭 건드리며 말했다.

"이것들은 다 무엇이느냐?"

염라는 후우, 하고 낮은 한숨을 쉬고는 랑이에게 말했다.

"내애가 쓰은 판결무운."

염라가 푸욱 한숨을 쉰 뒤 말을 이었다.

"깜빡했는데에, 할 일이이 아직 많이 남아 있었지이……."

염라의 시선이 더욱 따가워졌다.

나는 슬쩍 두루마리를 들어 보거나 이리저리 살펴보는 랑이를 향해 시선을 돌렸다.

그런다고 내 뺨을 찌르는 시선과 귀를 울리는 목소리가 안 들리는 건 아니지만.

"누구우 때문에 못하고오 있지마안. 이러다가아는 오느을은 밤새겠어어."

야, 잠깐만.

그렇게 말하면 안 된다고.

"그, 그러하느냐?"

랑이가 반응하니까.

랑이는 염라가 한 말이 자신에게 하는 것으로 착각하고는, 재빠르게 두루마리를 원래 있던 곳에 조심스럽게 놓고 꾸벅 허리를 숙이며 말했다.

"미안하느니라!"

"어어?"

염라의 눈이 동그랗게 된 걸 보니 꽤나 당황한 눈치다. 그야 그렇겠지. 공격 대상이었던 내가 아니라 랑이가 유탄에 맞은 꼴이 되었으니까.

저요?

이럴 때만은 얼굴 가죽이 두꺼워지는 게 바로 인간쓰레기 강성훈 아니겠습니까.

나는 철면피를 쓴 채 랑이와 염라의 대화를 느긋하게 듣기로 했다.

"염라가 일하는데 내가 방해를 하였구나. 정말정말 미안하느니라."

"아, 아니이…… 그런 게에 아니라아……."

"벌을 준다면 달게 받겠느니라, 염라야."

허리를 펴지 않는 랑이에게 뭐라 할 줄 몰라 당황하던 염라는 이내 휙 고개를 돌리고서 나를 보며 목소리를 높였다.

"뭐, 뭐어라고 조옴 해 봐아, 요괴의 와앙!"

마음속에서 꿈틀거리는 장난기가 내게 랑이와 함께 용서를 빌라 했지만.

염라의 표정이 치이가 진심으로 화났을 때의 페이를 보는 것 같아서 그만두기로 했다.

무엇보다 슬슬 가 봐야 할 것 같기도 하고.

랑이와 함께 염라와 노는 건 즐거웠고, 나중 일에 도움이 될 것 같기도 하지만…….

염라는 거짓말을 하지 않는다.

이대로 눌러앉아 있다가는 정말 염라가 밤을 새면서 일을 하게 되겠지.

그런 민폐를 끼치고 싶지는 않다고.

"자, 자, 랑이야. 그러면 우린 이만 가자."

나는 자리에서 일어나서 랑이의 허리를 오른팔에 끼고는 웃챠, 들어 올렸다.

"으냐앗?"

내 오른팔에 들린 랑이가 살짝 바동거리다 꼬리로 내 팔을 휘감았고, 염라는 흘러내린 관을 고쳐 쓰며 당황한 목소리로 말했다.

"뭐 하는 거야아, 요괴의 와앙?"

"뭐 하긴. 이러다가는 밤을 샐 것 같다고 하니까 자리를 비켜 주는 거지."

"……으으읏!"

염라는 하고 싶은 말이 많은 눈치였지만 입에 담지는 못했다. 그래도 표정에 드러나는 아쉬움이라든가 나에 대한 배신감 같은 건 드러났지만.

그래. 어디까지나 농담으로 한 말이었겠지. 나하고 랑이하고 더 놀고 싶다는 마음도 안다.

하지만.

원래 아이들이 자신들이 해야 할 일을 미루고 놀고 있으면 슬쩍 끼어들어 줘야 하는 게 어른 아니겠냐.

……저도 청소년입니다만.

…………여기서 가장 나이가 어립니다만.

………………조금 전까지 같이 놀았습니다만.

"랑이도 이제 그만 고개 들고. 염라는 반쯤 농담으로 한 말이었으니까."

내 말에 랑이가 마치 바다에서 갓 잡아 올린 대어가 파닥이는 것 같이 홱! 고개를 들었다.

"그러하느냐?"

"그래애."

"휴우…… 다행이니라. 난 또 성훈이하고 내가 방해를 한 줄 알았느니라."

랑이가 안도의 한숨을 쉬는 것을 보며 염라가 씁쓸한 미소를 지었다.

"방해애 같은 거 아니야아. 나도오 즐거웠는거얼."

그 뒤에 염라가 뭐라 중얼거렸지만, 나는 듣지 못했다.

"응, 나도 그 마음 이해하느니라."

랑이는 들은 것 같지만.

"그래애?"

"응!"

서로 마주 보던 랑이와 염라는 웃음을 터트렸다.

……아니, 뭐라고 하셨는지 저도 좀 알려 주세요.

* * *

임시로 마련된 방으로 걸어가며 물어본 내게, 랑이는 이렇게 대답했다.

"일하기 싫을 정도로 나하고 성훈이하고 노는 게 즐거웠다고 하였느니라."

아, 그러냐.

그 마음은 나도 이해한다. 나도 아침을 먹고 아이들하고 놀고 있다 보면 일을 하러 갈 시간이라고 알려 주는 세희가 사형 집행인처럼 느껴졌으니까.

그것보다 랑이의 말을 듣고 조금 궁금해진 점이 생겼다.

뱃놀이도 같이 하고, 수영장에서 같이 놀고, 집무실에서 짧게나마 대화도 나눴다. 염라에 대한 인상이 확실히 잡히기에 충분한 시간이었겠지.

그래서 나는 랑이에게 말했다.

"그래서 어땠어?"

"응? 무엇이 말이느냐?"

"염라."

"또 같이 놀고 싶으느니라!"

그래. 나도 세희의 재판이 열리기 전까지라도, 너희 들이 같이 놀 수 있는 시간이 많았으면 좋겠다.

하지만 나는 그런 의미로 물어본 게 아니지.

내가 원하는 대답을 들은 것 같지만, 랑이에 대한 건 조금이라도 더 많이 더 자세하게 알고 싶은 게 나다.

"나도 그렇긴 한데, 그거 말고."

"으냐앗?"

랑이가 머리카락으로 물음표를 만들었다.

나는 주어, 목적어, 서술어, 보어에 충실하게 질문을 했다.

"네가 보기에 염라는 어떤 아이 같으냐는 뜻이었다."

"아! 그런 뜻이었느냐?"

랑이가 헤헤 하고 머쓱한 웃음을 흘리며 내게 말했다.

"염라는 강한 어른이었느니라!"

……어른?

염라와는 전혀 관계없는 단어가 랑이의 입에서 나는 살짝 당황해서 물었다.

"왜 그렇게 생각해?"

"아. 성훈이는 못 느꼈겠구나?"

랑이는 오히려 고개를 갸웃거리며 말했지만.

"뭘?"

"염라의 안에 갈…… 갈……."

갈? 갈치? 갈고리? 갈색? 갈라파고스?

……갈라파고스가 무슨 뜻이었지?

내가 갑자기 떠오른 단어의 뜻을 떠올리는 것보다, 랑이가 말하고 싶은 단어를 찾는 것이 더 빨랐다.

"아! 갈무리! 염라의 안에 갈무리된 강대한 힘을 말이니라."

"못 느꼈다."

그런 걸 느낄 수 있었으면 내가 이미 신선이었겠지.

그보다.

"얼마나 센데?"

"아마 나보다 강할 것이니라."

……뭐, 그렇다 한들 별 상관없겠지.

어차피 그 녀석하고 싸울 일은 없을 테니까. 내 목적은 어디까지나 평화롭게 세희를 이승으로 끌고 가는 거다. 애초에 염라하고 싸우게 되면 이쪽의 패배야.

……그건 그렇고.

'염라는 강한 **어른**'에 초점을 맞춘 나와 달리 랑이는 '염라는 **강한** 어른'에 중점을 뒀구나.

어딜 봐도 질문한 내 잘못이기에, 나는 다시금 랑이에게 물어보았다.

"그런데 랑이는 왜 염라가 어른이라고 말한 거야?"

"으냐앗?"

랑이가 동그래진 호박색 눈동자로 나를 올려다보며 말했다.

"그게 무슨 뜻이느냐?"

"아니, 음, 그러니까……."

나는 좀 더 말을 고르고 고른 뒤 입을 열었다.

"왜, 요괴들은 어른이 되면 몸이 성장하잖아. 그런데 염라는 아직 키도 작고, 어딜 봐도 아이인데……."

"응? 성훈이는 무슨 말을 하는 것이느냐?"

랑이가 드물게 내 말을 끊고서 말을 이었다.

"염라는 요괴가 아니지 않느냐?"

……어?

"그, 그랬어?"

내 질문에 랑이가 고개를 갸웃거리며 말했다.

"나는 오히려 성훈이가 왜 염라를 요괴라고 생각했는지가 궁금하느니라."

그, 그야 지금까지 만난 어린아이들이 거의 다 요괴였으니까 그렇지. 기린도 신수라고 불리긴 하지만, 내가 보기에는 요괴와 다를 게 없어 보이고.

그렇구나. 염라는 요괴가 아니었구나. 그래서 종소리에 별 상관이 없었다는 거였어?

……잠깐.

염라가 요괴가 아니라는 사실을 받아들이자, 갑자기 한 가설이 떠올랐다. 그건 랑이에게 들었던 말과 연관이 있었고, 그렇기에 나는 진실을 알기 위해 물어볼 수밖에 없었다.

"저기, 랑이야."

"응?"

"그렇다는 건 염라는……."

나는 각오를 하고 말했다.

"이미 다 자란 거야?"

랑이가 말했다.

"내가 보기에는 그렇느니라."

……나는 몇 번 심호흡을 한 뒤 하늘을 바라보았다.

그래.

사람마다 각자의 개성이 있고 특징이 있다고 하잖아? 염라는 그게 단순히 작은 체구일 뿐이다. 염라가 이상한 것도 잘못된 것도 아니다.

깜짝 놀란 건 놀란 거지만.

어쩔 수 없잖아? 이런 경우는 처음 겪어 봤으니까!

그 충격적인 사실에서 아직 벗어나지 못한 나와 달리 랑이는 해맑은 미소를 지으며 말했다.

“헤헤헤, 이번에는 내가 성훈이에게 가르쳐 줄 수 있었느니라.”

그, 그래.

평소에는 내가 너한테 이것저것 많이 가르쳐 주니까 말이지.

“그런데 참 신기하느니라.”

랑이가 내 손을 잡아 오며 말했다.

나도 잠시 현실 도피를 하기 위해 랑이의 손을 맞잡고 앞뒤로 흔들며 말했다.

“뭐가?”

“아무리 힘을 잘 갈무리하고 있다 한들, 내가 느끼기에 염라의 힘은 과연 발설지옥을 다스리는 염라대왕이라 할 만하였느니라.”

“……그랬냐.”

“그러면 당연히 그에 상…… 상…… 아, 상응하는 기운이 느껴져야 하느니라. 마치, 내가 요력을 안 써도 다른 아해들이 두려움에 떠는 것 같이, 숨기려고 해도 숨길 수 없는 기운이 있으니까 말이니라.”

……요괴 마을에서의 경험에 기반해서 말하자면, 단순히 네

게 호랑이 냄새가 나기 때문이 아닐까 생각하지만.

일단 넘어가고.

“그런데?”

“염라는 그런 게 하나도 느껴지지 않았느니라. 나도 몇 번이나 만나 보고서야 겨우 아주 큰 힘이 염라의 안에 숨어 있다는 걸 알 수 있을 정도로 말이니라. 그 점이 많이 신기했느니라.”

흐음…….

이런저런 영향을 받은 상태라서 그런가. 아니면 지금까지 봐 왔던 게 있어서 그럴까.

나는 한 가지 가설을 떠올릴 수 있었다.

염라는 세희와 반대일지도 모른다는 가설 말이야.

왜, 세희는 힘든 일이 있으면 술을 마셔서 요력을 강하게 하잖아. 그와 달리 염라는 술을 마셔서 요력을 약하게 만든다거나, 그 기운을 지운 거 아닐까?

내게도 몇 번이나 술을 마시는 게 나를 위해서라는 얘기를 했었고. 그때는 단순한 핑계인 줄 알았지만, 염라가 거짓말을 안 한다는 점과 연관 지어 생각하면 꽤 설득력 있지 않아?

그렇게 생각한 내가 ‘염라는 술을 마시는 것으로 그 기운마저 거둘 수 있는 것 같다.’라는 가설을 말해 주자.

“왜 그렇게까지 힘을 꽁꽁 숨기는지 잘 모르겠느니라.”

랑이는 곰곰이 생각에 빠져서 걷는 것조차 멈췄다.

……왜 그렇게 어렵게 생각하지? 난 바로 알 수 있었는데.

“아마 내가 불면 날아가고 쥐면 꺼지는 허약한 반인반선이라서 그렇겠지."

"아! 그렇구나! 그건 생각하지 못했느니라!"

……반쯤 농담을 섞어서 한 말이었는데, 너무 힘차게 머리 끄덕이는 거 아니야?

내가 말이여! 어? 몇 개월 전에는! 산만 한 호랑이 요괴의 앞발에 얻어맞고도 살아남았고! 나중에는 비싼 돈 주고 산 가죽 소파를 넝마로 만든 호랑이 발톱에 긁혀도 상처 하나 나지 않은 사람이 됐고 말이여!

그렇게 스스로를 다독이고 있자니, 랑이가 내 허리를 끌어안았다.

내가 살짝 기분이 상한 걸 눈치챘나 싶었지만, 랑이의 표정에 자부심이 가득한 걸 보니 그건 아닌 것 같다.

그러면 왜?

랑이가 내 마음 속 질문에 대답했다.

"내게 있어 성훈이는 세상에서 가장 믿음직스럽고 강한! 내 자랑스러운 지아비니까 말이니라!"

……아아, 이래서 한국말은 끝까지 들어 봐야 한다는 것입니다.

"그렇게 생각해 줘서 고맙다."

나는 애정을 가득 담아서 랑이의 머리를 쓰다듬었다.

"으냐앙~"

방에 돌아갈 때까지 랑이가 기분 좋은 울음소리를 낼 정도로.

두 번째 이야기

그건 그렇고.

난 분명 랑이와 염라 패거리가 함께 놀 수 있는 시간이 많았으면 좋겠다는 생각을 한 적이 있다.

하지만 그게 오늘 당장 이 녀석들이 임시 내 방에 쳐들어오기를 바라고 한 말은 아니었어.

"그때 말이니라, 성훈이가 이렇게 말했느니라!"

"뭐라고오?"

때는 늦은 밤.

염라와 우마와 마마가 연락도 없이 찾아와 랑이와 함께 침대 위를 점령한 것은 내가 잠시 화장실을 갔다 온 사이였다.

그것도 잠옷을 입은 채로.

방에 돌아와 초대하지 않은 손님들을 맞이해 뇌가 얼어붙은 내게 염라는 이렇게 말했다.

"겸사겸사 놀러왔어어~"

지금 와서 하는 말이지만, 나는 염라와 유쾌한 친구들을 이때 쫓아냈어야 했다.

왜냐하면, 지금.

염라와 우마와 마마가 랑이와 함께 이야기꽃을 피우고 있으니까.

"신랑이 신부를 맞이하러 왔다!"

내가 고개를 들 수 없는 화제로 말이지.

도대체 저건 언제까지 내 발목을 잡을 거야?!

"오오~ 요괴의 와앙이?"

"대단해, 요괴의 왕."

"정말 남자다운 청혼이네요."

보지 마! 이쪽 보지 마!

침대가 넓고 랑이와 염라와 마마가 체구가 작다 해도 나까지 껴 있기에는 좁은 법.

덕분에 나는 침대 옆에 의자를 가지고 와서 앉아 있다.

……쫓아낼 걸 그랬어.

눈 딱 감고서 랑이의 꼬리가 살랑거리는 걸 못 본 척하고 쫓아낼 걸 그랬다고. 아니면, 최소한 바깥 방에 나가 있어야 했다. 염라와 우마와 마마가 미안해할 것 같아서 여기 있기로 했는데, 아무리 생각해도 잘못된 선택이었다.

"그리고 어떻게 했는지 아느냐?"

"어떻게 했는데에?"

랑이가 오른손을 호랑이 손으로 바꾼 다음에 휭! 하고 허공에 휘두른 뒤 말했다.

"내가 온 힘을 다해 휘두른 발을 손도 안 대고 막았느니라!"

놀란 눈으로 이쪽 보지 말라고!

"거기서 끝나지 않고 성훈이가 내 발에 손을 대자, 으냐앗! 난 이렇게 됐느니라."

랑이가 과장되게 호랑이 손을 어깨 뒤로 넘기며, 발라당 침대에 누웠다.

야, 인마! 네가 언제 그랬다고!

"랑이이를 생각하느은 마음의 힘이이 강했나 보네에."

"대단해, 요괴의 왕. 다시 봤어."

"역시 성문에서 저를 밀친 건 요행이 아니었네요."

그리고 이쪽 보지 말라니까! 과장된 이야기니까!

이대로 가만히 있다가는 수치심에 내일 아침 해를 볼 수 없을 것 같기에, 나는 어쩔 수 없이 여자아이들의 대화에 끼어들 수밖에 없었다.

"……그 이야기는 그만해 주면 안 될까."

정확히 말하면, 항복 선언이지만.

"왜에? 나안 더 듣고 싶은데에? 요괴의 와앙의 활약상으을 말이야아."

저, 저 망할 자식. 다 알면서 저러네.

내가 왜 랑이를 말리는지, 옛날에 무슨 일이 있었는지 말이야.

나를 괴롭히는 데 재미라도 들렸는지 얼굴에 세희를 닮은 미소를 짓고 있다.

"응. 요괴의 왕에 대한 이야기, 재밌어."

그에 비해 마마는 순수하게 지금의 이야기를 즐기는 눈치다.

"저도 요괴의 왕님께 폐가 아니라면 조금 더 호랑이님의 이야기를 듣고 싶은 기분이 드는 것 같아요."

우마는 살짝 볼을 붉히고 있고.

"그러면 성훈이가 냥이의 요술 안에서 내게 사랑을 맹세했던 때에 대한 이야기를 하겠느니라!"

랑이는 다른 의미로 내 말을 받아들인 것 같다.

……신은 없는 겁니까.

"그때가 말이니라."

랑이가 이야기를 시작하고 염라와 우마와 마마가 귀를 세우는 걸 보니 없는 것 같습니다.

그래서 나는 청각이 아닌 시각에 모든 신경을 쏟기로 했다.

잠들기 연락도 없이 갑자기 쳐들어온 염라와 우마와 마마는 모두 잠옷 차림이었다.

먼저 염라.

염라가 평소에 입고 다니는 옷과 지금의 잠옷을 보면 누구나 이 녀석이 붉은색을 좋아한다는 것을 알 수 있을 거다. 치렁치렁한 걸 좋아하는 건지, 아니면 펑퍼짐한 옷을 좋아하는 건지, 그것도 아니라면 단순히 품이 넓은 옷을 좋아하는 건지 모르겠지만. 어쨌든 한 치수는 커 보여서 손목과 발목을 다 가리고 있는 염라의 잠옷은 뭔가 만져 보면 매끌매끌하니 감촉이 좋을 것 같은 천으로 만든 것 같다. 그 위에는 하얀색으로 꽃이,

검은색으로 잎과 줄기가 수놓아져 있었고. 머리에는…… 저런 걸 수면 모자라고 하나? 수면 모자를 쓰고 있었다.

물론 이것도 붉은색이다.

전체적으로 붉은색 천지지만 그렇다고 해서 눈이 피곤하지는 않다. 그다지 밝은 계열이 아니니까.

다음은 마마.

마마는 연분홍색의 어깨가 드러나는 잠옷을 입고 있었다. 하의는 반바지고. 이곳저곳에 프릴이 많이 달려 있는, 전체적으로 귀여운 디자인의 잠옷이다. 여기저기에 그려진 망아지까지 해서 말이지.

……내 편견일지도 모르겠지만, 아마 저 잠옷은 우마가 골라 준 거 아닐까 싶다. 그 발설지옥의 제복 같은 옷도 싫어하는 녀석이 저런 잠옷을 솔선수범해서 입을 것 같지는 않거든. 마마의 성격이라면 잘 때도 간단하게 팬티와 러닝셔츠만 입을 것 같잖아?

그리고 우마.

크윽. 저는 감사함에 눈물을 흘릴 수밖에 없었습니다. 우마는 가슴의 윗부분이 훤히 드러난 연노랑색의 원피스 잠옷을 입고 있었거든. 당연히 우마의 Big하고 Bravo한 Breast는 자신의 존재를 압도적으로 드러내고 계십니다!

감사합니다!

압도적으로 감사합니다!

내가 우주 폐기물 같다고?

왜! 좋아할 수도 있지! 나도 남자라고! 피 끓는 나이의 남자란 말이다! 가슴 큰 누님이 조금 야시시한 잠옷을 입어 주셔서 감사합니다! 그런 생각을 하는 게 뭐가 나빠! 내가 무슨 짓을 할 것도 아니고 말이야!

부끄러운 과거가 폭로되고 있는 지금! 그 정도의 행복 정도는 바라도 되는 거잖아?!

……스스로에 대한 변명은 이정도로 하고.

마지막으로 랑이는 호랑이를 본 따 만든 잠옷을 입고 있었다. 저 잠옷은 염라가 가지고 왔다. 꼬리 쪽에 달린 상표에 made in S라고 적혀 있는 걸 봐서, 아마도 세희가 준비해 준 게 아닐까 싶다.

진짜, 그 녀석은.

모든 것을 버리고 스스로 죽을 곳을 찾아 온 녀석이라고는 보이지 않는다니까. 설마 나와 랑이가 온 것도 그 녀석의 원대한 계획 중의 하나는 아니겠지?

……오히려 그랬으면 좋겠군.

모든 것에 만족한 채 그저 삶의 끝을 맞이하고 싶어 하던 세희의 모습이, 그 목소리가 단순한 연기였으면 얼마나 좋을까.

그렇게 잠시 세희에 대한 생각을 하고 있던 사이.

뭔가 침대 위의 분위기가 이상하게 바뀐 것 같다.

"염라아대와앙니임~"

마마가 혀 꼬인 소리를 내면서 염라에게 찰싹 달라붙었으니까. 뭐랄까, 지지대에 얽혀 있는 나팔꽃의 줄기를 연상시키는 모습으로.

"그래애, 그래애."

그런 마마를 염라는 흐뭇한 미소를 지은 채 등을 쓰다듬어 주었다.

"미아아아안해애애애."

마마는 이제 아예 염라의 가슴팍에 얼굴을 비비기 시작했다.

응? 마마가 저런 성격은 아니었던 것 같은데 왜 저러지? 그 사이 무슨 일이라도 있었나?

마마는 감정이 격해졌는지 목까지 붉어진 채, 마치 술에 진탕 취한 녀석처럼…….

아니, 취했구나.

어째서인지 서랍장 위의 술잔이 세 개로 늘어나 있어.

나는 인상을 쓰고 염라에게 말했다.

"야, 너 혹시 마마한테 술……."

"염라아아대왕니이이임 최꼬오오!"

술주정뱅이가 된 마마에 의해 중간에 말이 잘렸지만.

나는 다시 한 번 말했다.

"취한 것……."

"요괴에에 와아앙도 최고야아!"

"저기……."

"에헤헤헤헤헤헤헤! 재밌어어어어! 즐거워어어!"

관두자. 말을 해도 말 녀석이 알아들을 생각을 안 한다. 그래서 나는 고개를 돌렸다.

"정말 흐뭇한 모습 아닌가요?"

그렇습니다. 빈 술잔은 세 개였지요.

마마만큼은 아니지만 우마의 볼에도 짙은 홍조가 들어있었다.

우마도 상당히 취한 것처럼 보이네. 염라를 끌어안고 비비적비비적거리고 있는 마마를 바라보며 뚝뚝 흐르고 있는 진주 같이 커다란 눈물을 잠옷으로 훔치고 있었거든.

이렇게 말하면 아무 문제도 없어 보이지만, 사실 눈가를 닦고 있는 부위가 잠옷의 아랫부분.

즉, 치마를 잡아 올려 눈물을 닦고 있다는 거다. 덕분에 만천하에 드러난 속옷은 깨끗한 흰색이었습니다.

……왜일까.

술을 마신 것도 아닌데 숙취에 시달리는 느낌이 드는 건.

다들 술에 취했으니 이 기분을 알아 줄 녀석은 랑이밖에 없겠군.

그렇게 생각했을 때.

"으냐아~ 조금 어지럽구나."

취객들의 추태를 눈을 깜빡이며 바라보고만 있던 랑이가 갑자기 그렇게 말하며 머리를 짚었다.

랑이도 마신 거냐아아아아!!

나는 머릿속에서 뭔가가 뚝 끊긴 것을 느끼며 고개를 돌려 염라를 노려봤다.

마마를 꼬옥 끌어안고 한 손으로 머리를 쓰다듬으면서 "나아는 아무 곳에도오 안 가느니라아." 같은 소리를 하고 있던 염라가 내 시선을 느꼈는지 이쪽을 바라보았다.

나는 말없이 고개를 까닥여 랑이를 가리켰다.

내 몸짓의 뜻을 알아챈 염라가 황급히 고개를 저으며 말했다.

"랑이이는 아지익 마시게 한 저억 없어어."

그렇다는 건 술 냄새에 취한 건가.

휴우, 다행이다.

그렇다면 환기를 시키…… 는 것보다 이 주정뱅이들을 방에서 쫓아내자.

평소보다 내 태도가 조금 차가워 보일지 모르겠지만, 어쩔 수 없다. 술 취한 아버지 때문에 고생한 게 하루 이틀이어야지.

그렇게 생각하며 취객들을 쫓아내기 위해 의자에서 일어나려 할 때.

"으냐아~ 이상하게 기분이 좋은 것이니라아~"

"그러며언 랑이이도 한잔할래애?"

그러고 보니 아직이라고 했었지, 저 녀석.

더욱 더 조금이라도 빨리 너희들을 쫓아내야 할 이유를 만들어 줘서 고맙다.

"야, 인마."

나는 중간에서 가득 찬 술잔을 잡아채서 서랍장 위에 놓고 염라에게 말했다.

"조금 전만 해도 건전한 파자마 파티였던 것 같은데, 왜 갑자기 술판이 돼 버린 거야?"

염라가 능글맞은 미소를 지으며 말했다.

"그거야아, 요괴의 와앙이 따안짓을 하고 있으니까 그렇지이."

내 탓이냐?

"그렇느니라! 성훈이만 혼자 별세계에 있으니까 그런 것 아니느냐? 그러니까 빨리 이리 와서 나를 안아 주어라!"

그렇게 말한 랑이의 볼도 살짝 붉어져 있다.

"그러며어언 내애애가아아 안아아 줄게에에~!"

그리고 염라에게 달라붙어 있던 마마가 마치 유명한 미국 만화에서 나오는 거미 인간처럼 뛰어올라서는 하늘에서 몸을 회전시킨 뒤.

그대로 랑이를 덮쳤다.

"으냐악!"

마마에게 깔린 랑이는 불의의 일격에 비명을 질렀고.

"비, 비키거라!"

"이히히힛, 못 가아아. 나하고오오 노라아아아."

뭐랄까. 평소에 남을 덮치는데 익숙한 랑이가 덮쳐져서 바동거리는 모습을 보는 건 조금 신선하군.

"곤란하네요……."

우마의 말에 퍼뜩 정신이 들었다.

아, 지금 이런 생각을 할 때가 아니었다. 마마에게 깔린 채 바동거리는 랑이를 도와줘야지.

그런데 어째서인지 우마가 나와 랑이의 사이를 가로막으며 말했다.

"아! 좋은 생각이 들었어요! 정말 좋은 생각이에요!"

"응?"

"요괴의 왕님이 호랑이님을 안아 주실 수 없게 되셨으니 저를 안아 주시면 되겠네요. 그렇죠?"

그렇게 말한 우마가 내 쪽을 향해 두 팔을 벌렸다.

그런 의미에서 곤란하다는 거였냐?!

"인기가아 많아서 좋겠네에, 요괴의 와앙."

"넌 뭘 그렇게 느긋한 소리나 하고 있냐?!"

"뭐어, 어때서어? 다들 즐겁게 노는 것 같은데에."

"그 안에 내가 안 들어가는 게 문제지!"

"에잇!"

아니, 취소.

잠시 염라에게 정신이 팔려 있는 사이, 우마가 나를 끌어안았으니까. 그와 함께 충격적인 감촉이 내게 느껴지아아아아아아악!!

"힘! 힘 조절! 아파! 아프다고!!"

내 허리! 내 허리 부서진다!! 한 번도 쓰지 못한 내 허리에서 뿌가가가가각 소리가 들렸어어어!

"이렇게, 이렇게 꽉 안아줘야 영성이…… 가 아니라, 요괴의 왕님이 외롭지 않을 것 같아서 안 돼요."

너 본심 나왔거든?!

그렇게 딴죽 걸 때가 아니라서 나는 온 힘을 다해 우마를 밀쳤다. 우마가 술에 취했기 때문일까. 아니면 살고자 하는 의지가 그 무엇보다 강했기 때문일까.

"어라아?"

우마가 침대에 뭔가 에로틱한 자세로 쓰러졌다. ……염라를 깔아뭉갠 채로.

"무거워어~"

그건 아마 넘어지며 출렁였던 무언가의 영향이 크지 않을까.

"죄송해요, 염라대왕님."

우마가 급히 사과하며 일어나려고 했지만.

"말로마안?"

"꺄앗?"

놔줄 생각 없다는 듯, 염라가 몸을 돌려서는 우마를 다시 눕혔다.

가슴을 잡고서.

"우두 가스음 말랑해애~"

"꺄아아앗?"

발음에 주의해 주세요, 염라대왕님. 피아노 치는 것처럼 손가락을 움직이는 것도 그만해 주시고요.

맨정신인 이쪽 입장도 생각해 달라고!

"만지고 싶어어, 요괴의 와앙?"

그야 당연하지!

그렇게 말하지 않을 수 있었던 것은 제가 지금까지 쌓은 수양 덕분입니다.

싫다고 말하지 않았던 것은 염라가 살아 있는 거짓말 탐지기이기 때문이고요.

그래서 나는 고개를 돌렸다.

"누가 이기는지 한번 해보자꾸나!"

"나도오오오 지이이이지 않아아아~!"

왜 저 녀석들은 레슬링을 하고 있는 거냐. 그것도 꽤나 격하게 엎치락뒤치락해서 마마의 꼴이 말이 아니다. 랑이는 일체형 잠옷을 입고 있는 덕분에 모자가 벗겨지는 정도에서 끝나 있지만, 마마는 팬티까지 내려가서 뽀얀 엉덩이까지 보일 정도니까.

아, 마마는 엉덩이에 반점이 있구나.

……나는 고개를 들어 천장을 바라보았다.

하아.

이제 다들 아시겠죠?

술이 이렇게 나쁘다는 것을.

누가 날 좀 이 행복한 지옥에서 구해 줘…….

* * *

술 취한 주정뱅이들의 난장판이 한동안 계속된 후.

술기운 때문인지, 아니면 시간이 늦었기 때문인지, 그것도 아니면 놀다 지쳤기 때문인지.

나와 염라를 제외하고는 모두 침대 위에 널브러져 버렸다. 그 난리를 쳤는데도 자는 모습이 다들 천사 같다는 게 비겁하기까지 하다.

"하아……."

깊은 한숨을 쉬고 있자니, 우마와 마마의 흐트러진 잠옷 차림을 추슬러 주던 염라가 말했다.

"미아안~"

그 목소리에는 장난기가 가득 담겨 있었지만, 그렇다고 진심이 없지는 않았다.

내 새끼손가락의 손톱만큼이지만.

그래서 나는 조금 전보다는 조금 가벼운 한숨을 내쉬었다.

"이렇게에 노는 거언 처음이라아 우두하고 마두가아 조금 흥분한 것 같아아."

"아니, 그게 문제가 아닐 텐데."

"으으응?"

나는 찌릿, 염라를 노려보며 말을 이었다.

"술 때문에 그렇잖아, 술. 네가 권한 술 말이다."

"평소에느은 내가 술을 권해도오 안 마시는거얼?"

그러니까 술 탓하지 말라는 거냐?

하지만 네 주장에는 빈틈이 있지.

"그 평소라는 게 언젠데? 혹시 너희들이 서먹하게 지낼 때 이야기하는 건 아니지?"

염라가 휙 고개를 돌렸다.

"야, 이쪽 봐. 야, 야. 이쪽 보라고."

그제야 다시 고개를 돌린 염라가 턱을 아래로 숙인 채로 내 눈치를 보며 입을 열었다.

"그래도오 우두하고 마두가아 흥분한 거언 사실인거얼."
"……그러냐."
"그러니까아 관대하게에 넘어가 줘어, 요괴의 와앙. 그런 것도오 왕의 자지일이다아?"
"발음 똑바로 해!"
왕의 자질입니다! 관대한 마음가짐이 왕의 자질이라는 거예요! 잘못 들으면 안 됩니다!
"순지인한 처억?"
나는 눈웃음을 지으며 내 팔뚝을 쿡쿡 찌르는 염라에게 말했다.
"그보다 슬슬 찾아온 용건에 대해 이야기할 때가 되지 않았냐."
조금 전까지는 술 취한 애새끼들…… 이 아니라.
술 때문에 너무 기분이 좋아진 랑이와 마마와 우마 때문에 이야기를 제대로 할 수 없었으니까.
"갑자기이 무슨 소리야아?"
그런데 왜 이 녀석은 시치미를 떼는 거냐.
"너, 처음 왔을 때 이렇게 말했잖아."
겸사겸사 놀러 왔다고.
"그렇다는 건 나한테 할 이야기라든가 다른 용무라든가 있다는 뜻이잖아. 그게 뭔지나 말해. 나도 슬슬 졸리니까."
무엇보다 주정뱅이들에게 어울려 주느라 지쳤다.
……애정 결핍증 환자처럼 달라붙으려는 마마나, 은근슬쩍 남을 빈사 상태로 만들려고 하는 우마나, 마마에게 이상한

쪽으로 승부욕을 발휘하는 랑이나, 불길에 기름을 붓는 염라에게 말이다.

그런데 이 방화범 녀석이 왜 눈을 동그랗게 뜨고서 나를 보는지 모르겠다.

"왜."

염라가 말했다.

"요괴의 와앙은 은근히 사라암의 말을 제대로오 듣는구나아?"

"은근히는 뭐야, 은근히는."

올해 여름부터 지금까지, 말 한마디에 천 냥 빚을 갚는다는 게 어떤 의미인지 온몸으로 체험한 나한테.

"그러며언 이런 게 좋아아?"

염라가 흠흠 목소리를 가다듬고서는, 가슴께에 두 주먹을 쥐고는 반짝반짝 빛나는 눈동자로 나를 올려다보며 생기 넘치는 목소리로 말했다.

"요괴의 왕, 대단해!"

"……하지 마라."

네 이미지하고 안 맞는 것도 안 맞는 거지만, 듣는 내가 부끄러워지니까.

"그래서어 신경 써 준 거야아."

순식간에 흐물흐물 늘어진 염라가 말했다.

"그보다아, 밖에서어 이야기이해도 되앨까? 우마하고 마마아를 데려다 주고오, 나아도 자러 가려며언 시간을 아끼는 펴언이 좋거드은."

"돌아간다고?"

잠옷까지 입고 왔기에 영락없이 임시 내 방에서 자고 가는 줄 알았는데 말이지.

그런 내 생각을 눈치챘는지 염라가 널브러진 우마와 마마 사이에 누워, 이쪽을 향해 두 팔을 벌리며 말했다.

"그러며언 같이 잘까아?"

나는 의자에서 일어나며 말했다.

"나가자."

첫 만남에서의 자기 자신처럼, 염라는 우마와 마마를 뒤쪽에 둥둥 띄운 채로 나와 함께 복도를 걸었다.

꽤나 방에서 멀어졌는데도 아무 말 없이.

염라가 먼저 이야기를 해 주는 걸 기다리기도 지쳐, 슬슬 입을 열까 생각했을 때.

"혼자서어 돌아갈 수 있겠어어, 요괴의 와앙? 다른 애들이라도오 불러 줄까아?"

염라는 그렇게 말꼬를 열었다.

"기억하고 있으니까 걱정할 것 없다."

그리고 만약 까먹는다 해도, 문이라는 문을 다 열다 보면 어떻게든 되겠지.

"그보다 하고 싶은 말이 있으면 슬슬 해라. 이러다가 네 방까지 가겠다."

"아무리이 그래도 다 큰 여염집 처녀어의 방에 이간 남자이를 들어오게 할 수느은 없는거얼."

랑이의 이야기를 들어서 그런지 다른 의미로 받아들여지는군.

"나아하고 그러언 관계가아 되고 싶다며언 조금 더 노려억 해야 할 거야."

"평생 안 해도 되겠네."

"너무해애~ 이제 나아한테는 볼일 다아 봤다는 거야아~?"

은근슬쩍 속내를 숨기면서 농담을 하는 염라에게 나는 말했다.

"다 보긴 뭘 다 봐. 이제부터 시작일 텐데."

……아니, 이게 아니지.

나는 잠깐 걸음을 멈췄다. 몇 걸음 앞서 걸어가던 염라도 이내 발을 멈추고 몸을 돌려 나를 바라보았다.

나는 말했다.

"그리고 정말 만약에 말이다. 네가 나한테 마음이 있다 해도, 지금 같은 상황에선…… 아니, 세희의 재판이 남아 있는 상황에서는 네 입장상 나하고 더 가까워져서는 안 되는 거잖아? 안 그래?"

친구로서 건넨 말에 염라는 미소를 지었다.

"그게에 요괴의 와앙한테는 그게 더 좋은 거 아니야아?"

"그럴 수도 있겠지."

조금 더 편하게 세희의 재판에서 이기기 위해서는.

하지만.

"나한테 양심이라는 게 없었다면."

세희를 돌려받기 위해서 수단과 방법을 가릴 생각이 없는 건 사실이다. 그래도 최악의 상황이 일어나지 않는 한, 올바르지 않은 방법까지 손을 댈 생각은 없다.

왜, 그런 말도 있잖아.

수단이 올바르지 않다면 결과는 정당화될 수 없다.

그래서 지금까지 염라에게 내 꿍꿍이 같은 걸 숨기지도 않았고.

숨기지 못한 게 아닙니다! 안 한 겁니다!

자기변명을 하고 있는 내게 염라가 말했다.

"요괴의 와앙은 역시 착한 아이네에. 그래도 마음이 차암 복잡해애."

무슨 소리지?

나는 염라의 속을 떠보기 위해 슬쩍 농담을 건넸다.

"뭐야, 설마 나한테 반했냐?"

염라가 팍 인상을 쓰며 말했다.

"그럴 리 없잖아."

……목소리까지 똑바르군.

하지만 그것도 잠시.

"아까아도 말했지만 지그음은 단순한 호감이야, 호가암."

이내 평소의 늘어진 목소리로 염라가 말했다.

"하지마안 가능성이라는 거어 열려 있는 거니까아. 이제까지만 해도오 철천지원수우였던 남녀가아 하룻밤 사이에 만리장성으을 쌓고 떨어져서는 모옷 사는 사이가 되는 거얼 내애가 몇 번이나아 봤는 줄 알아아?"

하긴, 나도 랑이와 처음 만났을 때만 해도 이렇게 될 줄은 몰랐지.

"그래서어."

염라가 볼멘소리를 냈다.

"그런 가능성조차아 내애가 염라대왕이라는 이유만으로오…… 아니이, 네가 소중히 여기이는 세희 때문에에 가능성조차 열어 두지 못하는 게에 쪼오금 불만."

나는 피식, 웃음이 새어 나왔고 염라가 눈을 찌푸렸다.

"왜 웃는데에?

왜 웃긴.

"좋게좋게 생각해. 세희가 없었다면 이렇게 만날 일도 없었을 거라고."

내 말에 염라가 살짝 입술을 내밀며 말했다.

"요괴의 와앙은 참 긍정적으으로오 생각하네에."

"그렇지 않았으면 이미 옛날에 정신병자가 됐을 테니까."

나름대로 풍파를 겪은 인생이라 말입니다.

……아직 내가 17살이라는 걸 생각하면, 정말 끔찍한 일이다.

그렇습니다! 그 난리를 겪었는데도 아직 17살입니다!

기분 상으로는 한 8년 정도 고생한 것 같은데 말이죠!

잠시 지금까지 살아온 삶과 앞으로 남은 인생 동안 얼마나 많은 역경과 고난이 찾아올 것인가에 대한 두려움에 떨고 있을 때.

염라가 말했다.

"그러며언 그런 요괴의 와앙을 믿고 편한 마음으로오 말해도 되겠네에."

"뭘?"

나를 올려다보는 염라의 모습은 조금 전까지만 해도 술을 마시고 있었던 녀석이라고 볼 수 없을 정도로 진지하기 그지없었다.

그 목소리마저.

"갑작스럽겠지만, 세희의 재판이 내일 열린다."

살짝 당황했지만, 나는 어떻게든 평정을 되찾고 염라에게 말할 수 있었다

"……너무 빠른 거 아니야?"

내가 발설지옥에 와서 잠자리에 든 게 몇 번.

다른 말로 하면 세희가 저승에 잡혀 온 게 며칠밖에 안 됐다는 이야기다. 그런데 벌써 재판을 한다고?

내 예상과는 달리 너무 빠르다.

그리고 염라는 피식 웃었다.

"원래애는 일주일 정도오 뒤에 열 생각이었는데에, 이게 다아 요괴의 와앙 덕분이야아."

그래.

세상의 모든 고통과 슬픔은 내가 제대로 처신하지 못했기

때문에 생기는 것이다.

"왜 이야기가 그렇게 되는데?"

염라가 머리 뒤로 팔짱을 끼며 몸을 휘익 돌리고 느릿하게 걷기 시작했다. 어딜 봐도 이 화제는 여기서 끝내자는 거지. 그렇다고 내가 '예, 알겠습니다! 소중한 정보 감사합니다!' 하고 물러날 것 같냐?

나는 염라와 걸음을 맞춰 옆에 나란히 걸어가며 말했다.

"야, 인마. 사람을 궁금하게 만들어 놓고 이유도 말 안 해 주는 게 어디 있냐?"

"으음……."

염라가 오른손으로 볼을 긁적이며 말했다.

"그것도오 그러네에. 아예에 말을 안 해 줬으며언 모를까."

낮은 한숨을 쉬고서 염라가 말 했다.

"요괴의 와앙도 천상계에서 내게 연락이 온 거언 봤지이?"

"응? 무슨 소리야?"

"……."

염라가 세희 때문에 너무나 익숙해진 시선으로 나를 바라보았다.

"요괴의 와앙이 본 거어, 나아도 알거드은?"

그러니까 무슨 소리냐고 말하려 할 때.

"아, 그거였냐."

나는 기억 속에서 한 가지 물건을 떠올릴 수 있었다.

염라의 집무실에서 봤던 모양이 다르고, 왠지 모르게 친숙한 느낌이 들었던 두루마리를.

"그 두루마리? 그게 천상계에서 온 거였어?"

염라가 추욱 어깨를 떨어뜨리며 말했다.

"괘앤히 말했나아…… 요괴의 와앙이라면 당연히 눈치챌 거라고오 생각했는데에…… 내애가 너무우 과대평가했어어……."

야, 야. 그렇게 침울해하지 마라.

내가 아무리 다른 사람을 실망시키는 데 전문가라고 해도 그런 태도에 마음이 안 아픈 건 아니라고.

나는 아픔에서 벗어나기 위해 노력하며 염라에게 말했다.

"그래서 그 두루마리에는 도대체 무슨 내용이 적혀 있었는데?"

"하나아는 세희의 재판으을 재촉하는 내요옹."

염라가 어딘가 한탄하는 듯한 목소리로 말했다.

"사시일 이번이 처음은 아닌데에, 이전처러엄 무시할 수는 없을 거엇 같거드은. 꽤나아 거물이 항의를 해 와서어."

염라의 말에 나는 바로 기린을 떠올렸다.

천상계와 연이 닿아 있으면서 세희를 미워하는 녀석이라면, 내가 아는 한 그 녀석밖에 없으니까.

……뭐, 다른 이유도 있지만.

어쨌든 이승에 돌아가면 세희와 함께 사과를 해야겠다. 가능하다면 세희가 인간의 왕 자리를 포기하게 만든다거나 해서, 화해를 시키고.

일단 돌아가고 나서의 이야기지만.

내가 차후의 일을 생각하고 있는 동안 염라는 현실을 이야기했다.

"거기다아 아무래도오 천상계에에는 세희를 그리 곱게에 보지 않느은 무리도 있는 것 같고오."

염라가 슬쩍 나를 올려다보며 지나가는 투로 말을 이었다.

"뭐어, 다른 움직임도오 있었지마안."

다른 움직임?

그렇다는 건, 내 가족들을 제외하고도 세희를 옹호하는 세력도 있다는 건가?

누구지?

잠시 머릿속에서 가능성 있는 것들을 생각하고 있는 내게, 염라가 말했다.

"그러언 이유로 조금 갑작스러업지만, 내일이 세희의 재판일이 되겠습니다아~"

염라가 툭, 하고 내 팔뚝을 치며 말을 이었다.

"잘 해 봐아, 요괴의 와앙. 이번 재판으은 특별히 하늘도오 지켜볼 테니까아. 정말 정마알 운이 좋으며언 네 뜻이 하느을에 닿을 지도 모르잖아?"

뭐라고?

"하늘도 재판장에 온다는 거야?"

그 정체를 알 수 없는 하늘이?!

깜짝 놀란 내 질문에 염라는 손으로 하늘을 가리키며 말했다.

"무스은 소리야, 요괴의 와앙. 하느을은 여기에도 있는데에."

……그래, 있지.

뭔가 놀라서 손해 본 기분이다.

좋아, 이왕 이렇게 된 거 그동안 궁금했던 하늘이라는 것에 대해 염라에게 좀 물어보자.

"그런데 하늘이라는 건 도대체 뭐냐?"

"하느을은 하늘이야아."

밥은 밥이고, 고기는 고기다.

"그게 끝이냐."

"그래애~"

알려 줄 생각이 없는 건지, 아니면 설명하기 귀찮은 건지, 그것도 아니라면 말 그대로의 뜻인지 잘 모르겠다.

확실한 건 하늘에 대한 이야기를 염라가 끝냈다는 것 뿐.

그렇다면…….

"나한테 알려 줄 수 있는 것도?"

다른 쪽을 찔러보자.

왜, 우는 아이 젖 한 번 더 준다는 소리도 있잖아?

"……."

그렇다.

염라에게는 맞지 않는 속담이었다.

염라에게는 젖이 나오지 않으니까.

살짝 삐친 채로 볼을 부풀린 염라가 툴툴거리는 목소리로 말했다.

"이 정도며언 많이 알려 준 거어 아니야아?"

나는 바로 만세를 하며 대답했다.

"뭐, 그렇지."

세희의 재판에서 어떻게 변호를 하고 이쪽의 사정대로 죗값을 받게 할지에 대한 건 생각해 둔 지 오래니까.

하늘이 재판을 지켜본다는 건 예상외였지만, 그것도 별문제 없어 보인다.

염라는 하늘이 '지켜본다.'라고 했으니까.

내가 잠깐 생각에 잠겨 있을 때.

"그러며언 내일은 다른 입장에서어 보겠네에?"

그렇게 말한 염라는 삐뚤어진 관을 바로 쓰며 말했다.

"재판관과아 변호사로오 말이야."

"그러게."

나는 걸음을 멈췄다.

이 이상 염라를 따라가서는 안 될 것 같은 기분이 들었기 때문이다.

나와 염라, 둘을 위해서.

염라도 그렇게 생각했는지, 가볍게 손을 흔들며 말했다.

"그러엄 내일 봐아."

"그래."

나는 앞서 걸어가는 염라를 바라보다 뒤로 돌아섰…….

"억!"

……돌아서려다 잠든 채 둥둥 떠다니던 마마의 발에 뒤통수를 차여 그대로 주저앉고 말았다.

아야야야야! 아파!

"풉! 푸하하하핫! 뭐 하는 거야아, 요괴의 와앙?"

하지만 수치심은 고통을 이겨 내는 법이다!

"우, 웃지 마!"

나는 머리를 부여잡으며 벌떡 일어나서 배를 잡고 웃고 있는 염라를 한번 노려본 뒤.

이번에는 우마나 마마와 부딪치지 않기 위해 조심스럽게 랑이가 잠들어 있는 방으로 돌아갔다.

꿈 이야기

냥이가 말했다.

"재판이 있을 것이니라."

"재판?"

생각도 못한 단어에 당황한 내게, 냥이는 인상을 찌푸리는 것도 모자라 검은 연기를 내뿜었다.

"쯧쯧, 내가 닭갈비를 만들 때 왜 닭 손질부터 해야 하는지까지 알려 줘야 하겠느냐."

농담할 기분이 아니기에 나는 아무런 대답도 하지 않았고, 쯧, 혀를 찬 냥이가 말을 이었다

"염라대왕이 죄의 경중 유무를 따지고 그에 따라 형벌을 내릴 것이다, 이 말이니라."

"의외네."

최악의 경우지만, 문답무용으로 세희가 즉결 처형 당했을 가능성까지 염두에 뒀으니까.

물론 그때는 천상계든 이승이든 저승이든, 요괴의 왕과 전(前) 요괴의 왕이 미쳐 날뛰는 꼴을 직접 보게 됐을 거다.

그런 생각을 하고 있을 때, 냥이가 탁! 담뱃재를 털어서 내 의식을 자신을 향해 되돌렸다.

"그렇지 않을 경우 책 위에 쌓인 먼지 같은 녀석을 누구보다 아끼는 흰둥이와 분노 조절 장애가 있는 네 녀석이 가만히 있겠느냐. 천상계도 그 정도는 다 염두에 두고 있느니라."

요술을 썼는지, 아니면 내 표정에 생각이 그대로 드러났는지 모르겠지만.

지금은 그게 중요한 게 아니다.

재판…… 재판이라…….

흠.

그렇다면…….

나는 머릿속에서 쉴 새 없이 떠오른 생각들을 정리한 뒤, 냥이에게 말했다.

"네가 보기에 그 재판에서 이쪽이 유리할 것 같냐."

"그 멍청한 녀석이 영성을 다루는 요술을 썼다는 것은 감출 수 없는 사실이니라. 그에 대한 **증거까지** 기린의 손에 넘어간 이상, 죄를 없는 것으로 하는 것은 힘드……."

냥이가 말을 하다 말고 꼬리를 바짝 세우며 짜증을 냈다.

"이 망할 것아! 아무리 흰둥이가 부탁했다 하더라도 내가 일일이 다 알려 줘야겠느냐?! 네 목 위에 달린 건 도대체 어디에 쓰려고 놔둔 것이느냐! 지금부터는 스스로 생각하거라,

스스로!"

……일단은 스스로 생각하고 물어본 거였는데 말이다. 뭐, 평소의 내 행실이 좀 미덥긴 하니까 저런 반응이 나오는 거겠지.

그에 대한 오해를 풀려고 했지만, 그전에 자기 언니 못지않게 꼬리를 바짝 세운 랑이가 입을 열었다.

"검둥아! 상황이 상황이지 않느냐?! 지금은 그럴 말을 할 때가 아니니라!"

목소리를 높인 랑이를 보며 냥이는 표정을 굳히며 말했다.

"아서라, 이 못난 동생아. 지금은 그런 말을 할 때가 맞으니."

엄하게 말하는 냥이를 보고 랑이가 살짝 털을 부풀리며 당황했지만, 그것도 잠시.

"그 망할 것이 어떻게 되든 나는 상관없다. 흰둥이, 너도 괜히 천상계와 척을 지지 말고 그 멍청한 것을 포기하거라."

냥이가 그렇게 말한 순간.

"크르르르르!"

이내 **두 손 두 발**을 호랑이의 그것으로 변화시키고는 네 발로 엎드려, 말 그대로 이를 드러냈다.

"……이 망할 동생이 언니에게 진심으로 이를 드러내다니! 자신의 창귀가 귀한 줄은 알아도 언니가 귀한 줄은 모르는구나!"

이에 지지 않고 냥이도 잔뜩 부풀은 꼬리에서 부적을 꺼내 손에 쥐었다.

그리고 나는 짜증이 났다.

지금은 집안싸움을 할 때가 아니다.

이런 시간조차 아깝다고.

"으냐앗!?"

그렇기에 랑이의 등을 한 손으로 꽈악 눌러서 방바닥에 쥐포처럼 달라붙게 만든 뒤 말했다.

"가만히 있어."

"하지만 성훈아……."

"가만히 있으라 했다."

랑이는 뭔가 할 말이 있어 보였지만 나를 한 번 올려다보고는.

"히이익?!"

못 볼 것이라도 본 듯 바르르 몸을 떨고서는 조심스럽게 손발을 다시 변화시킨 뒤, 무릎을 공손하게 모으고 바르게 앉았다.

나는 잘했다는 뜻으로 랑이의 머리를 쓰다듬어 줬다. 얼굴이 새파랗게 질려 있던 랑이가 평소처럼 돌아온 것을 확인한 뒤.

나는 냥이에게 말했다.

"어쨌든, 네 말은 이건 내가 해결해야 할 일이라는 거지?"

"……하."

냥이는 뭔가 질렸다는 듯한 표정을 지었지만, 그것도 잠시.

"네 말대로이니라."

손에 든 부적을 다시 요술로 집어넣고는 말했다.

"네놈은 그런 각오도 없이 세희의 과거를 알아보고, 그 독한 것을 설득하려 한 것이냐?"

나는 어깨를 으쓱거리는 것으로 조금이라도 내 마음 속에 남은 독기를 빼내려고 노력하며 대답했다.

“뭐, 각오는 했지만 이 정도까지 갈 줄은 몰랐지.”

그래.

이런 식으로 거하게 내 뒤통수를 칠 줄은 상상도 못 했다.

그래, 뒤통수를 맞았지.

……아, 시팔, 생각하니까 또 빡치네.

사람을 병신으로 보는 것도 정도가 있지. 이건 선을 넘었어. 잡히기만 해 봐. 내가 거짓말 안 하고 반쯤 죽여 놓는다.

“서, 성훈아.”

……아.

“미안.”

나도 모르게 감정이 격해진 것 같다.

“후우…….”

나는 크게 한숨을 쉰 다음, 옆에 앉아 있는 랑이를 끌어당겨서 다리 위에 앉혔다.

랑이의 따스한 체온과 말랑말랑한 뱃살 덕분에 격하게 끓어오르던 감정이 가라앉는 것이 느껴진다.

“……한숨을 쉬고 싶은 것은 나이니라.”

그렇게 말한 냥이는 담뱃대를 힘껏 들이마신 뒤 검은 연기를 허공에 내뱉었다.

그 모습에 살짝 죄책감이 든 나는 일부러 머리를 긁적이며 말했다.

"아, 미안. 어디까지 이야기했었지? 세희가 내 뒤통…… 아니, 이런 짓을 할 거라고는 생각 못 했다는 것까지였나?"

자신의 말을 지키듯 깊은 한숨을 내쉰 냥이가 말했다.

"그러하느니라. 이렇게 될 줄은 누고도 생각을 못 했을 것이니라. 이 모든 일을 꾸민, 냉장고에 남아 있는 재료만으로도 10첩 밥상을 차릴 수 있을 그 쓸데없이 유능한 녀석까지 말이니라."

무슨 예시인지는 알겠지만, 우리 집에는 어울리지 않지. 우리 집 냉장고에는 언제나 신선한 재료가 가득 차 있으니까.

……밭일은 꽤나 힘들었었다.

이미 오랜 옛날처럼 느껴지는 일을 떠올리고 있는 내게 냥이가 말했다.

"저 하늘에 떠 있는 태양처럼 온 세상에 생명의 은혜를 내려 주는 흰둥이의 곁에서 기생하고 있던 그 거머리는, 그저 너를 이용해 먼 훗날의 일을 대비하려 했을 뿐이었을 것이니라."

여동생 사랑은 빠른 대화를 위해서 생략해 주면 안 될까?

진지하게 냥이에게 주의를 줄까 생각하던 때.

냥이가 담뱃대로 나를 가리키며 말했다.

"하지만 네 놈은 그 판을 아예 엎어 버리고 세희의 삶의 이유 중 하나를 이루어 줬느니라. 이를 누가 예상이나 할 수 있었겠느냐?"

지금은 중요하지 않은 이야기지만, 문득 궁금해졌다.

"넌 알고 있었냐?"

세희가 무엇을 바라고 있었는지.

"내가 모를 리 없지 않느냐."

그렇게 말한 냥이는 슬쩍 고개를 뒤로 해, 지금까지 그저 미소 지은 채 자리를 지키고 있던 가희를 바라보았다.

그래. 가희를 창귀로 삼고 있는 냥이라면 알고 있었겠지.

그리고 그 사실이 내 품에 안겨 있던 랑이를 화나게 만들었다.

"그러면 왜 나한테는 비밀로 한 것이느냐, 검둥아?!"

냥이가 손가락으로 뒤에 조용히 앉아 있던 가희를 가리키며 말했다.

"내 이름을 걸고 이놈과 한 약조이기에 대답할 수 없느니라."

그렇게 딱 잘라 말한 냥이는 한쪽 눈을 감으며 조금은 놀리는 듯한 목소리로 말했다.

"그보다 세희는 네 녀석의 창귀 아니느냐? 그런데 자신의 창귀에 대한 것을 왜 내게 물어보느냐? 이 언니가 태산처럼 믿음직스럽다 한들, 너무 기대는 것은 흰둥이에게도 좋지 않을 것이다."

"으, 으냐아아……."

랑이가 할 말이 없어졌는지 풀 죽은 소리를 낸 뒤.

"서, 성훈아……."

고개를 돌려 나를 올려다보며 옷자락을 꾸욱꾸욱 잡아당겼다.

아니, 뭐, 음.

지금은 냥이가 한 말이 정론이라 나도 뭐라 할 말이 없다. 그래서 나는 꼬옥 끌어안아 주는 것으로 랑이를 달래 줬다.

"어찌되었건."

그런 나를 바라보며 냥이가 말했다.

"이 모든 것은 네놈의 선택으로 이루어 낸 일이고 네놈의 행동으로 이루어 낸 결말이니라. 그렇다면 너는 네 선택과 행동과 그에 따른 결말에 대한 책임을 네 스스로 지어야 할 것이니라."

자신이 도와줄 수 있는 건 여기까지라고, 냥이가 선을 그었다. 애초부터 나도 그 선을 넘을 생각은 없었다. 하지만 우리 집에는 남이 그은 선을 너무나 자유롭게 넘나드는 녀석이 있지.

"그건 아니니라!"

랑이가 꼬리를 바짝 세워 내 턱을 간질이며 말했다.

"그건 검둥이가 틀린 것이니라! 성훈이는 나와 부부이니라! 부부는 일심동체고! 성훈이의 선택은 나의 선택이니라! 그러니 이 일은 성훈이 혼자서 책임질 일이 아니니라!"

냥이가 살짝 눈살을 찌푸리며 말했다.

"흰둥아, 지금 내가 한 말은 그런 뜻이……."

아, 덧붙여서 말하자면.

지금처럼 흥분한 랑이는 자신의 마음을 모두 토해 낼 때까지는 다름 사람의 말을 잘 안 듣는 버릇 아닌 버릇이 있다.

"검둥이에게 같이 책임을 져 달라는 이야기가 아니니라! 그럴 염치는 나에게도 있으니까 말이니라!"

입을 굳게 닫은 냥이에게 랑이가 진심을 다해 말했다.

"언제나 고맙다고 생각하고 있느니라. 검둥이가 언제나 내가 나아갈 길을 알려 주었던 것에 나는 진심으로 감사하고 있느니라. 언니로서, 내가 잘못된 길로 가지 않도록 길을 알려 주었던 것을, 언제나 고마워하고 있다는 말이니라."

"흰둥아……."

"사실 이런 부탁을 하는 것도 부끄럽느니라. 힘들 때마다 언제나 검둥이에게 의지하는 것을 미안하게 생각하느니라. 하지만, 하지만! 세희도 내 소중한 가족이니라! 검둥이를 제외하면, 내게 가장 먼저 손을 내밀어 준! 내 친구이니라! 그러니! 그러니까!"

랑이가 소매로 눈가를 쓱쓱 닦으며 말했다.

"도와주거라, 검둥아. 내가 어떻게 하면 좋을지, 어떻게 해야 세희를 구할 수 있을 지 가르쳐 주어라."

"……."

냥이는 그런 랑이를 상당히 복잡한 표정으로 바라보았다. 지금 당장이라도 랑이의 눈물을 닦아 주고 싶어서 못 참겠다는 눈치다. 살짝 자세가 엉거주춤해진 거나, 꼬리가 불안하게 흔들리는 걸 보면 알 수 있다.

객관적으로 봐도 꽤나 감동적인 모습이라고 생각한다.

하지만.

"아, 저기."

나는 사이좋은 자매의 사이에 끼어들었다.

"너희 둘 다 조금 오해하고 있는 것 같은데 말이다."

지금은 그럴 때가 아니니까.

"으, 으냐아?"

"……흠?"

눈가를 쓱쓱 닦고 의아해하는 랑이와 '이 녀석이 또 무슨 헛소리를 할꼬…….' 같은 생각을 하는 게 눈에 보이는 냥이에게 나는 말했다.

"일단 확실하게 하고 넘어가야 할 것 같은데. 조금 전에 말했듯이, 나는 이 일은 내 선에서 처리해야 한다고 생각하고 있다."

왜, '이건 내가 해결해야 할 일이라는 거지?'라고 말했잖아.

그건 말 그대로의 의미였다.

하지만 그걸 '내가 해결해야 할 일이니 냥이가 도와줬으면 좋겠다.'라는 의미로 받아들여 두 눈이 동그래진 랑이와 냥이에게, 나는 말했다.

"하지만 일의 중요성 때문에 네 동의를 얻거나 조언을 구하려던 것뿐이야."

당황해서는 내 품에서 자세를 고쳐 앉은 랑이가 나를 올려다보며 말했다.

"으냐앗? 성훈아, 냥이가 안 도와줘도 되겠느냐? 정말로?"

그리고 자신의 말을 내가 어떻게 받아들일 수 있는지 깨달은 랑이가 급히 고개를 휘저으며 말을 이었다.

"아니, 그런 건 아니니라! 나는 성훈이를 믿느니라! 찰떡같이 믿지만 걱정이 된 것뿐이니라!"

그래, 그래.

이 세상 모든 사람들이 의심해도 너만은 나를 영원히 믿어 주겠지. 내가 그러하듯이.

그러니까 그렇게 당황하지 않아도 돼.

나는 그런 마음을 가득 담아 호떡같이 달달한 랑이의 볼을 아프지 않게 살며시 잡아당기며.

"지, 징짱이니라아~!"

랑이의 귀여운 목소리에 손을 놓아준 뒤, 나는 냥이를 보았다.

냥이는 나를 의심하듯, 눈을 가늘게 뜨며 말했다.

"설마 기린이……."

"네가 말했듯이 증거물로 가지고 갔다."

나는 말이 잘린 게 불쾌한지, 아니면 다른 의미인지 담뱃대를 입에 문 냥이에게 말했다.

"하지만 영향은 꽤 지속된다고 하더라고. 시간이 좀 지나면 원래대로 돌아간다고 하니까 걱정할 것 없다."

덕분에 평소보다 머리가 훨씬 잘 굴러가서 다행이기도 하고.

"흥! 내가 언제 네놈을 걱정했다는 것이느냐?!"

그래서 지금 냥이가 마음에도 없는 소리를 한다는 걸 한눈에 알 수 있었다.

"……그 짜증 나는 시선 치우거라."

진심으로 화내기 일보 직전이라는 것도.

그래서 나는 시선을 아래로 내려, 살짝 붉어진 랑이의 뺨을 손바닥으로 쓰다듬어 주었다.

"으냐아앙~"

랑이의 뺨은 갓 뽑아 낸 떡같이 쫀득쫀득하고 탄력 있다고 생각할 때.

"그래서."

냥이가 말했다.

"네놈은 어떻게 할 것이느냐."

다행이군. 냥이가 내 계획을 듣고, 평가해 줄 생각이 든 것 같다.

그래서 나는, **재판이 있을 거라는 정보를 듣는 순간 떠오른 내 계획을 말했다.**

"재판이 열린다면, 당연히 변호할 기회도 있을 거란 이야기겠지."

나는 냥이에게 말했다.

내가 어떻게 세희를 변호할 것인지.

"흐음……."

내 이야기를 모두 들은 냥이는 그저 담배 연기를 뻑뻑 내뿜을 뿐이었다.

기다리다 지친 내가 입을 열 때까지.

"……뭐라고 말 좀 하지?"

냥이가 탁, 담뱃대를 내려놓고서 말했다.

"네놈이 염라대왕을 우습게 여기고 있다는 건 알 수 있겠구나."

"가망이 없다는 거냐?"

냥이는 내 질문에 대한 답을 내놓지 않았다.

"쯧."

그저.

"흰둥이만 아니었더라도."

그렇게 한탄하며, 되묻는 나와 **랑이**에게 저승으로 향하라 말했을 뿐이었다.

세 번째 이야기

결전의 날이 밝았다.

"으…… 머리가 깨질 것 같이 아프느니라."

……숙취의 날이 밝았다.

나야 술을 마시지도, 향기에 취하지도 않았으니까 멀쩡하지. 오히려 그날의 꿈을 꾸었기 때문일까. 아침부터 정신이 맑다 못해 날카롭다.

오늘이 세희의 재판일이라는 것을 듣고 내 무의식이 열심히 일한 것 같단 말이지.

"으…… 냐…… 아."

……그런 나와 달리 랑이는 침대에 엎드리고서 두 손으로 머리를 감싸 쥐고 있지만.

하지만 그것도 잠시.

차가운 물을 듬뿍 마시고, 세수까지 마치자 랑이는 언제 숙취에 시달렸냐는 듯이 건강을 되찾았다.

우리 아버지도 랑이만큼 회복이 빨랐으면 얼마나 좋을까. 하루 종일 방바닥에 굴러다니면서 꿀물을 타 오라니, 해장국을 끓이라니, 해장술을 대령하라니, 말 같잖은 소리를 안 들어도 되니까 말이야.

"휴…… 지금부터는 술 냄새가 나는 곳엔 얼씬도 하지 말아야 하겠느니라."

나는 참으로 바람직한 다짐을 한 랑이에게 말했다.

"아, 그런데 랑이야."

"응? 왜 그러느냐, 성훈아?"

"어제 염라한테 들었는데."

랑이가 고개를 끄덕이며 말했다.

"응, 응."

"오늘이 세희의 재판이 있는 날이래."

랑이가 그대로 멈춰 버렸다.

"그러니까 마음의 준비를 해 둬."

랑이가 휘리릭 고개를 흔드는 것으로 정신을 차리고서는 내게 달라붙으며 말했다.

"자, 잠깐만이니라! 너무 빠르지 않느냐?!"

"그러게."

"그런 걸 아침에 알려 주면 어떻게 하느냐?!"

"그러네."

"내가 염라에게 말해서 하루라도 늦추고 오겠느니라!"

"매도 맞을 거면 먼저 맞는 게 낫다고 하니까 그러지 마라."

랑이가 꼬리와 귀를 바짝 세우고는 내 허리를 앞뒤로 흔들며 말했다.

"성훈이는 왜 그렇게 태평하느냐아아아~!"

"그으야아 저스응에 오올 때애부터어어 마으음의 주운비르을 해앴으니이까아~"

"그, 그래도!"

나는 말을 하기 앞서서 랑이의 어깨를 잡았다.

어지러운 것도 어지러운 거지만, 말꼬리가 늘어지는 게 별로 기분 안 좋았거든.

나는 불안한 기색을 숨기지 않고 올려다보는 랑이에게 말했다.

"뭐야, 넌 네 지아비가 될 나를 못 믿냐?"

"……."

그렇게 불만스럽게 보지 마라. 아직 혼례를 올리지는 않은 건 사실이니까.

"뭐, 어쨌든."

나는 어느새 불안감도 잊고 통통하게 부풀어 오른 랑이의 볼을 콕 찔러 공기를 빼며 말했다.

"랑이가 걱정할 건 없어. 내가 어떻게든 세희를 구할 테니까. 알겠지?"

내 말에 랑이가 고개를 끄덕였다.

"알겠느니라."

랑이를 안심시킨 뒤.

아마도 저승에서의 마지막 식사일 것 같은 아침은, 평소와는 맛이 달랐다.

맛이 없다는 게 아니다. 지금까지 먹었던 익숙했던 맛과는…… 그러니까 가정의 맛과는 달랐을 뿐이니까.

……역시 세희가 우리를 위해 요리를 하고 있었구나. 오늘은 재판이 있어서 그럴 수 없었던 것 같고.

"으냐아……."

그 점에 마음에 안 들었는지 랑이는 숟가락을 입에 물고 살짝 실망한 표정을 지었다.

물론, 식탁 위에는 빈 그릇만 남아 있었지만.

그저 밥 먹는 시간이 5분 정도 길어졌을 뿐입니다.

평소 같았으면 잠시 배를 꺼트릴 시간을 가졌겠지만. 나는 자리에서 일어나 랑이에게 손을 내밀며 말했다.

"랑이야, 옷."

"아, 여기 있느니라."

랑이가 꼬리에서 옷을 꺼내 내게 건네주었다.

물론, 저승에서도 애용했던 티셔츠와 바지가 아니다.

내가 저승에 내려가려 할 때.

"격식 있는 자리에는 격식 있는 복장을 갖추시는 것이 좋을 거예요, 전하."

그렇게 말한 가희가 준비해 준 옷이다.

랑이가 지금까지 보관해 줬지.

"너도 갈아입고."

"알겠느니라."

그렇게 나는 조선 시대의 왕이 입을 법한 옷으로 갈아입었다. 다른 게 있다면 새빨간 용포를 어깨에 걸쳤다는 것과 안에 검은색 바탕에 금실로 꽃이 수놓아진 한복을 입었다는 것 정도?

의외로 입기 편하고 착용감도 좋아 움직이는 데 불편함이 없어서 조금 놀랍다.

"다 입었느니라."

랑이가 갈아입은 옷은 전에도 몇 번 입은 적이 있는 요괴의 왕의 예복이었다.

"우와아……."

하지만 저는 이런 옷을 입은 게 처음이지요.

나는 입을 떡 벌리고 여태까지 본 것 중에서 최고로 눈을 반짝이며 이쪽을 올려다보고 있는 랑이에게 말했다.

"왜, 잘 어울려?"

"응!"

반쯤은 농담이었는데 돌아오는 건 즉답이었다.

"역시 우리 성훈이는 잘 생겼느니라! 멋있느니라! 최고이니라!"

"그, 그러냐."

뭔가 민망한 기분이 들지만 순수하게 기쁜 것도 사실이다.

아, 이럴 때가 아니지.

"너도 잘 어울려."

"헤헤헷, 그러하느냐?"

랑이가 살짝 볼을 붉히며 뒤통수를 긁적였다.

사실 내가 무엇보다 칭찬해 주고 싶었던 건, 랑이가 혼자서 저 복잡해 보이는 옷을 입었다는 거지만.

옛날에는 팬티 하나도 혼자 못 입던 랑이가 말이다.

……뭐, 어찌 되었건.

그렇게 만반의 준비를 했을 때, 밖에서 마마의 목소리가 들려왔다.

"밥 다 먹었어?"

빈 그릇 치워도 되겠냐는 거겠지.

"그래."

그리고 그 다음엔 우마의 목소리가 들려왔다.

"재판장으로 모시러 왔어요. 들어가도 되겠나요?"

흠.

꽤 이르네. 하염없이 기다리는 것보다는 낫겠지만 말이지.

"응."

저승의 예복을 입은 우마와 마마가 문을 열고 방으로 들어왔다.

"어머나."

"우와."

그리고 나와 랑이를 보고는 놀란 심정을 감추지 못했다. 외계인을 처음 본 지구인 같은 표정이네, 둘 다.

"뭘 그렇게 놀라?"

그제야 정신을 차린 우마가 자신이 실례되는 반응을 보였다고 생각했는지, 살짝 얼굴을 붉히며 내게 말했다.

"요괴의 왕님께서 다른 분처럼 보여서요."

옷이 날개라는 이야기겠지.

"난 그래도 평소 모습이 더 좋은 것 같아. 그쪽이 편하니까."

어떤 의미로는 정말 마마다운 말이었다.

"나도 이런 옷은 불편해서 싫어한다."

마마가 고개를 저었다.

"그런 게 아니야."

응?

"아……. 저도 조금 그런 생각이 드는 것 같은 느낌이 어디선가 생기는 것 같네요."

어라?

"나도 무슨 말인지 알 것 같으니라."

어느새 나는 모르는 공감대가 랑이와 우마와 마마 사이에 형성된 것 같다.

"그게 무슨 뜻인데?"

랑이가 조심스럽게 나를 올려다보며 말했다.

"그게 말이니라…… 지금의 성훈이는 평소와 다른 느낌으로 멋지고 잘생겨 보이기는 하는데……."

우마가 뿔 밑을 긁으며 말을 이었다.

"평소보다 뭐라고 할까요, 다가가기 힘든 분위기라고 해야 할지, 느낌이라고 해야 할지, 가까이 가면 조금 위험할 것 같은……."

마마가 발끝으로 바닥을 비비며 말을 이었다.

"폭군 같아."

폭군!

결론이 폭군이냐!!

나만큼 권력 없는 왕이 어디 있는데?!

……그래도 나는 랑이와 우마와 마마에게 잠깐 어울려 주기로 했다.

"흠."

나는 의자에 앉아 한쪽 다리를 꼬고 살짝 턱을 아래로 내린 뒤, 눈과 목에 힘을 주고서, 손을 얼굴에 대며.

세희를 떠올리며 말했다.

"그래, 내가 폭군이 될 상인가."

나는 장난으로 옛날에 유명했던 영화의 한 장면을 따라 해본 건데 말이다.

""""……""""

랑이의 꼬리가 바짝 솟은 거로 모자라 털이 부풀어 올랐고, 우마의 뿔이 눈에 띄게 굵어졌다. 마마는 뒤로 한 발자국 물러났는데, 허벅지에 잔뜩 힘이 들어간 게 보일 정도다.

어딜 봐도 다들 긴장한 눈치입니다.

나는 다리를 풀고, 다시 일어나 손을 휘휘 내저으며 말했다.

"반응이 왜 그러냐."

내 말에 가장 먼저 긴장을 푼 건 랑이였다.

"성훈아."

"응?"

"앞으로 그런 장난은 안 하는 게 좋을 것 같으니라."

우마가 급히 고개를 끄덕이며 말했다.

"그, 그래요. 호랑이님의 말씀대로 하시는 게 좋을 것 같아요."

마마가 한 손으로 자신의 눈을 가리며 말했다.

"악당 같았어."

그, 그러냐.

……나중에 거울 앞에서 한번 해 봐야지.

"알았다."

왠지 모르게 분위기가 안 좋기에 나는 화제를 돌리기로 했다.

"그보다 재판은 언제 열려?"

우마가 아, 하고 감탄한 뒤 내게 말했다.

"안 그래도 요괴의 왕님께 재판과 관련해서 여쭤보고 싶은 게 있는데요."

"정말 염라대왕님께 세희에 대한 변호를 할 거야?"

나는 우마와 마마에게 보란 듯이 고개를 끄덕인 뒤 말을 이었다.

"그래."

아.

"설마 말릴 생각은 아니겠지?"

혹시나 싶어 해 본 말에 우마와 마마는 누가 먼저라 할 것 없이 고개를 저었다.

"그럴 생각은 없어요."

"말린다고 들을 것 같지도 않아."

"그러면?"

왜 그런 걸 물어봤냐는 내 질문에 우마가 답했다.

"요괴의 왕님께 조언을 드리고 싶어서 그런 기분이 들어요."

"조언?"

어떤 거?

그 답은 마마가 알려 줬다.

"겉모습이 어떻게 변해도 염라대왕님은 염라대왕님이라는 거."

"그러니까 너무 당황하시거나 두려워하실 필요 없어요."

응?

지금은 이해가 안 되는 조언이었지만, 우마와 마마가 일부러 내게 말해 준 것을 보아 재판장에서 염라와 마주하면 알게 될 수 있으려나?

"알았어. 명심할게."

나는 어딘가 안심하고서는 가슴…… 아니, 아니. 이럴 때 우마의 가슴에 넋이 나가면 안 된다.

이런 상황에서도 내 본능은 정직하다는 사실에 나도 피식 웃고 말았다.

하지만 그것도 지금뿐.

"그러면 슬슬 가 볼까?"

나는 마음의 날을 세웠다.

* * *

두 번째로 오게 된 재판장은 분위기가 많이 달라져 있었다.

예전에는 의자가 있던 곳에 돗자리가 깔려 있다든가.

재판장의 중앙을 바라보며 사극에서 자주 볼 수 있는 창을 들고 있는 요괴…… 요괴겠지? 어쨌든 인상과 몸집이 험악해 보이는 요괴 아저씨들이 오와 열을 맞춘 채 사람을 압박하는 기세를 풍기며 서 있는 점이라든가.

그들의 앞에 어딜 봐도 신선으로 보이는, 한복 비슷한 흰색 옷을 입은 수염을 가득 기른 할아버지들이 서 있는 거라든가.

그들의 대표라는 듯이, 기린이 가장 앞에 서서 나를 향해 손을 흔들고 있다는 것 등등 많은 것이 달라져 있었다.

젠장, 얼굴만 봐도 짜증나네.

"어라? 무시?"

……그렇다고 무시하기에는 나름 인연이 있기 때문에 나는 인상을 확 찌푸리는 것으로 대답해 줬다.

기린이 신선들을 데리고 이곳에 있는 걸 보니 염라를 압박한 게 기린일 거라는 내 짐작이 맞았군.

그리고 그 압박에 한발 거든 신선들은 나를 그리 곱지 않은 것으로도 모자라, 자기들끼리 수근거리기 시작했다.

"도대체 무슨 낯짝으로……."

"에잉, 수치를 모르는구먼."

"어디까지 세상의 이치를 어그러뜨릴 생각인지."

"이래서 젊은 것들은……."

"어쩔 수 없지 않소. 수행도 쌓지 않고 편법이나 쓰는 놈이니 말이오."

내게 다 들리는 목소리로.

덕분에 옆에 있는 랑이가 귀를 세우고는 주먹을 움켜쥐었지만, 그러지 마라. 지금 저런 신선 **따위**를 상대할 때가 아니다.

그런 마음을 가득 담아 랑이의 손을 꼬옥 잡았다.

"……."

이쪽을 올려다보는 랑이의 눈빛에 불만이 가득 녹아 있었기에 나는 고개를 저었다. 그제야 랑이는 고개를 끄덕였다.

그것으로 더 이상 신선들에게 신경을 쓰지 않으려고 했지만, 기린이 밝은 목소리로 내게 다시 말을 걸어와서 그럴 수도 없었다.

"히사시부리네, 하잇, 도모 정도는 하지?"

여전히 무슨 소리인지는 모르겠지만, 적어도 인사 정도는 하자는 내용인 것 같다.

"아, 그래. 안녕."

……이왕 말을 트고 말았으니 확인이나 해 보자.

"그래서 왜 왔냐."

성격이 나빠서 다른 아이들이 같이 놀아 주지 않으려고 하는 악동 같은 미소를 지었다.

"고노 자리에 오레가 없으면 안 되잖아?"

……이 자리에 내가 없으면 안 된다, 라고 해석할 수 있었다.

그래. 이 재판에 네가 없으면, 그게 더 이상하지.

그렇기에 나는 기린에게 말했다.

"방해할 생각이냐?"

"당연한 거 아니야?"

기린이 어깨를 으쓱 하고는 말을 이었다.

"세희는 오레노 테키인데."

나는 이마에 손을 올렸다.

젠장, 나도 인생 좀 쉽게 살고 싶다.

"성훈아."

기린과의 대화가 길어지는 게 불만인지 랑이가 내 옷소매를 잡아당겼다.

뭐, 랑이 입장에서는 기린이 세희를 이 지경까지 몰고 간 녀석처럼 보일 테니까.

사실이기도 하고.

그래서 나는 이를 드러내며 말했다.

"그러면 한번 해봐라."

나는 기린에게 선전 포고를 하고서 몸을 돌렸고, 등 뒤로 기린의 목소리가 들려왔다.

"기대하고 있어, 요괴의 왕."

기대는 무슨 기대.

그보다 재판은 언제 시작하는 거지?

나와 랑이를 여기까지 안내해 준 우마와 마마도 어디론가 가 버려서 물어볼 수도 없다.

시간이 흐를수록 마음속에 묻어 버린 초조함이 기어 올라오는 것 같은 기분을 느끼고 있을 때.

쿵!

양옆에 서 있는 요괴들이 창으로 땅을 내리찍었다.

그와 동시에 문이 열리고.

"……세희야!"

하얀 소복을 입고 머리를 땋은 채 죄인들의 목에 거는 기다란 칼을 찬 세희가 우마와 마마의 감시를 받으며 재판장으로 들어왔다.

세희를 보고 감정이 복받쳐 올랐는지, 랑이가 몸을 움찔거렸다. 마치, 사냥감에 달려들려고 하는 호랑이처럼.

그래서 나는 슬쩍 랑이의 앞을 가로막았다. 랑이가 세희에게 다가가서 좋을 건 없으니까.

무엇보다 신선들의 나와 랑이에 대한 수군거림이 대놓고 세희에 대한 욕설과 저주의 말로 변했다는 것도 중요한 이유다.

이곳에서 저들의 입에 오를 만한 행동은 하지 않는 게 좋을 것 같군.

평판을 신경 쓰는 게 아니다.

랑이를 흉보는 소리를 들었다가는 내가 어떻게 될지 모르겠으니까 그런 거지.

"성훈아."

하지만 랑이는 그런 것과 상관없이 지금 당장이라도 세희에게 달려가고 싶어 하는 눈치다.

그래서 나는 고개를 가로저었다.

어차피 세희가 올 곳은 정해져 있으니까.

내 예상대로 우마와 마마는 돗자리 위에 세희를 앉힌 다음,

계단 위쪽으로 올라가 섰다.

그제야 나는 랑이의 앞을 비켜선 뒤, 느긋하게 걸어서 세희의 오른쪽에 섰다.

왜 오른쪽이냐면, 왼쪽은 이미 쌩 하니 달려간 랑이가 세희와 시선을 맞추고서 한쪽 무릎을 꿇고 앉아 있었거든.

랑이가 세희의 볼을 쓰다듬으며 울 것 같은 목소리로 말했다.

“꼴이 그게 무어냐, 세희야. 너무 핼쑥해진 것 아니느냐. 밥은 제대로 먹고 있었던 것이냐.”

……랑이가 갑자기 시골에 내려간 손자를 보는 할머니 같아 보이는군. 내 눈에는 이승에서 봤던 모습과 그다지 다를 것 없어 보이는데.

랑이의 과도한 걱정을 받은 세희는 그저 눈을 내리깔며 말했다.

“죄송합니다, 주인님.”

어이쿠.

“야, 인마. 말은 제대로 해야지. 네 주인님은 나니까.”

그리고 세희는 내겐 아무 말도 하지 않았다.

어쭈? 이 녀석 봐라? 재판 전에 한판 해보자 이거지?

하지만 랑이의 표정이 울상이니 참자. 지금은 랑이를 달랠 때다.

“그리고, 랑이야. 평소하고 달라진 것도 없어 보이는데, 뭐가 혈색이 안 좋아졌느니, 피골이 상접해졌다느니 호들갑을 떨고 그래.”

내 방식대로.

덕분에 랑이의 꼬리털이 잔뜩 부풀어 올랐다.

"무, 무슨 말이느냐, 성훈아?! 보거라! 세희가 얼마나 초췌해졌는지!"

랑이가 보란 듯이 칼 위로 세희의 손을 올렸다.

나는 내가 본 그대로 말했다.

"어이구, 곱디곱다. 태어나서 손에 물 한 방울 안 묻혀 본 것 같네."

"으냐아아앗!"

랑이의 꼬리가 삐죽 섰다.

짜잔~! 다들 보셨죠? 이렇게 랑이를 달래는 데 성공했습니다!

울적해 있는 것보다는 '왜 모르는 것이느냐?!'라고 기운차게 올려다보는 게 랑이에게는 더 어울리지.

그러는 사이.

"염라대왕님께서 들어오십니다! 모두 예를 갖추어 주시기 바랍니다!"

마마의 높은 목소리가 재판장을 가득 채웠다.

……공적인 자리에서는 마마도 저렇게 말할 수 있구나.

아니, 이럴 때가 아니지.

나는 다시 한 번 마음가짐을 바로 하고 긴장의 끈을 꽉 조였다.

그건 어떻게 보면 천운이었다.

"윽!"

정체를 알 수 없는 강렬한 기운이 재판장을 가득 채웠으니까!

마음의 준비를 하지 않았다면 그것만으로도 볼썽사납게 엉덩방아를 찧었을지도 모른다. 아니면, 지금 내 숨을 막히게 만드는 이 기운을 느껴 본 적이 있기 때문에 버틸 수 있었던 걸지도 모르겠군.

그래, 이건 염라의 집무실 앞에서 느꼈던 기운과 같았다.

그렇다는 건…….

사실, 이렇게 짐작해 볼 필요도 없었다.

염라가 재판장에 몸을 드러냄과 함께 기운이 더욱 강맹해졌으니까.

"성훈아, 괜찮느냐?"

랑이가 염라와 내 사이를 가로막으려 할 정도로.

"괜찮으니까 거기 있어."

하지만 나는 랑이를 다시금 세희의 오른편에 서 있도록 했다.

나는 지금부터 염라에게 세희를 변호해야 한다.

그런데 이 정도에 랑이의 도움을 받을 수 없다.

그럴 바에는 여기서 변호를 포기하고 집으로 돌아간 뒤, '염라대왕이 무서워서 말 한마디 못 꺼내고 돌아왔습니다.'라고 말한 뒤 속세를 등지는 게 낫다.

그래서 나는 버텼다.

내 힘으로.

염라를 올려다보았다.

염라.

아니, **염라대왕**이 그곳에 있었다.

"하!"

염라대왕의 모습은 평소와 너무도 달라져 있었다.

먼저 관, 평소에 쓰고 다니던 관은 어디 갔는지, 타오르는 불꽃을 연상시키는 염라대왕의 붉은 머리카락은 등까지 흘러내렸다. 허리를 바로 세우고, 날카로운 칼날같이 휘어 올라간 붉은색 눈썹과 불꽃같이 타오르는 붉은색 눈동자를 담은 얼굴은, 그저 누군가를 바라보는 것만으로도 사람을 압도할 것 같은 힘이 느껴졌다.

누가 지금의 '염라대왕'을 보며 '염라'를 떠올릴 수 있을까.

누가 지금의 염라대왕을 아이라 생각할 수 있을까.

이제야 나는 염라대왕이 왜 종종 '보이는 것과 다르게'라고 말했는지를 알 수 있었다.

이게 원래의 모습이었다면, 당연히 그렇겠지!

또한, 나를 놀라게 만든 건 염라대왕의 외모와 분위기가 변했다는 것에서 끝나지 않았다.

염라대왕의 옷차림도 파격 그 자체였으니까.

평소와 같은 옷을 입고 있었지만, 상의가 뒤집혀져서 허리춤에 걸려 있다는 것이 다르다.

그래, 염라대왕은 상체를 드러내고 있다. 속된 말로, 웃통을 홀러덩 깐 상태라는 거지.

그렇게 드러난 염라대왕의 상체는 그야말로 군더더기 없는 근육의 향연이었다. 우리 집 아이들의 말랑말랑한 몸과는 비교조차 불가할 정도로. 만약 비슷한 사람이 있다면, 나래 정도가 아닐까? 하지만 나래도 저 정도 수준은 아니겠지. 무엇보다 나래는 운동으로 아름답게 가꿔진 체형이라면, 염라대왕은 실전으로 단련된 체형이라고 할까?

마치, 명공에 의해 잘 벼려진 무기와 같았다.

다른 의미로 아름답다는 말이 나올 정도로.

……아, 맞다. 깜빡했는데.

염라대왕은 가슴에 흰색 붕대를 감고 있었다.

잠깐 내가 정신을 잃고 바라보는 사이, 염라대왕이 무게감 있는 발걸음을 옮겨 자신의 옥좌 앞에 섰다.

"이 몸이 발설지옥의 재판관인 염라대왕이다."

염라가 옥좌에 다리를 꼬고 앉자마자.

그때만을 기다렸다는 듯이, 쿵! 다시 한 번 요괴들이 창을 창으로 땅을 내리찍었다.

울림이 가라앉았을 때 쯤.

우마가 자신의 가슴팍 사이에서 두루마리를 꺼내 염라대왕에게 건네려 했다. 하지만 그 두루마리를 차가운 눈으로 보던 염라대왕은 이내 우마를 향해 시선을 옮기고는 손을 휘저었다.

"치워라."

우마가 고개를 숙이고서는 두루마리를 거두고 다시 뒤로 물러나자.

"고한다."

염라대왕이 힘이 가득 담긴 목소리로 말했다.

"지금부터! 지엄하신 하늘의 뜻을 어기고! 인간의 왕이라는 모든 이에게 모범이 되어야 할 신분임에도 불구하고! 세상의 존속에 지대한 영향을 끼치는 영성을 사리사욕의 충족을 위하여 이용하려 한! 죄인 강세희에 대한 재판을 열도록 한다!"

그것만으로 하마터면 무릎이 떨리는 꼴을 기린과 신선들에게 보일 뻔했다.

자, 장난 아니네, 진짜. 우마와 마마가 왜 염라대왕이 화를 냈을 때 고개도 못 들었는지 알 것 같아.

"또한! 사항이 중한지라 이번 재판에는 죄인 강세희의 주인인 요괴의 왕과 그의 약혼녀인 호랑이의 발언을 특별히 허락한다."

염라대왕의 발언에 신선들이 웅성거리기 시작했다. 내 온 신경은 염라대왕에게 할애하고 있기 때문에 잘은 모르겠지만, 아무래도 불평과 불만의 목소리를 내는 것 같다.

"이에 죄인의 죄를 고발한 신수 기린의 발언 역시 허락하도록 한다."

서로 주고받았다고 생각하는데도 신선들의 웅성거림은 사그라지지 않았다.

저 신선들 입장에서 기린과 요괴의 왕은 동급이 아닐 테니까.

"성숙하라!"

그게 마음에 들지 않았는지 염라대왕이 인상을 찌푸리며 외쳤다.

"이는 하늘에게서 전권을 입명받은 이 염라대왕이 정한 사항이므로, 그 누구라 한들 불만을 표할 수 없음을 공표한다! 심지어, 저 하늘조차도!"

염라가 손을 들어 하늘을 가리키며 외쳤다.

"하늘이여! 내게 부여한 권한을 거두어 간다면 지금이 마지막 기회다!"

의도한 건 아니었지만, 나는 신선들과 똑같이 고개를 들어 발설지옥의 하늘을 바라보았다.

아무리 기다려도 하늘은 아무런 변화도 없었고, 슬슬 목이 아파져 왔기에 나는 고개를 숙였다.

신선들의 웅성거림도 더 이상은 들리지 않게 되었지만, 염라대왕은 별다른 표정의 변화도 없이 고개도 돌리지 않고 이쪽.

세희를 바라보며 말했다.

"우두마면."

"예, 염라대왕님."

"죄인이 죄목을 읊어라."

우마가 다른 두루마리를 꺼내 펼치고서 목소리 높여 읽었다.

"죄인 강세희는 자신이 모시고 있는 요괴의 왕의 아량에 기대어, 하늘이 금기로 정한 영성을 다루는 요술을 사용한 뒤 다른 세계의 인물에게서 영성을 훔쳐 와 세상을 혼란에 빠뜨리려 했음을 아뢰옵니다."

세희가 내게 걸었던 요술의 정체가 우마의 입을 빌려 전해졌다. 이미 랑이도 내게 들어 알고 있는 사실이기에 그다지 놀라지는 않았지만, 저 말이 정녕 사실이냐고 묻고 싶은 듯

세희를 바라보았다.

세희는 그저 그 시선을 외면하기 위해 고개만 숙이고 있을 뿐이지만.

"마두마면."

"예, 염라대왕님."

"영성을 다루는 요술을 사용한 자를 심판한 판례에 대해 말해 봐라."

잠시 눈을 감았다 뜬 마두마면이 염라를 향해 몸을 틀고서 말했다.

"영성을 다루는 요술을 하늘의 안배에 속되지 않고 사용한 경우가 지금까지 단 두 번이었으며, 그중 한 명은 영성이 소멸되어 죄를 물을 수 없었습니다. 다른 한 명이 눈앞의 죄인인고로, 판례가 없음을 염라대왕님께 아뢰옵니다."

마마가 말을 마친 뒤에도 염라대왕은 입을 열지 않았다. 그 점이 이상해서 나는 고개를 들어 염라대왕을 보았다.

염라대왕은 아주 살짝, 다른 사람들의 눈치를 살피는 인생을 살아온 내가 아니라면 알 수 없을 만큼 옅은 미소를 짓고 있었다.

"이것으로 이곳에 있는 모두가 죄인의 죄목을 알게 되었을 터."

아, 그렇군.

이건 내게 변호해야 할 세희의 죄를 알려 주기 위함이었구나.

그것으로 나는 마마가 한 조언이 무슨 의미인지를 깨달을 수 있었다. 분위기는 비록 많이 변했어도 그 근본은 내가 알고 있는 염라라는 것이다.

상냥한 마음씨를 가지고 있는.

그래서 나는 입꼬리를 슬쩍 올렸다. 그 모습을 보고 만족한 표정을 지은 듯한 염라가 말했다.

"하늘이 열린 후, 이번과 같은 재판은 지금까지 단 한 번도 일어나지 않았다. 그렇기에 이 염라대왕의 주관으로 판결하겠다."

염라가 우마에게 손을 내밀었다. 우마가 두루마리를 꺼내서 건네자…….

이럴 때 이런 말 하는 건 좀 그렇지만, 한 손에 들고 손목을 튕겨서 촤악~ 하고 꽤나 멋들어지게 두루마리를 펼친 뒤 말했다.

"자신의 사사로운 정으로 인해 하늘이 정한 금기를 어겨 세상의 질서를 어지럽히고! 자신이 섬겨야 할 요괴의 왕을 우롱하고 이용한 강세희의 죄는 무겁기 그지없다!"

주먹을 꽉 쥐는 랑이와 달리 나는 염라대왕의 판결을 지금은 잠자코 듣기로 했다.

"하지만! 자신의 죄를 인정하고 반성하여 스스로 이 자리에 나온 것 또한 죄인이로다! 이에 이 염라대왕은 죄인 강세희가 한순간의 미혹에 빠져 죄를 범한 것으로 보아, 9억 7천년 동안 팔열팔한지옥에서 자신의 죄를 뉘우치게 만든 뒤, 미물로 환생시키는 것이 옳다고 본다!"

잠자코 듣기 힘드네!

9억 7천년은 너무 길잖아! 그때쯤이면 인류가 우주로 나아가고도 남겠다! 거기다 말이 좋아 환생이지, 세희를 죽인다는 말하고 뭐가 다른데?!

나는 울컥해서 염라대왕에게 따지려 들었지만, 그 전에 앞서 신선들 사이의 웅성거림이 커졌기에 화를 가라앉힐 수 있었다.

"환생이라니, 말도 안 되는 일이오!"

"무시무종(無始無終), 죽지도 못하고 환생하지도 못한 채 지옥에서 자신의 죄를 뉘우치게 만들어야 하오!"

아니, 화를 다른 쪽으로 돌릴 수 있었다.

저 망할 신선들이 지금 남의 일이라고 막말하는군. 그들을 향해 부글부글 끓어오른 화를 토해 내려고 할 때.

기다렸다는 듯이 염라대왕이 성난 목소리로 말했다.

"정숙하라 했다!"

우, 우와아아!

염라에서 뿜어져 나온 투기(鬪氣)가 태풍처럼 재판장을 휘몰아쳤다. 다행이 볼썽사나운 꼴은 보이지 않을 수 있었지만, 그래도 한 발자국, 뒤로 물러나는 건 어쩔 수 없었다.

"너희들에게 입관을 허락한 적은 있을지언정, 발언권을 준 적은 없을 터. 이 몸이 잘못 기억하고 있는 건가?"

염라대왕의 발언에 궁시렁대던 신선들은 불만스러운 표정으로 입을 다물고, 어째서인지 이쪽을 노려보기 시작했다. 예외가 있다면, 그저 이 상황을 즐기고 있는 듯이 보이는 기린 뿐일까?

하지만 그 시선을 의식한 것도 잠시뿐.

염라대왕이 말했다.

"죄인 강세희는 답하라."

"예, 염라대왕님."

"네 죄를 인정하고 이 몸의 판결을 받아들이겠는가?"

세희는 주저하지 않고 말했다.

"그러합……."

"그 전에."

당연히 그럴 줄 알고 있었던 내가 세희의 말을 잘랐다. 세희는 고개를 돌려 복잡한 시선으로 나를 보았지만.

왜, 내가 그날 밤의 부탁을 들어줄 거라고 생각했냐?

웃기지 마. 내가 지금까지 한 고생이 아까워서라도 그럴 수 없다.

나는 세희의 시선을 가볍게 무시한 뒤, 염라대왕에게 말했다.

"그전에 나와 할 이야기가 있는 거 아니야?"

"보기와 달리 성격이 급하군, 요괴의 왕."

염라대왕이 턱을 괴며 말했다.

"이후에 요괴의 왕에게 죄인을 변호할 시간을 줄 예정이었건만."

어라.

"그, 그랬어?"

"그렇다."

난 또 세희가 인정하면 거기서 끝나는 줄 알았지.

"그럼, 요괴의 왕."

나는 염라대왕을 올려다보았다.

염라대왕은 어딘가 즐거운 듯이, 아니, 무언가를 기대하는 듯한 표정을 짓고는 턱을 괴며 나를 내려다보았다.

"이 몸의 판결에 대해 이견이라도 있는가?"

지금부터 변호를 시작하라는 거겠지.

나는 두 발자국 앞으로 나서며 염라대왕에게 내가 자주 당하는 일을 그대로 실천해 보았다.

"염라대왕은 어떻게 생각해?"

질문에 질문으로 답하기 말이야.

그런 내 모습이 건방져 보였을까.

"염라대왕님의 앞이다!"

"예의를 지켜라!"

우마와 마마가 누가 먼저라고 할 것 없이 앞으로 나서며 외쳤다.

염라대왕이 손을 들어 올릴 때까지였지만.

"이 몸이 요괴의 왕에게 발언을 허락했던 것을 잊은 건가? 또한, 요괴의 왕은 하늘이 인정한 인간. 나와 비교한다 해도 격이 낮다 할 수 없다. 우두마면과 마두마면은 물러나 있어라!"

""죄송합니다, 염라대왕님!!""

우마와 마마가 한 목소리가 되어 사과를 하고서는 고개를 숙였다.

그런데 왜일까.

……우마와 마마가 나서고 염라대왕이 꾸짖는 이 일련의 흐름이, 신선들에게 경고하기 위한 연극처럼 보이는 건.

염라대왕이 화를 냈지만, 우마와 마마가 놀라거나 두려워하지 않았거든.

내가 그런 생각을 하고 있을 때, 염라가 말했다.

"이 몸이 보기에 요괴의 왕은 이견이 있어 보였다. 내 눈이 틀렸나?"

그 눈은 나를 시험하는 것처럼도 보였고, 도전자에게 기대하는 챔피언의 모습처럼 보이기도 했다.

아무래도 나하고는 상관없지만.

나는 말했다.

"틀렸다."

염라대왕의 눈썹이 꿈틀거렸다.

우마와 마마의 눈이 동그래진 것을 보았다.

이쪽을 바라보던 신선들이 숨을 들이마시는 소리가 들렸다.

세희가 안심한 표정을 짓고 눈을 감는 것을 보았다.

랑이가 꼬리를 세우며 주먹을 움켜쥐는 것을 보았다.

나는 말했다.

"사실 이견…… 아니, 불만 같은 게 있을 리가 없잖아?"

"호오?"

염라대왕이 재미있다는 듯이 턱을 괴고는 나를 내려다보았다. 마치 무슨 생각이냐는 듯이.

"요괴의 왕은 죄인을 변호하러 이 먼 곳까지 온 것으로 알고 있었다만?"

"그래도 어쩔 수 없잖아."

나는 슬쩍 기린을 바라보며 말했다.

"세희가 사사로운 욕심으로 영성을 다루는 요술을 썼다는 걸 세상천지가 다 알고 있고, 그 증거 또한 여기에 있는데 뭘 어떻게 하라고?"

증거.

다들 짐작했겠지만 이쪽 세계에 돌아왔을 때.

가족들과의 재회조차 뒤로 하고 만나야 했던 기린이 내 안에서 억지로 뽑아냈던 것은, 영성이었다.

정확히 말하자면, 아사달의 영성과 융합한 내 영성이었지.

잠깐 그때로 시간을 되돌려.

나는 가슴에서 튀어나온, 내 것답지 않게 찬란한 빛을 발하는 영성을 보고 인상을 찌푸릴 수밖에 없었다.

그것은 세희가 나를 아사달의 영성을 훔쳐 오는 역할로 사용했다는 돌이킬 수 없는 증거였으니까.

그와 달리 기린은 만족한 미소를 지었지만.

"역시."

그리고 기린은 형형색색으로 빛나는 영성을 반으로 나눴다. 비명이 튀어나오려고 했지만, 기린의 손이 아직 내 입을 막고 있었기에 으읍! 소리 밖에 나오지 않았다.

"그렇게 놀랄 거 없어. 그저 네 영성과 아사달의 영성을 분리했을 뿐이니까. 한동안 아사달의 영성에 영향을 받아서 머리가 좋아질 수는 있겠지만, 별로 나쁜 건 아닐 테고 말이지."

자신의 말이 거짓이 아니라는 듯 기린이 내게 이어진 영성에서 손을 놓자, 그건 너무나 자연스럽게 내 안으로 들어왔다. 그리고 남은 아사달의 영성은, 기린이 집어삼켰다.

"너……?!"

깜짝 놀란 내게 기린이 말했다.

"이건 볼일이 끝나고 그쪽 세계에 돌려보내야 하니까 내가 가지고 있을게."

그렇게 말한 기린은 내가 랑이를 시켜 막을 틈도 없이 눈앞에서 사라졌다.

결국, 그때 기린이 말한 '볼일'이 세희의 재판이었다는 이야기다.

이런 상황에서 내가 '세희는 자기 욕심을 채우려고 요술을 쓰지 않았습니다!'라고 한다면, 기린이 자신이 가지고 있는 아사달의 영성을 증거로 삼아 앞으로 나서겠지.

그 사실을 빤히 알고 있는 염라대왕이 옥좌에 등을 기대며 말했다.

"그러한가?"

말은 잘해요.

"그렇다면 요괴의 왕은 이 몸의 판결을 받아들인다 생각……."

"아니, 그렇다고 그러면 안 돼지."

내가 염라대왕의 말을 끊자.

재판장이 술렁거렸고, 염라대왕이 진심으로 눈살을 찌푸린 채 나를 내려다보았다.

"이 염라대왕을 우롱하는 건가?"

"설마."

"……이 몸은 재판장에서의 말장난은 싫어한다."

그래, 다른 곳에서는 좋아하던 것 같더라.

그렇게 말하고 싶었지만 염라대왕의 목소리에 노기가 잔뜩 묻어 있었기 때문에 속으로 삼켰다.

"나도 **이곳에서** 말장난을 할 생각은 없어."

대신 다른 말을 꺼냈다.

"다만, 세희의 죄를 인정하는 것과 네가 내린 판결을 받아들이는 건 다른 이야기라는 걸 말하고 싶었다."

내 말을 들은 염라대왕의 붉은 눈동자가 흥미로 물들었다.

"그건 무슨 뜻이지?"

후우, 하고 숨을 들이마신 뒤.

"세희가 지은 죄에 비해 형(刑)이 너무 무섭나는 뜻이다."

나는 저승에 온 목적을 염라대왕에게 말했다.

"이에 나는 염라대왕에게 감형을 요구한다."

다들 알고 있겠지만 말이지.

변호라는 게 꼭 피고인의 무죄를 주장하라는 법은 없잖아?

안 그래?

나는 처음부터 재판이라는 이야기를 들었을 때부터, 세희가 무죄라고 변호할 생각은 조금도 하지 않았다.

세희가 자신의 죄를 인정하는 모습을 보이는 것으로 모자라 제 발로 저승에 걸어갔고, 결정적인 증거는 기린의 손에 넘어갔으니까.

이런 상태에서 내가 '세희는 무죄다! 이건 다 조작된 거야!' 라고 외쳐 봤자 무슨 의미가 있겠어?

하지만 세상에는 그런 게 있다.

보석금이라든가 집행 유예라든가 보호 감찰이라든가 말이야.

나는 처음부터 그쪽을 노렸다.

그를 위한 첫걸음을 이제 막 떼었을 뿐인데.

"저, 저 머리에 피도 안 마른 애송이가!"

"감히 저딴 허언을!"

"아무리 하늘이 인정한 왕이라 한들 간과할 수 없구려!"

나는 신선이라는 게 믿기지 않을 정도로 격노한 할아버지들을 볼 수 있었다.

음, 뭐. 성의 누나를 고생시켰던 변태 신선들도 있는데 다혈질 신선이라고 없겠어? 하지만 좀 조용히 해 줬으면 하는데.

집중력이 흐트러지니까.

"조용히 하거라! 지금 성훈이가 말하고 있지 않느냐?!"

그리고 그런 내 속마음을 읽은 듯이 랑이가 화가 가득 난 목소리로 외쳤다.

"너희들이 무엇이라고 감히 우리 성훈이가 말하고 있는데 방해를 하는 것이느냐!"

랑이의 외침에 나는 속이 시원해졌지만.

"한낱 요괴 따위가 어딜!"

"아무리 태초의 혼돈에서 태어났다 해도 너 같은 잡것이 끼어들 때가 아니다!"

"어리석은 것! 그 입 닥치지 못할까! 어디 요괴 주제에!"

"더 이상 요괴의 왕도 아닌 요괴가 자기 주제를 알아라!"

바로 머리끝까지 피가 몰렸다.

지금 내가 잘못 들었나? 저 새끼들이 우리 랑이 한테 뭐라고 한 거지? 재판이고 뭐고 일단 저 늙은이들부터 손 좀 봐줘야겠는데?

생각만으로 끝낼 생각이 없기에 나는 주먹을 쥐고 망할 놈들 쪽으로 걸어갔다.

쾅!

머리카락이 말 그대로 **불타고 있는** 염라대왕이 발을 내려찍어 돌가루를 날리기 전까지는요.

기울어진 옥좌에서 일어나 한 발자국, 계단으로 내려온 염라대왕이 분노가 가득한 목소리로 말했다.

"세 번은 없다."

왜 이렇게 내 주위에는 화내면 무서운 녀서들만 가득한지 모르겠다.

뭐, 덕분에 신선들은 이번에야말로 염라대왕의 압도적인 패기에 입을 꽁꽁 다물기로 한 것 같지만…….

난 아직 화가 나 있거든?

"그 이유를 말해 봐라, 요괴의 왕."

하지만 지금은 저놈들과 한바탕하는 것은 미뤄 둬야 할 것 같다. 세희의 일이 더 급하니까 말이지.

나는 깊은 심호흡으로 화를 삭이고 염라대왕에게 살짝 고개를 숙여 좌중을 조용히 해 준 것에 감사를 표한 뒤, 말했다.

"첫째, 네 말대로 세희는 자신이 행동을 진심으로 후회하고 반성하며 이 자리에 있다. 그 마음에 거짓이 없다는 건 내가 훔쳐 오게 된 영성이 지금 기린의 손 안에 있다는 것과 세희가 이 자리에 죄인으로 참석하고 있다는 것으로 충분히 증명 가능하겠지."

한번 가정해 보자.

만약, 세희가 **수단과 방법을 가리지 않고 진심으로 무언가**를 저지르려고 했다면 막을 수 있는 사람이 누가 있을까?

랑이? 냥이? 아니면 웅녀?

셋이 힘을 합쳐도 안 될 것 같단 말이지. 그동안 내게 당해 왔던 게 있어서 그럴까? 세희라면 어떻게든 그 힘든 와중에서도 자신이 뜻하는 바를 이룰 것 같다.

그 결과, 자신이 죽는다 해도.

내 생각이지만, 세희를 막을 수 있는 건 **현재**로서는 세희

자기 자신밖에 없다.

……그래서 내가 이 개고생 중인 거고.

어쨌든.

염라대왕이 머리를 끄덕이는 것도 보았으니 계속 이야기해 볼까?

"둘째, 세희가 요괴의 왕인 나를 우롱했다고 하는데, 이쪽은 그게 일상이니까 신경 쓸 것 없다. 매일매일 시도 때도 없이 우롱당하는 사람이 하는 말이야, 이거."

왜일까.

염라대왕과 우마와 마마가 나를 살짝 안쓰럽게 바라보는 건.

그럼에도 나는 말했다.

"아니, 이제는 나를 무시하는 태도와 비난에 반박하는 게 취미인 수준까지 왔으니까, 오히려 세희가 그래 주지 않으면 내가 곤란해. 이게 거짓말이 아니라는 건 염라대왕도 알겠지."

저는 세희와의 대화가 재미있다는 의미로 한 말이었습니다만.

랑이를 제외한 재판장에 있는 모든 이들의 시선이 미묘해지는 것이 느껴졌다.

조금 다른 성벽을 가지고 있는 사람으로 취급당하는 기분입니다! 오해하지 마! 그런 거 아니니까!

"크흠!"

나는 분위기를 환기시키기 위해 일부러 딱딱한 말투로 말했다.

"셋째, 세희가 육친의 정 때문에 잘못을 저질렀기 때문이다. 너는 육친의 정을 사사로운 정이라 했다. 물론 나도 알아. 하늘의 대의와, 세상의 질서를 지켜야 하는 필요성 앞에 육친의 정이라는 것은 사소한 일 정도밖에 안 된다는 건."

그래서 제가 모성애의 상징이라 할 수 있는 가슴만 보면 정신을 못 차리는 놈으로 자라 버렸습니다, 데헷.

지금은 이딴 생각을 할 때가 아니지만.

"하지만! 육친의 정이라는 것은 세상의 그 무엇보다 두터운 인연이다! 생명이 태어나 가장 먼저 접하는 부모, 형제, 자매, 가족들에게 정을 가지는 건 하늘이 정한 이치. 한낱 미물들도 부모자식 간의, 형제자매 간의 정이 있다. 그런데 만물의 영장이라 불리는 인간은 어떠할까."

나는 잠시 숨을 돌리고, 염라대왕에게 말했다.

"세희가 자신의 오빠인 아사달의 죽음, 아니, 소멸을 목격한 것은 어린 나이였다."

내가 본 **아세희**는 너무나 어렸다.

사리분별을 잘하고 똑똑하다고 하나, 어린아이였다.

가끔 엉뚱한 생각을 하는 순진한 아이였다.

강세희와 동일 인물이라 여길 수 없을 정도로.

"그때의 세희는 육친의 죽음을 마주하기에는 너무나 어린 나이였고, 그 후에 일어났던 일들 또한 어린아이가 감당할 수 있는 일이 아니었다. 그로 인해 받은 마음의 상처가 5천 년. 아니, 5천 년이 넘은 지금까지 아물지 못해서 결국 잘못된 일을 꾸밀 수밖에 없게 된 거다. 나는 이에 세희의 잘못된 행동을 인도주의적 측면에서 바라볼 필요가 있다고 본다."

나는 고개 숙인 세희를 가리켰다.

"염라대왕. 세희가 비록 하늘이 정한 금기를 어기는 요술을 사리사욕을 위해 사용했다는 것은 사실이다. 하지만 세희가 저지른 잘못은 지금 이곳에 있는 어른 강세희가 아닌, 영영 잃어 버린 육친의 흔적이나마 가지고 싶어 했던 어린아이의 안타까운 행동이었다고 받아들여야 한다는 게, 내 의견이다."

후우.

내가 잠깐 숨을 돌리며 말라 버린 입술을 혀로 적셨을 때.

염라대왕이 흥미롭다는 듯 말했다.

"요괴의 왕은 소문과 달리 꽤나 총명한 이로군."

……좋았어!

그 말에 담긴 속뜻을 눈치챈 다른 이들로 인해 재판장의 분위기가 술렁였지만, 입을 여는 자는 없었다.

"지금은 아사달의 영성에 영향을 받고 있어서 그런 거겠지."

염라대왕이 피식 웃었다.

그 모습에 우마와 마마가 살짝 놀란 표정을 지었지만 그것도 잠시.

"그래. 이 염라대왕이 잠시나마 총명해진 요괴의 왕의 주장을 듣자 하니, 죄인 강세희에게 정상 참작의 여지가 있어 보이는군."

생각을 언뜻 보인 것과 입에 담은 것은 엄엄히 다르다.

"염라대왕님! 지금 그게 무슨 말씀이십니까! 그러고도 저승의 시왕 중 가장 공명정대한 이라고 스스로를 일컬을 수 있으시겠습니까!"

그에 격분한 신선 중 한 명이 항의를 하는 순간.

"이 몸이 다음은 없다 했다."

붉은 섬광이 번쩍이는 것과 함께 염라대왕이 눈앞에서 사라졌다.

"커억!"

동시에 목소리를 내던 신선이 고통에 찬 비명을 질렀다.

뭐, 뭐야?

나는 깜짝 놀라 비명이 들린 쪽으로 고개를 돌렸고.

불타오르는 주먹을 쥐고 서 있는 염라대왕과 배를 움켜쥐고 땅에 쓰러져 부들부들 떨고 있는 신선을 볼 수 있었다.

뭐랄까, 인터넷에서 유명한 짤방이 떠오르는 모습이군.

아무래도 자기 말을 무시하고 입을 연 신선에게 열이 받은 염라대왕이 폭력을 행사한 것처럼 보인다.

아이고, 속 시원해라! 한 여름의 땡볕 아래서 힘든 노동을 한 뒤 탄산 음료수 마신 것처럼 속이 시원해지네!

하지만 내 스트레스를 해소시켜 준 염라대왕은 아무 일도 없었다는 듯이 몸을 돌리고서 옥좌를 향해 걸어가며 무심히 말을 할 뿐이었다.

"저것을 치워라."

염라대왕의 명에 창을 들고 있는 요괴 두 명이 정신을 잃고 쓰러진 신선을 부축해서 재판장 밖으로 끌고 나갔다.

이런 일이 한두 번 있었던 게 아니라는 듯.

음, 저게 바로 염라대왕이 전에 말했던 실력 행사라는 거군.

그때의 기억을 떠올리고 있자니.

"이 몸은 보는 대로 다혈질인 면이 있어서 말이다."

염라대왕이 어느새 옥좌에 다리를 꼬고 앉은 채로 내게 말하고 있었다.

"그러하니 슬슬 말해 보거라."

"……지금까지 열심히 말하고 있었습니다만?"

내 대답이 마음에 안 들었는지 염라대왕이 눈썹을 꿈틀거리며 말했다.

"요괴의 왕이 원하는 판결을 말하라는 것이다!"

그야말로 억지나 다름없군.

"이쪽의 패를 다 드러내라는 거야?"

세상의 어떤 변호사가 '피고의 죄가 이러이러하니 몇 년형이 좋을 것 같아요.' 같은 말을 하는데? 제발 우리 피고인이 술도 마셨고 모셔야 하는 노모와 키워야 하는 핏덩어리 같은 자식들이 있고 정신적으로도 문제가 있는 불쌍한 녀석이니까 최대한 봐주세요, 라고 빌지.

"이 몸은 상대를 떠 보는 건 시간 낭비라 생각하는 편이다."

하지만 발설지옥의 재판관인 염라대왕님께서는 그런 말도 안 되는 걸 원하고 있었습니다.

그러고 보니 염라는 나와 거래를 하자고 할 때도 자기 쪽에서 먼저 원하는 걸 이야기했었지.

……세희가 보고 배웠으면 좋을 것 같은 호탕한 염라대왕이

말했다.

"요괴의 왕은 죄인 강세희에게 이 몸이 내리길 바라는 판결을 말하라. 그렇다면 이 염라대왕도 공정한 입장에서 듣고, 판단하도록 하지."

거짓말을 하지 않는 염라대왕이니만큼, 저 말은 사실일 거다.

……흠.

어쩔 수 없나.

시간을 끌어 봤자 염라대왕의 기분만 상하게 할 것 같으니, 말할 수밖에.

나는 마음을 굳게 다지고, 염라대왕에게 말했다.

"세희가 나에게 영원무구토록 봉사하는 형벌을 내려 주길 바란다."

염라대왕이 앞서 한 번 손을 썼기 때문일까.

이번에는 신선들 중에서 입을 여는 자는 없었다. 그 대신 이쪽을 향한 시선이 뜨거워진 게, 마치 몇 십 년 만의 폭염과 비교해 볼 만한 것 같다.

그런데 나, 아직 할 말 남아 있거든요?

괜찮을까 모르겠지만, 그렇다고 입 다물고 있을 수도 없다.

"또한, 그를 위해 세희의 신변을 이쪽에 양도해 줬으면 한다."

잘못했다가는 나까지 지옥에 남게 될지도 모르니까. 이왕 할 거, 확실하게 해야지.

내 당돌하기까지 한, 사실상 세희를 무죄 방면해 달라는 요구에.

"……호오."

염라대왕이 이를 드러내며 웃었다.

"요괴의 왕은 욕심이 과하군."

내가 원래 그래.

그렇게 말했다가는 왠지 한 대 맞을 것 같은 기분이 든다. 단순히 기분으로 끝나지 않는 것은, 염라의 몸에서 불꽃이 활활 타오르고 있기 때문이겠지.

내가 도를 넘었다고 생각하는 걸까?

"나는 그렇게 생각하지 않는다."

그래서 나는 살짝 순화해서 말했다.

"염라대왕도 들은 적은 있겠지."

"무엇을 말이냐."

나는 씨익 웃으며 말했다.

"내가 어떤 인간인지에 대한 이야기 말이야."

그 소문이 사실이든, 사실이 아니든 그건 중요하지 않다. 중요한 건 그 소문이 어떻게 이 자리에서 작용될 것인가.

그것뿐이다.

무엇보다 나도 바보가 아니라, 염라대왕이 그 부분을 파고드는 것을 방지하기 위한 방법 정도는 생각해 뒀다고.

"물론 내가 그 소문대로의 사람이라고는 말하지 않겠다. 하지만 그 소문이 모두 거짓말은 아닌 것도 사실이야."

내가 세희가 퍼트린 소문대로 광란의 밤을 보내는 건 아니지만 말이지.

랑이와 같이 자는 일은 부지기수다. 그냥 말 그대로 같이 자는 것뿐이지만, 그걸 어떻게 들을지는 듣는 사람 마음이잖아?

그뿐일까?

치이의 팬티를 훔쳐보는 건 예사고, 가끔씩은 저고리 사이를 엿보게 될 때도 있다.

일부러 그러는 건 아닙니다만, 본 건 본 거지.

거기다 요즘 들어 나래와 있었던 일들은…….

크흐으음! 이건 일단 넘어가고.

그 외에도 아이들과 같이 목욕하면서 몸의 이곳저곳을 씻겨 주는 일도 거리낌 없이 하는 게 바로 나다.

그 소문의 시작은 날조였을지언정 그 끝은 진실과 어느 정도는 닿아 있다는 뜻이지.

"흠……."

염라대왕은 소문의 진위 여부를 가려 봤자 내가 그렇게 대답할 거라 생각한 건지, 아니면 그런 거에 의미가 없다고 생각했는지.

내게 말을 잇기를 종용했고, 나는 그렇게 했다.

"그런 내게 영원토록 봉사하는 거다. 무엇보다 나는 신선이 될 몸. 세희가 자신의 형벌에서 벗어나는 것은 생각보다 짧지 않을 거다."

신선이 된 다음에 어떻게 되는지 잘은 모릅니다만.

“그 시간은 염라대왕, 네가 내린 형벌보다 심하면 심했지 덜 고통스럽지는 않을 거다. 세희 또한 자신의 죄를 깊이 뉘우칠 수밖에 없겠지.”

이것 또한 거짓말이 아니다.

언제나 나를 무시하고 가지고 노는 걸 즐기는 세희가 내게 고개를 숙이는 거니까.

세희에게 이보다 더한 치욕이 어디 있겠어?

무엇보다 봉사라는 단어가 중요하다.

상황에 따라 사춘기 소년의 상상력을 자극하는 단어이면서도, 그 뜻은 건전하기 그지없으니까.

만약 염라대왕이 내가 말한 봉사의 의미에 물어본다 해도 잡아떼면 그만이다.

내가 시키는 모든 일이 봉사라고.

“또한, 세희의 신변을 양도해 달라는 것은 내가 요괴의 왕이기 때문이다.”

나는 일부러 어깨를 으쓱하며 말을 이었다.

“요괴의 왕이 언제까지 저승에 있을 수는 없잖아? 내가 다스릴 요괴들은 이승에 있는데. 이런 점들을 고려해서 생각해 보면 내 요청이 그렇게 과하지 않다는 걸 알 수 있을 거야.”

나에 대해 알려진 소문과 봉사라는 애매모호한 단어와 요괴의 왕이라는 입장을 이용한 주장에.

“그래, 그럴 수도 있겠군.”

염라대왕은 재주를 부리는 곰을 보는 듯한 시선으로 나를 내려다보며 고개를 끄덕였다.

이거, 희망 있는 거지?

내가 그렇게 생각했을 때.

"저기~ 염라짜응. 기존의 판결 정도라면 모를까, 요괴의 왕의 요구는 좀 아닌 것 같은데?"

지금까지 가만히 있던 기린이 손을 들며 장난스러운 목소리로, 하지만 표정만큼은 그 어느 때보다 진지한 채로 말했다.

저, 저 망할 자식이 다 된 밥에 재를 뿌릴 생각인가? 끼어들 거면 처음부터 끼어들던가!

당연히 내 기분은 안 좋아졌고, 염라대왕은 다른 이유로 인상을 찌푸렸다.

"예의를 지키도록, 신수 기린. 또한 주장을 할 때는 그에 합당한 근거 또한 말해라."

염라대왕의 말에 기린은 어깨를 으쓱하고는 말했다.

"알았어."

가볍게 고개를 끄덕인 기린이 말했다.

"어쨌든 말해도 괜찮지? 나도 발언권은 있으니까."

"허락한다."

기린이 한 발 앞으로 나와 뒤에 있는 신선들의 기대에 찬 눈빛을 받으며 입을 열었다.

"염라대왕, 나는 요괴의 왕의 요청을 네가 받아들여서는 안 된다고 생각해."

"근거를 말하라 했다."

"말할 생각이었어. 성격 급하다니까, 진짜."

기린이 말했다.

"왜 그러냐면 요괴의 왕은 세희의 봉사가 필요 없거든."

그 소문이 반 정도는 거짓말이라는 걸 파고들 생각인가? 하지만 이미 말했듯이, 그에 대한 대처는 해 뒀다.

그렇게 생각했지만.

기린은 전혀 다른 곳을 파고들었다.

"성훈한테는 이미 세희를 대신해서 자기한테 봉사할 수 있는 애들이 많거든. 예를 들어 볼까? 랑이의 자매인 냥이는 머리가 좋기가 나나 세희하고 비교해도 뒤처지지 않아. 거기다 랑이는 또 얼마나 힘이 센데? 웬만한 요괴들은 랑이의 한주먹 거리일걸? 그뿐이야? 곰의 일족의 수장이나 견우성의 의지까지 아내나 마찬가지고, 꽤나 힘이 센 요괴인……."

기린이 살짝 고개를 갸웃거린 뒤 말을 이었다.

"이름이 기억이 안 나네. 어쨌든 여우 요괴와 신선 거타지에 그의 아내이자 청룡인 여린까지 성훈에게 호감을 가지고 있어. 다시 말하면, 성훈의 주위에는 **자기 말대로 다양한 봉사를** 할 수 있는 애들이 충분히 있다는 거야. 세희가 없어도, 요괴의 왕으로서 요괴들을 다스리는 데 불편하지 않을 정도로. 이건 왕을 임명하는 내가 보증할 수 있어."

……빈틈을 찔렸군.

말했듯이 내가 봉사라는 단어를 말한 건, 소문의 진위 여부로 공격당하지 않기 위해서였다. 봉사라는 단어에는 정말 여러 의미가 담겨 있으니까.

하지만 기린은 오히려 그 점을 파고들어 왔다. 봉사라는 단어가 포용할 수 있는 모든 뜻을, 세희가 아닌 다른 이들이 대체할 수 있다고 주장해 버린 거다.

이건 생각 못 했어.

"거기다 말이야."

기린이 갑자기 고개를 돌려 내게 말했다.

"혹시 알아, 요괴의 왕? 누군가 죄를 지으면 반드시 벌을 받아야 하는 이유를?"

기린의 질문은 며칠 전의 일을 떠올리게끔 만들었다.

업경을 보고 내가 지은 죄가 이렇게 생긴 것인가 착각하고 울 뻔했을 때였지.

"그래."

나는 기린에게 말했다.

"경각심을 일으켜 다른 사람들에게 주의를 주는 것과 죄를 지은 사람이 자신의 잘못을 뉘우치는 게 그 이유다."

기린이 내 속을 뒤틀리게 만드는 미소를 지으며 말했다.

"그것 말고도 다른 이유가 하나 더 있어."

응?

"죄인에게 죄의 가볍고 무거움을 따져서 벌을 주는 거로 사회 질서를 유지시키기 위한 것. 쉽게 말하면, 정의는 승리한다 같은 거지."

일방적으로 말을 마친 기린이 고개를 돌려 염라대왕을 바라보며 말했다.

"염라대왕, 한번 생각해 봐. 지금 성훈이 요청한 세희의 형벌이 그에 맞다고 생각해?"

즉, 다른 사람들이 생각하기에 세희가 제대로 된 벌을 받고 있다고 받아들일 수 있겠냐는 건가?

"물론 요괴의 왕은 그렇다고 생각하겠지만."

기린이 말했다.

"난 그렇게 생각하지 않아. 요괴는 하늘을 숭배하고, 천상계는 자신들이 하늘의 뜻을 이어받았다고 생각해. 어느 쪽이든 하늘의 금기를 어긴 세희한테 요괴의 왕에게 봉사하는 정도의 형벌을 내리는 것만으로는 제대로 된 처벌이 이루어졌다 생각하지 않을 거야."

크…….

이 자식 진짜 아픈 곳만 골라 찌르네!

"그리고 그건 결국 요괴의 왕에게까지 안 좋은 영향이 갈걸? 예를 들어, 누군가 강성훈이 정말로 요괴의 왕으로서 있어도 되냐는 상소를 올리지 않을까? 요괴의 왕을 폐위시키는 게 옳다는 내용으로."

기린의 뒤에 있는 신선들이 말없이 고개를 끄덕였다. 그 와중에 기린이 미소 짓고 있는 것이 내 울화통을 터트리려고 한다.

"그러면 나도 곤란해져. 성훈을 요괴의 왕으로 인정한 건, 다름 아닌 나니까."

아, 그러십니까!

한마디 해 줄까 싶었지만, 기린은 말로 나를 난도질하는 것을 멈추지 않았다.

"그래도 말이야. 만약에, 정말 만약의 경우. 그런 일이 벌어지지 않는다는 만약의 상황을 가정해 보자, 염라대왕. 그러니까 전제가 이럴 거야. 요괴의 왕이 무슨 재주를 부렸는지 몰라도 천상계에 있는 녀석들과 요괴들이, 요괴의 왕이 요청한 형벌이 하늘이 정한 금기를 어긴 자에게 내리기 적합한 형벌이라 생각하고, 죄인의 봉사가 필요하다는 주장을 받아들였다."

기린이 혀를 내두르며 말을 이었다.

"……내가 말했지만 정말 현실성 없네."

정확히 말하면 내 화를 돋우며 말을 이었다.

"어쨌든, 그런데 그런 일이 실제로 일어났다고 쳐. 그래도 요괴의 왕이 요구한 형벌은 전제 자체가 잘못되어 있어. 사실 너도 알고 있지?"

대답하지 않은 염라대왕을 향해 기린이 말했다.

"왜냐하면 요괴의 왕은 세희를 통제할 수 없거든."

부정할 수 없는 부분이었다.

내가 이곳에 있는 것이 기린의 주장이 사실이라는 것을 증명하고 있었으니까.

"기억하고 있지? 요괴의 왕이 세희가 자신한테 봉사하는 것으로 죗값을 치르도록 만들겠다고 한 거. 내가 생각하기에도 그건 꽤 끔찍한 일일 것 같아. 매일 놀지도 못하고 일만 해야 하잖아? 5천 년 넘게 놀기만 했던 나 같은 녀석은 죽고 싶어질 만큼 끔찍한 일이야."

기린이 우엑, 하고 자기 목을 살짝 졸랐다. 저 자식한테 손을 빌려 줄까 물어보려 했지만, 그 전에 기린이 말했다.

"그러면 이렇게 생각할 수도 있지 않아? 세희가 참다 참다 못 참고 못된 마음을 품을 수 있을 거라고? 예를 들자면."

기린이 엄지로 자신의 목을 슥 그으며 말했다.

"요괴의 왕을 죽이려 든다거나."

그 손짓을 보고.

"그 말 취소하거라!"

랑이가 성난 파도와 같은 기운을 숨기지 않고 내뿜으며 외쳤다.

"하늘에 점지어 받은 이름을 걸고 맹세하느니라! 세희는 절대로 무슨 일이 있어도 입에 담기도 끔찍한 그런 짓을 하지 않을 것이니라! 그러니 세희를 모욕하면 내가 가만히 있지 않을 것이니라!"

그 기세가 얼마나 대단한지, 우마와 마마가 주춤 뒤로 물러날 정도였다.

하지만.

기린도 기린이었다.

기린은 랑이의 거센 기운을 받으면서도 장난꾸러기 같은 표정을 지우지 않으며 말했다.

"세희를 소중하게 생각하는 마음은 좋다고 생각해. 하지만 눈을 들어 현실을 봐, 호랑아. 세희가 여기 죄인으로 있는 건,

이미 너희들을 속여서 자신의 꿈을 이루려고 했기 때문이잖아? 그런데 한 번 일어난 일이 두 번 일어나지 않겠어?"

랑이가 손을 호랑이의 발로 변화시키며 외쳤다.

"그럴 리가 없느니라! 나는 세희를 믿느니라! 사정이 있어서 내게 말을 못한 것뿐이니라! 세희는 나를 속인 적 없느니라!"

기린이 입가에 미소를 띠며 나를 바라보았다.

"요괴의 왕, 어린아이의 치기라는 건 이런 걸 이야기하는 거야. 현실에서 눈을 돌리고 자신이 믿고 싶은 것만을 믿는, 이런 걸 말이야."

으득, 이가 갈렸다.

"호랑아, 네가 뭘 믿고 뭘 봤는지는 별 의미 없어. 세희가 너희들을 속이고, 요괴의 왕을 이용해서 다른 세계의 아사달의 영성을 훔쳐 오게 만들었다는 게 중요하지. 내 말이 틀렸어?"

"으, 으냐앗⋯⋯ 그, 그건⋯⋯."

하지만 나는 감정을 다스렸다. 지금은 감정을 앞세워 나섰을 경우 오히려 사태만 악화시킬 테니까.

"그런데 세희가 반성도 없이 다른 꿍꿍이를 가지지 말라는 보장이 어디 있어? 또 다시 너희들 몰래 하늘이 정한 금기를 어기는 요술을 쓴다면? 이미 한 번 속은 너희들이, 세희가 다른 짓을 하지 못하게 막을 수 있다고 어떻게 생각할 수 있겠어?"

잠자코 듣고 있는 나와 꿀 먹은 벙어리가 된 랑이를 향해, 기린이 물었다.

"알고 있지? 세희는 말이야. 5천 년이라는 시간 동안 아사달에 대한 애정을 버리지 못했어. 오히려 아사달 때문에 생긴 상처를 그 애정과 함께 끌어안고 살아왔지. 그러니까 앞으로도 그럴 거야. 분명, 이곳에서 풀려나면 **언젠가** 같은 짓을 또 하려고 들겠지. 그때는 이번과 같은 실수를 저지르지 않고서, 정말로 완벽하게."

쉽게 입을 열 수 없도록 만드는 질문을 내게 했다.

"그래서 말인데. 너희들, 아니, 요괴의 왕. 너는 그런 세희를 어떻게 감당할 생각이야?"

그래.

나는 필사적으로 머리를 굴렸**었**다.

머리에서 연기가 날 정도로 열심히 생각했**었**다.

분명 재판에서 염라대왕을 설득할 수 있는 방법은 있을 것이다. 그렇게 생각하며 내가 구할 수 있는 모든 경우의 수를 찾았었다.

당연히, 내 주장이 논파당하고 몰아세워지는 가능성도 염두에 두고 여러 대처를 해 왔지만…….

기린이 제 예상을 뛰어넘었습니다.

어쩔 수 없잖아!

기린이 설마 이렇게까지 반박해 올 거라고는 생각 못 했다고! 내가 '랑이는 귀엽다.'라는 절대적인 정의를 말한다 해도, 그렇지 않은 이유로 팔만대장경을 쓸 줄 누가 짐작이나 했겠냐고!

젠장! 냥이도 이렇게 될 줄 몰랐던 건가? 알고 있었으면 언급 정도는 해 줬을 텐데?

"염라대왕, 요괴의 왕이 대답하지 못하는 게 내 주장의 근거야. 이상, 하고 싶은 말은 다 했어."

젠장! 지금 한눈팔 때가 아니구나!

"요괴의 왕은 신수 기린의 반론에 의견을 말하라."

염라대왕의 재촉에 나는 식은땀을 잔뜩 흘리며 머리를 굴렸다.

생각을! 생각을 해야 한다!

이 위기를 극복할 수 있는 논리적으로 완벽한 대답을…….

"할 수 없는가?"

자, 잠깐! 너무 빠르잖아, 이 자식아! 무슨 성격이 그렇게 급해! 좀 기다리라고! 평소보다 훨씬 잘 돌아가는 내 머리로 금방 답을 찾을 테니까 조금만 기다리라고!

"그렇다면."

하지만 그런 내 마음의 외침은 닿지 않았고, 염라대왕은 무언가 실망한 표정으로 두 눈을 감으며 말했다.

"이 염라대왕은 신수 기린의 주장을 받아들여 요괴의 왕의 요청에 정당성이 없다 판단하여, 본래의……."

일단 시간 좀 달라고 외치려고 하던 그때.

끼이이익.

문이 열리는 소리와 함께 여기서는 들을 수 있을 거라고는 상상도 할 수 없었던 목소리가 귀에 닿았다.

"잠깐만요."

나는 깜짝 놀라서 고개를 돌려 뒤를 바라보았다.

활짝 열린 재판장 문을 뒤로하고.

"나래야?"

"으냐앗? 나래가 왜 여기 왔느냐?"

여성용 정장을 입고 있는 나래가 웅녀의 뼈 몽둥이를 손에 들고 있었다.

각양각색의 옷을 입고 있는 수많은 곰의 일족들을 뒤로 하고서.

그뿐만이 아니다.

"어?"

그 뒤로는 재판장에 있던 이들보다 조금 젊어 보이는 신선들이 무리를 이루고 있었다.

그래도 내게는 할아버지로 보이지만.

당연히 내 시선은 할아버지보다는 커다란 가슴의 물결……이 아니라!

어쨌든.

재판장에 들어온 그 인파에 놀라 입을 떡 벌리고 있는 나를 향해, 나래가 빙긋 미소를 지으며 말했다.

"미안해, 성훈아. 조금 늦은 것 같네."

그렇게 말하며 나래는 고개를 돌려 랑이를 바라보면서 손을 흔들었다.

"랑이도 잘 있었어?"

"어, 어떻게 된 것이느냐?"

"응? 이야기 못 들었어?"

나래가 하는 말에 집중해야 하겠지만 나는 그럴 수 없었다. 고개를 갸웃거리는 나래의 옆에 내 시선과 온 신경을 잡아끄는 성스러운 가슴…… 이 아니라!

아, 진짜! 좀!

"정미 누나?"

오랜만에 뵙는 정미 누나가 있었으니까.

은퇴 후 휴가를 열심히 즐기셨는지, 피부가 살짝 탄 정미 누나가 내게 손 키스를 보내며 말했다.

"잘 있었니?"

아니, 잘 있지는 못했습니다만.

그보다 복장이 말이죠! 정미 누나가 입고 있는 옷이 말이죠! 너무 여름의 향기가 물씬 풍기지 않습니까?!

그런 내 시선을 느꼈는지, 나래가 슬쩍 정미 누나의 앞을 가로막으며 말했다.

"모두 한곳에 모이는 데 시간이 좀 걸렸거든."

아, 왜 늦었는지에 대한 설명입니까.

제가 듣고 싶은 건 왜 발설지옥까지 오셨는지에 대한 것이었습니다만…….

"검둥이가 말이느냐? 역시 내 언니이니라!"

환한 표정으로 방방 뛰며 이상한 소리를 하는 랑이를 보니

까, 이미 설명이 끝난 것 같다.

아니, 그보다 지금 한 말은 뭐야?

나래의 불호령을 감수하고 어떻게 된 일이냐고 물어볼까 고민하고 있던 내 귓가에, 곰의 일족분들의 수근거리는 목소리가 들려왔습니다.

"내참, 데이트 하다가 끌려왔다니까."

"데이트면 다행이지. 나는 알바하다가 나왔어. 이번 달에는 추가 수당 나오려나 모르겠네."

"에휴~ 수장이 바뀌면 좀 편할 줄 알았는데 이게 뭐니?"

그 말에 정미 누나가 몸을 뒤로 돌려 핫팬츠로 가려졌다고 해야 할지, 가리다 말아야 할지 모르는 육감적인 엉덩이를 내게 자랑하며 말했다.

"지금 나 들으라고 하는 소리야? 요즘 애들이 빠져 가지고."

"아, 언니는 은퇴했으면서 무슨 요즘 애들이니 뭐니 그래요?"

"늙은 게 자랑이신가."

"너, 너희들?!"

……입고 있는 옷뿐만이 아니라 성격도 다양하시군요.

가슴이 크다는 것만은 공통점이지만.

크흠! 지금 이럴 때가 아니다.

시간을 번 건 좋고, 잠깐 정신이 팔리는 바람에 나래와 정미 누나가 왜 곰의 일족들을 데리고 이곳까지 왔는지는 듣지 못했지만 말이지.

확실한 게 하나 있거든.

지금 이 상황을 염라대왕이 기껍게 생각하지 않을 거라는 사실 말이다.

그렇기에 나는 잠시 정신이 팔린 것을 후회하며, 무엇에 정신이 팔렸는지는 묻지 말아 줬으면 좋겠다, 뒤를 돌아보았다.

하지만.

내 예상과는 달리 염라대왕은 턱을 괸 채로 느긋하게 이쪽을 바라보고 있었다. 이 상황을 불만스럽게 바라보고 있는 신선들과 대비될 정도로.

왜지?

왜 화를 안 내지?

발언을 허락하지 않은 신선이 말 몇 마디 했다고 주먹을 날린 염라대왕이다. 그런데 왜 지금은 이 상황을 방관하고 있는 거야?

그렇게 생각하고 있을 때.

"키이잉!!"

또다시 익숙한 목소리가 내 귓가에 들려왔다.

그런데도 저 염라대왕에게만 계속 신경을 쓰다가는…….

"이 섭섭아! 우리는 눈에 들어오지도 않지?!"

아, 이미 늦었나.

나는 섭섭함과 분노를 반반 섞은 목소리가 들린 쪽으로 고개를 돌렸다.

"성훈 군에게 너무 응석을 부리면 못 쓴다."

그곳에는 신선들과 같은 옷을 입은 거타지 아저씨의 품에 안겨서 이쪽을 바라보고 있는 아야가 있었다.

나는 일단 거타지 아저씨께 고개 숙여 인사를 하려다가, 지금 내가 요괴의 왕의 신분으로 이 자리에 서 있다는 것을 깨달았다.

"신경 쓸 것 없네. 이곳에서 나는 한 명의 신선일 뿐이니까."

거타지 아저씨도 그걸 알아주신 것 같다. 역시 어른이시구나.

덕분에 나는 미소를 짓는 거로 간단하게 인사를 한 뒤, 아야에게 시선을 돌리며 말했다.

"넌 또 왜 왔어?"

거타지 아저씨가 아야를 내려 주셨다. 아마도 그건 아야의 꼬리가 새빨개져 있는 것과 관계가 깊겠지.

"그, 그게 지금 아빠 찾아 저승까지 온 나한테 할 말이야아아아?!"

저승까지의 거리가 대충 삼만 리 정도 되나 보다.

아니, 지금 이런 생각을 할 때가 아니다. 아야 주변에 여우불이 생겨날 듯, 공기가 일렁거리기 시작했으니까.

"그런 게 아니라 이유가 궁금해서……."

"설명 안 듣고 뭐 했어, 성훈아?"

아, 아차!

살짝 가라앉은 나래의 목소리에 식은땀이 물처럼 흐른다. 나는 고개를 돌려 웃는 얼굴로 성난 곰으로 변한 나래에게 말했다.

"아니, 그게, 지금은 좀 정신이 산만하다고 할까."

솔직히 정신없다!

[이래서야 우리 차례 오겠음? 보고 싶었던 건 우리도 만만치 않았는데.]

"아우우우, 가만히 있는 거예요. 오라버니께서 곤란해하시는 거잖아요."

그리고 나를 더욱 곤란하게 만들면서도 기쁨을 주는 목소리와 글이 보였다.

"치이하고 페이도?"

목소리가 들리고 글이 삐죽 튀어나온 쪽으로 고개를 돌려보니, 곰의 일족 누님들 사이에 서 있는 치이와 페이가 보였다.

페이가 내 시선을 받고는 손을 흔들며 앞으로 나오려 했지만 그것도 잠시.

[감동의 재회를 방해할 셈? 거기다 여기서는 잘 찍히지도 않음!]

"페이도 들었잖아요! 앞에 나가면 큰일 나는 거예요!"

치이가 뭔가를 들고서 바동대는 페이의 허리를 두 팔로 끌어안고서 곰의 일족 누님들 뒤로 숨었다.

……아니, 그렇게 숨을 건 없는데. 이쪽으로 와 주지 않겠니? 왜 그렇게 곰의 일족 누님들 뒤에 숨는데? 너희들 얼굴 좀 보자.

"흥! 멍청한 것."

아니, 너 말고.

"섬둥아?! 검둥이도 함께 와 준 것이었느냐?!"

"나는 된장찌개에 들어가는 고춧가루만큼의 지혜를 얻었다고 기고만장했던 녀석의 울상을 직접 보고 싶었을 뿐이니라."

사람 속을 긁는 소리를 한 냥이에게 랑이가 한 걸음에 달려가서는 꽈악 끌어안고 볼을 비볐다.

"떨어지거라, 이것아. 지금 네가 있을 곳은 내 옆이 아니니라."

그렇게 말했지만, 냥이는 그렇게 싫은 눈치가 아니었다.

그보다 말이다.

지금 상황에 대해서 내게 설명해 줄 사람? 잠깐 정신이 팔린 덕분에 나만 무인도에 동떨어진 기분이거든?

왜 이 지옥에 거타지 아저씨와 나래와 치이와 페이와 아야와 냥이가 온 거지?

……아니, 잠깐만.

나는 이곳에 안 보이는 사람이 있다는 사실을 깨닫고 나래에게 물었다.

"성의 누나는?"

"바둑이 혼자 집을 지키는 건 불안하니까 성린이하고 같이 있어 달라고 부탁했어. 먼 길을 다녀오신 것도 있고."

……아, 그렇군. 집에 아무도 없이 바둑이만 혼자 있어서는 걱정될 만하지. 하지만 성의 누나가 있으면 안심이다.

성의 누나의 강함은 제가 잘 알고 있지요. 암요.

그런데 먼 길을 다녀왔다니? 그건 무슨 뜻이지?

그에 대해 나래에게 물어보려고 했을 때.

"정숙."

염라대왕이 입을 열었다.

단 한마디였지만, 그 말에 담긴 무게감은 남달랐다. 어느 정도 익숙해졌다고 생각한 나도 뒤로 물러날 정도로.

[치이가 옳았음. 역시 뒤에 피해 있기를 잘함.]

"아우우우, 앞에 있었다가는 기절했을 거예요."

……덤으로 치이와 폐이가 왜 숨어 있었는지를 알게 되었다.

"기다려 주는 것은 이정도로 되었겠지."

염라대왕의 말에 랑이가 냥이에게서 떨어져 다시 세희의 옆에, 나래는 내 옆에 섰다. 아야도 내 옆에 서고 싶어 하는 눈치였지만 균형이 안 맞는다고 생각해서일까. 나래에게 선수를 빼앗겼다는 생각이 드러나는 표정으로 랑이의 옆에 섰다. 랑이는 아무 말 없이 아야의 손을 잡았고.

그 모습을 보고 미소를 지은 나래였지만, 그것도 잠시. 이내 염라대왕에게 고개 숙여 인사를 했다.

"곰의 일족의 수장이자 요괴의 왕 강성훈의 동반자로서, 저희들을 배려해 주신 점 감사하다는 말씀을 드릴게요, 염라대왕님."

"필요한 시간이었다."

"그런가요."

후우, 하고 숨을 고른 나래가 말했다.

"그러면 조금만 더 시간을 주시면 안 될까요?"

염라대왕이 꼬고 있는 다리를 까닥이며 말했다.

"이미 사정은 설명했을 텐데."

나래가 고개를 돌려 나를 보았다.

나는 하늘을 보았다. 정말, 이곳이 지옥이라는 것이 믿기지 않을 정도로 파란 하늘이로군.

"염라대왕님께는 정말 죄송하지만, 요괴의 왕님께서 잠시 여색에 홀리셔서 제 이야기를 못 들으신 것 같아서요."

현실에서 도망친 내게 동시다발적으로 매서운 시선이 꽂힌다!

어, 어쩔 수 없잖아! 나는 호랑이굴에 들어갔을 때도 가슴에 정신이 팔린 남자였다고!

"요괴의 왕은 가슴이 큰 여자를 좋아한다더니……."

"우리가 조금만 밀어붙이면 어떻게 되지 않을까?"

"조금 내 취향이긴 하네. 집안도 괜찮고, 돈도 많고, 얼굴도 반반하고, 나이도 어리고."

"얘는? 너, 그러다가 호랑이님한테 잡혀가."

……라고 자기 자신을 정당화하기에는 곰의 일족 누님들께서 하신 말씀이 아픕니다.

"저기, 너희들. 조금 가만히 있지 않을래?"

정미 누나가 어떻게 수습을 하려고 했지만.

"어머, 언니. 자기는 아닌 것 같이 말하기야?"

"연애 경험 없는 티를 내요, 정말."

"일단 몸으로 밀어붙이면 저 나이 또래는 어떻게든 되는데."

불가능했습니다.

하지만 뼈 몽둥이를 들고 있는 나래의 손에 힘줄이 돋아나게 만드는 건 가능했다.

"조용히 있어 주실래요, 언니들?"

그렇지 않을 경우 말로 끝나지 않을 것이라는 듯, 나래가 손목을 이용해 뼈 몽둥이를 한 바퀴 돌린 뒤 쿵 하고 땅을 내리찍었다.

"사정사정해서 와 줬는데 말하는 꼴 좀 봐."

"화장실 갈 때 다르고 나올 때 다르다는 거지?"

"아니야, 지금 요괴의 왕한테 잘 보이려고 저러는 거잖아. 우리가 봐줘야지 어쩌겠어?"

"솔로는 서러워서 살겠나~ 나도 내 님 찾아야지~"

나래가 온몸에 힘을 주는 것을 느꼈을 때.

쾅!

다시 한 번 염라대왕이 강렬한 기운을 폭발시키며 발을 굴렀다.

"이곳에 뼈를 묻고 싶지 않다면 지금부터 이 염라대왕의 허락을 받지 않은 자들은 발언에 주의하라."

그제야 곰의 일족 누님들이 조용해졌다.

그 모습을 보고 내게만 들릴 정도로 작게 한숨을 쉰 나래가 말했다.

"죄송합니다, 염라대왕님."

"사과할 것 없다. 이 몸은 경고를 했으니."

그 말에 담긴 의미를 깨달았는지 곰의 일족 누님들의 분위기가 달라졌다.

조금 전만해도 친구들과 이야기를 하러 카페에 온 것과 같았다면, 지금은 목숨이 오가는 전쟁터에 있는 병사와 같다고 할까.

……안타까운 건 뭔가 하고 싶은 말이 많아 보이는 아야까지 아무 말도 못 하게 돼서, 꼬리를 앞으로 가져와 손으로 만지작거리기 시작했다는 거지만.

우리 불쌍한 아야.

"곰의 일족의 수장은 요괴의 왕에게 최대한 간략하게 설명하라."

"감사해요, 염라대왕님."

그렇게 말한 나래는 고개를 돌려 나를 보았다.

어이 없어하는 심정과 짜증 섞인 심정과 질투하는 감정이 적절하게 섞인 눈빛으로.

"잘 들으세요, **요괴의 왕님.** 다른 여자한테 한눈팔지 마시고."

이번에도 그러면 여러 가지 의미로 가만 안 둘 거니까.

예, 알겠습니다.

가볍게 눈빛 대화를 나눈 뒤, 나래가 말을 이었다.

"우린 너를 돕기 위해서 각자 할 수 있는 일을 하다가, 세희를 곱게 보지 않는 신선들이 움직였다는 정보를 듣고 급히 염라대왕님께 연락을 드린 뒤, 참관해도 좋다는 허락을 받아서 이곳에 왔어. 인원이 많다 보니 어른 까마귀 요괴분들이 저승 문을 여는 데 시간이 많이 들어서 조금 늦고 말았지만, 냥이의 요술로 이곳에서 어떤 이야기가 오갔는지는 알 수 있었으니까 설명할 건 없어. 이상."

나래가 숨 한 번 쉬지 않고 말을 끝마쳤다.

……참으로 알아듣기 편한 설명 감사합니다.

덕분에 난 한 가지 기억을 떠올릴 수 있었다.

내가 집무실에서 보았던 특이한 두루마리는 두 개였다는 사실을.

'뭐어, 다른 움직임도오 있었지마안.'

염라가 했던 말과 함께.

나는 그걸 가족들이 아닌 다른 세력이 움직인다는 뜻으로만 받아들였지만, 지금 와서 생각해 보니 그건 반은 맞고 반은 틀린 거였다.

실제로 곰의 일족과 거타지 아저씨와 같이 오신 신선들은 내 가족이 아니다.

하지만 그들을 움직이게 한 건 내 가족이다.

설마 그 두루마리를 보낸 게 우리 집이었다니, 생각도 못했다고. 그럴 거였으면 미리 언질이라도 해 주지!

그런 불만을 나래에게 눈빛 대화로 전하려고 했지만.

"아~ 저기, 염라대왕~"

기다려 준 건지, 아니면 염라대왕이 용인한 시간에 이야기하는 것이 안 좋다 생각했는지, 입을 다물고 있던 기린이 손을 들며 말했다.

"하던 말 계속 안 해? 왜, 있잖아. 염라짱이 하고 싶었던 말."

염라대왕이 눈살을 찌푸리며 주의를 줬다.

"예의를 지키라 했다."

"아, 미안. 나도 모르게 평소 버릇이 나왔네."

미소를 지우지 않은 기린의 모습을 보고 살짝 혀를 찬 염라대왕이 말했다.

"그럼 본제로 돌아가도록 하겠다."

……상당히 곤란한 입장이었다는 것을 나래와 아이들의 깜짝 등장에 깜빡하고 말았습니다.

"그 전에 내가 할 말이 있느니라."

그리고 나를 더욱 더 곤란한 입장으로 만들려고 하는 녀석이 앞으로 툭 튀어나왔다.

"기린이 한 주장 중 가벼이 듣고 넘길 수 없는 것이 있었으니."

이곳이 저승이고 상대가 염라대왕이건 말건 상관없다는 듯이, 냥이는 검은색 연기가 풀풀 나오는 담뱃대를 입에 물고서 인상을 찌푸리며 말했다.

동시에 염라대왕이 눈앞에서 사라졌다.

조금 전에 있었던 일을 알고 있던 나는 깜짝 놀라 냥이에게 경고하려 했지만.

쾅!

"듣던 대로 성격이 급하구나."

"경고는 하지 않았나."

그럴 필요는 없어 보였다.

염라대왕의 불타오르는 주먹이 몇 겹으로 만든 부적에 의해 막혔으니까. 다만 충격을 모두 받아 내지는 못했는지, 냥이는 뒤로 주르륵 밀려났고 부적은 잿더미가 되었다.

"칫."

얼굴을 찡그리며 불똥을 터는 냥이와 달리, 염라는 자신의 주먹을 막은 냥이를 보고서 호오, 하고 감탄을 내뱉은 뒤.

장난꾸러기 같은 미소를 지으며 말했다.

"과연 두 번째도 막을 수 있을까?"

염라대왕이 달려들려고 한 순간.

"당연히 없을 것이니라."

냥이가 두 손을 들며 항복했다.

그 모습에 염라대왕이 눈에 띄게 실망한 표정을 지었지만, 그것도 잠시.

"이 몸의 일격을 막은 재주를 높이 사, 이번만은 용서해 주마."

곧 진중한 표정을 짓고서는 뒤로 돌아 다시 옥좌를 향해 걸어갔다.

"하지만 그래도 나는 말해야 하겠느니라."

냥이의 말에 걸음을 멈췄지만.

"태양초 고추장 같은 네놈에게, 사골로 고아 내면 딱 좋을 것 같은 뿔이 달린 녀석이 나에 대한 이야기를 했으니."

고, 고추장!

아니! 새빨갛긴 하지만!

냥이가 주부의 시점에서 예시를 든다는 건 알지만!

그래도 염라대왕에게 고추장이라니!

그것도 한 대 맞을 뻔했던 게 바로 조금 전이었잖아!

아, 물론 기린에게 한 말은 별 상관없습니다.

오히려 그건 잘 했다고 생각한다.

"무엄하다!"

"염라대왕님께 감히!"

그것과 별개로, 염라대왕이 모독당했다 느낀 우마와 마마는 진심으로 화가 나서 잔뜩 허벅지 근육을 부풀리고 뿔을 두껍게 만들며 냥이에게 소리쳤다.

예외였던 건, 고추장이라고 불린 염라대왕이 입가에 살짝 미소를 짓고는 뒤돌아서 팔짱을 낀 것이었다.

마치, 냥이에게 어디 한번 말해 보라는 듯.

기린은 그 모습을 보고 살짝 인상을 찌푸렸지만, 그를 봤음에도 일부러 무시하며 냥이가 말했다.

"그렇다면 나 역시 이곳에서 이야기를 할 수 있는 권리가 있을 것이니라. 왜냐하면, 저 서방의 설화에서 나오는 처녀만 밝히는 망아지 같은 녀석이 나를 근거로 들어 저 머리에 든 것이라고는 돼지비계나 다를 것이 없는 지방 덩어리에 정신이 팔리길 일수인 멍청한 놈의 주장을 묵살했기 때문이니라."

줄여서 말하면 '기린이 자신을 예로 들어 내 주장을 묵살했다.'가 되시겠다.

그렇게 말하면 될 걸 온 세상 여성분들의 적이 될 만한 소리를 한 냥이는, 태연하게 후…… 담배 연기를 내뱉고는 두 눈을 감고서 말을 이었다.

"내 말이 틀렸다 생각하면 네 뜻대로 하거라. 이번에는 막을 생각조차 하지 않겠으니."

때리려면 때리라는 거지.

아무리 저 녀석이 미워도 랑이의 언니인 데다가, 어린애다. 신선조차 기절시킨 염라대왕의 주먹에 맞는 꼴을 보고 싶지는 않다.

어쩔 수 없이 냥이 앞에 나서려고 할 때.

염라대왕이 조용히 입을 열었다.

"특별히 발언을 허락한다."

덕분에 저는 살짝 엉거주춤한 꼴이 되었습니다. 재빨리 바로 섰으니까 아무도 못 봤을 거다.

나래가 내 손을 잡고서는 손가락을 세워 손바닥을 간질였지만, 아무 상관없을 거야.

"성훈아, 고맙느니라."

랑이가 고맙다고 말한 것도 말이지.

젠장! 부끄러워 죽겠네!

하지만 지금 수치심에 괴로워할 때가 아니었다.

이 상황을 마음에 들지 않아 할 녀석이 이곳에 있으니까.

결과부터 말하자면, 내 예상은 틀렸다.

기린은 무언가 해탈한 듯 포기한 듯 깊은 한숨을 내쉬고 그저 나래와 함께 온 인파들을 바라볼 뿐이었으니까.

무슨 생각을 하고 있는 거지?

그 대답을 내기 전에, 냥이가 자욱한 담배 연기와 함께 목소리를 냈다.

"회덮밥에 어울릴 것 같은 네놈은."

염라대왕을 고추장에서 초고추장으로 진화시켜 우마와 마마의 이마에 핏줄이 서게 만들면서.

"자기 분수도 모르고 하늘의 이치를 어긴 멍청한 놈과 나를 비교하여 지모가 뒤떨어지지 않으니, 내가 그 자리를 대신할 수 있을 것이라는 기린의 주장을 들었을 것이니라."

"그러하다."

"그 말은 틀렸다."

냥이가 고개를 돌려 나를 보았다.

냥이의 시선은, 뭐라고 할까. 한 여름에 밖에 내다놓은 지 일주일은 지나 파리 떼가 점령한 음식 쓰레기를 보는 그것이었다.

"나는 내 사랑스러운 흰둥이에게 마수를 뻗은 것으로 모자라 기회만 있으면 종족 번식의 대상을 늘리려고 하는 저 쓰레기 같은 놈에게, 절대로 이 망할 것처럼 헌신할 수 없을 것이니라."

"말이 좀 심하다악?!"

정강이에 부적을 던지는 건 너무했잖아!

그보다 부적 남아 있었냐!

"서, 성훈아, 괜찮으냐?"

랑이가 나를 걱정하고 내가 비명을 지르는 건 조금도 신경쓰지 않으며 냥이가 말을 이었다.

"그뿐일까. 기린이 예시로 든 다른 이들도 저 하수구의 쥐새끼 같은 녀석을 대신할 수 없을 것이다. 왜인지 아느냐? 다들 저 바람둥이 자식에게 반해 있기 때문이다. 사랑하는 이에게 미움받을 것을 각오하고 진심 어린 충언을, 때에 따라서는 악역을 연기하여 왕으로서의 그릇을 완성할 수 있도록 이끌어 주기에는 다들 마음이 너무 여리느니라."

기린의 뺄에 연한 노란색이 감돌았지만, 염라대왕은 그저 팔짱을 낀 채 냥이의 말을 들을 뿐이었다.

"그렇게 치마폭에 싸여만 지낸 왕이 어떠한 끝을 맞이하는지는, 수많은 망자를 심판해 온 네놈이 더 잘 알 것이니라."

냥이가 말했다.

"즉."

세희를 담뱃대로 가리키면서.

"요괴의 왕을 보좌할 수 있는 것은 이 세상에 흰둥이의 창귀인 **세희**밖에 없다, 이 말이니라."

세희의 어깨가 움찔 떨리게 만들었다.

……처음이지?

언제나 금붕어의 똥 같은 녀석이라든가 오래 쓴 철 수세미에 붙은 때 같은 녀석이라고 부르던 냥이가 세희를 인정한 건.

"검둥아……."

그렇게 생각한 건 나뿐만이 아니었는지 랑이도 눈을 휘둥그레 뜨고서 자신의 언니를 바라보았다.

그 시선이 부담되었기 때문일까.

"흥! 내가 할 말은 이것이 전부이니라."

냥이가 살짝 얼굴을 붉히며 뒤로 물러났다.

자기 말을 지키겠다는 듯 냥이는 뒤로 물러나 부적으로 의자를 만들어 앉고서는 담배만 뻑뻑 피워 댔고, 당연히 이곳에 있는 모든 이의 신경은 염라대왕에게 집중되었다.

그 시선을 받으면서도 흐트러지지 않는 발걸음으로 옥좌에 돌아가 그 위에 앉은 뒤.

염라가 말했다.

"일리가 있다."

냥이의 주장을 인정한다는 생각을.

"냥이의 반박대로 신수 기린의 주장이 올바르지 못한 부분이 있다는 것을 인정하겠다."

그건 다행이군.

"허나."

그렇다고 쉽게 풀릴 거라고는 생각하지 않지만.

"신수 기린이 문제로 삼은 것은 그것이 전부가 아니다."

그리고 나래가 손을 들었다.

눈썹을 꿈틀거린 염라대왕이 다리를 꼬며 말했다.

"할 말이 있어 보이는군, 곰의 일족의 수장."

손으로 주먹을 쥐면서.

"받아 보겠는가?"

그 말에 나래는 고개를 흔들었다.

염라대왕은 살짝 실망한 기색으로 말했다.

"그런데도 이 몸에게 전하고 싶은 것이 있다, 이 말이로군. 그건 아마도 기린의 주장과 관계되어 있는 것일 터……."

나래는 아무 말 없이 고개를 끄덕였다.

"흠."

염라대왕은 잠시 고민을 하더니 처음부터 재판장에 있었던 신선들…… 그러니까 세희 처벌파 신선들을 바라보며 말했다.

"이 몸이 너희에게 묻는다. 요괴의 왕의 가신들에게 발언을 허락해야 한다고 생각하나?"

냥이야 그렇다 쳐도 이번에는 예외를 인정하기 힘들다는 거지. 나래에게만 말할 기회를 주는 건 불공평하니까. 그러니까 발언권을 줘도 되냐고 반대파 신선들에게 물어보는 거고.

……말 그대로 공명정대하군.

하지만 이건 나래에게는 그다지 좋은 소식이 아니다. 누가 적을 도와주겠어?

"마음대로 해."

도와주는 사람이 있었다. 그것도 정말 의외의 녀석이.

그도 그럴 게, 그 말을 한 게 기린이었으니까.

나는 조금 전까지만 해도 말로 사람을 두드려 패던 기린이 이쪽 편을 들어 줄 거라고는 생각하지 못해서 깜짝 놀랐고, 그건 다른 반대파 신선들도 마찬가지였다.

"지, 지금 무슨 말씀을 하시는 것이오?!"

"기회를 주어 봤자 저 간악한 세 치 혀로 이 자리를 능욕할 것이 틀림없는 것을!"

"기린 님! 다시 한 번 생각하시길!"

기린이 찌푸린 표정으로 말했다.

"어쩔 수 없잖아. **저들** 앞에서 반론조차 못 하게 만들자고? 그렇게 해서 우리들이 원하는 판결이 나온다고 쳐. 과연 그 결과를 받아들일 수 있을까? 만약에 그걸 원한 삼아서 이승으로 돌아가서 요괴의 왕이 신선과 곰의 일족의 힘을 합쳐서 난동이라도 피워 봐. 어휴, 끔찍해. 생각만 해도 오금이 저리네."

기린이 몸을 부르르 떤 뒤 말을 이었다.

"난 거기까지 가는 건 원하지 않아."

자기가 하고 싶은 건 어디까지나 세희에 대한 복수라는 거지.

"아니면, 그때는 너희들이 직접 속세에 개입해서 나 대신 뒤처리 할래? 그럴 거면 나도 괜찮고."

그 말에 반대파 신선들이 난색이 되어 기린의 시선을 피했다.

"그, 그건 곤란합니다."

"이제 와서 속세로 다시 돌아가라 하신들……."

"공기도 예전보다 나쁘고……."

……자신의 말을 책임지기 싫어하는 못된 어른들을 보는 것 같아서 참으로 기분이 착잡하기 그지없다.

저기, 어떻게 신선이 되셨나요? 혹시 세상에는 관심 끊고 자기 수양만 하셨나요?

그 모습이 좋지 않게 보인 건 나뿐만이 아니었다.

염라대왕도 살짝 인상을 찌푸리고 꺼림칙한 기운을 풀풀 풍기기 시작했으니까.

덕분에 목소리가 상당히 무거워진 염라대왕이 말했다.

"그렇다면 기린의 의견을 받아들여 곰의 일족의 수장의 발언을 허락하도록 하겠다."

"감사해요, 염라대왕님."

염라대왕에게 고개를 숙여 인사를 한 나래는 고개를 돌려 기린을 보며 말했다.

"덕분에 네가 걱정하는 일은 없을 거야."

어라?

혹시 이거 일종의 거래였나? 지금 이야기를 할 수 있게 해 줄 테니, 여기서 어떻게 결론이 난다 해도 이승으로 돌아가서 난리 피우지 말라는.

……어디까지나 내 가정이지만, 좀 더 따져 볼 시간은 없었다.

나래가 입을 열었거든.

"존경하는 염라대왕님, 발설지옥에 오기 위한 준비를 하고 있던 과정 중 신수 기린이 요괴의 왕의 주장을 반박한 이유는 저도 들어 알고 있습니다. 제가 지금 언급하고 싶은 건, 죄에 대한 벌을 내리는 이유 중 하나가 사회 질서를 유지시키기 위함이라는 기린의 주장에 대한 것이에요."

나래가 숨을 살짝 들이마신 뒤 말했다.

"저는 요괴의 왕이 바라는 형벌이 그러하기에 충분한 조건을 가지고 있다고 생각합니다."

"흐음."

"그에 대한 증거로."

나래가 가슴골에서 무언가를 꺼냈다.

그건 종이 묶음이었는데, 한영사전이 생각날 정도로 꽤나 두꺼웠고 뭔가 빼곡하게 써져 있었다.

"이것을 염라대왕님께 제출합니다."

나래가 종이 묶음을 들고 염라대왕에게 주기 위해 다가섰다. 마마가 재빠르게 아래로 내려와 받아 가서 중간에 다시 돌아갔지만.

마마에게서 종이 묶음을 받은 염라대왕은 서류를 읽듯이 종이를 한장 한장 넘겨 보고서는, 이러다가 끝이 없다고 생각했는지 좌르륵 훑어본 뒤 말했다.

"이건?"

나래가 말했다.

"세희의 무죄 방면을 청원하는 요괴들의 '하늘에 점지어 받은 이름' 목록이에요."

그 말을 듣자.

나는 저 종이 뭉치가 더 이상 종이로 보이지 않게 되었다. 그만큼 요괴들에게 있어 그 이름은 중요한 것이라는 사실을 알고 있으니까.

"요괴넷을 통해 저희와 같은 뜻을 가진 요괴들을 찾아, 그들의 서명을 받아왔어요."

요괴넷이라는 단어에 나는 곰의 일족 누님들을 향해 시선을 돌렸다.

……아니, 보기만 해도 마음의 평안이 오고 생명 연장의 꿈이 이루어지는 신체 부위를 보기 위해서가 아니다.

페이가 그곳에 있을 테니까.

하지만 페이는 고개만 빼꼼 내민 뒤 글을 썼다.

[난 어제까지 억지로 저승문 연 후유증으로 누워 있었음.]

깜짝 놀라 염라대왕의 눈치를 살폈지만, 글이라서 그럴까? 아니면 조금 전, 기린의 허락 때문일까.

다행이 페이에게 눈길조차 주지 않았다.

안도의 한숨을 내쉬는 순간, 페이에 대한 미안한 감정이 가슴 속에서 솟구쳐 올랐다.

미안하다, 페이야. 내가 급히 저승에 가야 한다고 너한테 무리를 시켰지? 집에 돌아가면 내가 뭐라도 해 줄게.

페이에게 미안한 감정을 잠시 정리하고 나니 그 자리를 호기심이 차지했다. 페이가 아니면 도대체 누가 요괴넷에서 요괴들의 청원을 모은 거지?

내 궁금증을 해소시켜 준 건 나래였다.

"요괴들의 서명에 있어 이쪽의 강요나 협박 같은 건 없었어요. 이는 요괴들을 모으고 직접 서명을 받은 냥이에게 확인해 보셔도 괜찮습니다."

뭐……라고?

"검둥이가 도와줬느냐?"

깜짝 놀란 랑이가 귀를 쫑긋거리며 냥이를 바라보았다. 하지만 냥이는 그 시선을 일부러 무시하고서는, 인상을 확 찌푸리며 나래를 노려보았다.

그것만 봐도 지금 냥이가 하고 싶은 말이 무엇인지 알 수 있었다.

'저 프라이팬에 구워 봤자 기름만 줄줄 흐를 것 같은 녀석이 쓸데없는 소리를 하는구나.'

……아니, 제가 그렇게 생각한다는 건 아니고요.

"그리고."

가슴에 얼굴을 묻고 깊은 숨을 내쉬고 싶은 나래가 말했다.

"이곳에 이미 와 계셨던 신선분들과 달리 세희를 가엾게 여기시는 신선 분들 또한 계시며, 그분들 중 **일부**가 저희와 같이 와 주셨다는 것을 말씀드리고 싶어요."

나래의 말에 거타지 아저씨가 살며시 고개를 끄덕였고, 아야가 가슴을 피고 콧대를 높이며 콧소리를 냈다.

"키히힝~"

……그것이 전부인 건, 지금 뭐라고 말을 할 수 없는 상황때문이겠지.

아마도 아야가 거타지 아저씨에게 부탁해서 신선 분들을 설득해 온 것 같다.

그렇게 생각했을 때.

"특히 이분들은 한때 자신의 잘못으로 견우성에서의 유배를 당해, 그곳에서 수행을 쌓아 다시금 신선으로서의 마음가짐을 되찾으신 과거가 있습니다. 세희에게도 그런 기회가 있었으면 하는 마음으로 이 자리에 함께해 주셨죠."

뭐?

지금 나래가 견우성이라고 했지? 그 말은 저기 있는 사람들이 바로 내 선배…… 들이 아니라, 나보다 먼저 견우성에서 유배 갔던 신선들이라는 이야기야?

……저분들이 성의 누나에게 부렸던 행패를 알고 있기 때문에 사람이 조금 다르게 보이기 시작했지만, 넘어가자.

우리들을 위해 이 자리에 와 계신다는 게 중요한 거니까.

그런데, 저 신선분들이 전직 견우라고 하니까 말이지. 저분들이 우리들을 도와주게 된 데에는 거타지 아저씨와 아야뿐만 아니라 성의 누나도 관련이 있는 게 아닐까 하는 생각이 든다. 나래가 말한, 성의 누나가 먼 길을 다녀왔다는 것도 그와 관련이 있다 생각할 수 있겠고.

내가 그렇게 생각했을 때.

"그런 것보다 그 마녀를 길들인 요괴의 왕과 이야기를 하고 싶구려."

"그래, 그래. 행성을 안은 남자에게 듣고 싶은 이야기가 많아."

"거기다 귀신까지 노린다고 하니, 같은 남자로서 도와줄 수밖에 없지 않은가."

"예끼, 그게 지금 중요한가. 우리가 이루지 못한 꿈을 요괴의 왕이 이루어 줄 터인데!"

"쯧쯧, 할망구나 좋아하는 변태들 같으니라고. 다들 요괴의 왕을 본받겠나."

"아암, 그렇고말고. 그런 의미에서 요괴의 왕은 참으로 큰일을 할 사람이야."

……뭔가 듣지 말아야 할 소리를 들은 것 같다.

옆을 보니까 나래도 살짝 식은땀을 흘리는 것 같고, 팔걸이에 올라가 있는 염라대왕의 손등에 살짝 핏줄이 돋는 것으로 모자라 불타고 있었다.

"어, 어찌 되었건!"

나래가 재빨리 수습에 나섰다.

"보시다시피 세희를 가엾게 여기는 분들의 수도 적지 않습니다. 다시 말해 세희에게 과한 형벌이 내려질 경우, 그에 대한 반동으로 오히려 사회 질서가 유지되지 못할 것이라는 사실을 말씀드리고 싶었습니다."

그러니까 기린의 주장은 틀렸다.

말하지 않은 나래의 목소리가 들리는 것 같았다.

눈을 감고 잠시 생각에 잠겨 있던 염라대왕이 나래를 내려다보며 말했다.

"받아들이겠다."

염라대왕의 말에 나래가 내게만 들릴 정도로 작은 한숨을 내쉬었다.

그 모습을 지켜보던 염라대왕이 입가에 미소를 짓고는 말을 이었다.

"재미있군."

뭐가? 이쪽은 간 떨어지는 줄 알았는데.

"다음은 요괴의 왕이 죄인을 통제할 수 있는지에 대한 기린의 주장에 대한 반박인가?"

나래가 고개를 끄덕이고 뭔가 말을 하려고 할 때.

"아~ 됐어."

팔을 휘저으며 기린이 대화에 끼어들었다.

염라대왕은 그 점이 마음에 안 들었는지 검지로 팔걸이를 톡톡 두드렸지만, 기린은 신경 쓰지 않고 말했다.

"말할 필요 없으니까. 보나마나 너희들이 세희를 감시하고 통제할 수 있는 힘이 있다는 이야기를 할 거잖아. 네 뒤에 있는 곰의 일족들이 그 근거고. 지금까지 요괴들을 잘 감시하고 통제해 온 전문가들이니까, 저 애들이 마음먹고 감시하면 세희도 꼬투리 정도는 잡힐 수밖에 없겠지. 네가 하고 싶은 말이 이거 맞지?"

나래가 고개를 끄덕이며 말했다.

"그래, 잘 아네."

그 모습을 보고 기린이 깊은 한숨을 쉬고서는 염라대왕을 향해 말했다.

"이번에는 이쪽이 반박할 차례인 것 같은데, 괜찮을까?"

"허락한다."

기린이 고개를 돌려 나래에게 말했다.

"꽤 재미있는 주장이었어. 역시 곰의 일족의 수장이라고 할까, 어떻게든 요괴의 왕을 도와주려고 머리를 쓴 느낌이 난다고 할까? 안 그래?"

쿵.

땅을 울린 염라대왕이 살짝 날카로워진 목소리로 말했다.

"쓸데없는 소리는 하지 말도록."

"알았어, 알았다고."

어깨를 으쓱한 뒤, 기린의 표정에서 장난기가 사라졌다.

"염라대왕, 지금 곰의 일족의 수장이 내 주장을 반박한 데에는 한 가지 공통된 전제 조건이 있어. 그게 뭔지 염라대왕이라면 알고 있겠지. 그건 말이야, 그 모든 것의 중심에 요괴의 왕이 있다는 거야."

응?

갑자기 왜 내가 튀어나오냐?

요괴들의 청원을 받은 건 냥이, 신선분들에게 도움을 요청한 건 아야와 거타지 아저씨와 아마도 성의 누나, 그리고 곰의 일족의 수장인 건 나래인데.

"다르게 말하면 요괴의 왕의 인품이 이들을 이끈 거지."

뭔가 수긍할 수 없는 소리를 한 기린이 두 팔을 번쩍 든 뒤 말했다.

"이야, 솔직히 놀랐다니까?"

전혀 놀란 기색 없이 말이지.

"정작 자신은 말 한마디 없이 내 주장을 다시 반박할 줄은 몰랐거든."

"신수 기린."

"알았다니까. 정말, 그렇게 성격 급한 티 안 내도 돼. 그게 아니라면 다른 이유 때문인가?"

염라대왕의 눈썹이 꿈틀거렸고 기린은 과장되게 몸을 부르르 떨고서는 말했다.

"그러니까 내가 하고 싶은 말은 이거야."

기린이 손가락을 하나 세워서 나를, 랑이를, 나래를, 냥이를, 아야를, 곰의 일족 누님들을, 신선분들을 차례대로 가리킨 뒤 말했다.

"이들이 언제까지나 요괴의 왕의 곁에 있을 거라 생각해?"

내 신경을 건드리는 말에 욱 하고 달려들 뻔했지만, 나래가 손을 강하게 쥔 덕분에 멈출 수 있었다.

다른 말로 하면, 아파서 말이 안 나오고 있다.

나만큼이나 나래도 화가 난 거겠지.

"이곳에 모인…… 편의상 요괴의 왕의 세력이라고 할게. 요괴의 왕의 세력은 말이야. 요괴의 왕의 인품에 반한 가솔(家率) 덕분에 이뤄질 수 있는 거야. 다르게 말하면 성훈에게 반한 여자애들의 눈물겨운 노력 덕분이라는 거지."

기린이 땅에 퉷, 하고 침을 뱉은 뒤 말을 이었다.

"하지만 사람은 변해. 변하게 되어 있어. 왜냐하면, 자신을 이루는 중심이 변하게 되어 있거든. 예를 들어 그걸 꿈이라고 한다면, 꿈이 이루어졌을 경우에는 다른 꿈을 찾기 때문에. 꿈이 이루어지지 않을 경우에는 포기하게 되거나 변질되거나 해서. 나는 지금껏 살아오면서 그렇지 않은 사람을 세희밖에 보지 못했어. 5천 년이 넘는 시간 동안 한 가지 바람만을 이루기 위해 흔들림 없이 달려온 세희밖에 말이지. 그러니까 나는 세희를 죽도록 미워하면서도 인정할 수밖에 없는 거야."

자신의 말을 증명이라도 하듯 기린은 뿔을 오색으로 물들이면서 세희를 노려보았다.

정작 세희는 고개를 숙인 채 기린에게는 시선 한 번 주지 않았지만. "뭐, 그렇겠지."라고 혀를 찬 기린이 말했다.

"하지만 요괴의 왕은 언젠가 변하게 될 거야. 사람이란 그런 거니까. 그러면 요괴의 왕의 옆에 있는 이들은 떠나고 새로운 이들이 그 자리를 차지하게 되겠지. 마치, 물갈이를 하는 것처럼."

기린의 폭언에.

나래가 아랫입술을 깨물며 웅녀의 뼈 몽둥이의 크기를 변화시켜 땅을 찍었다.

랑이가 두 팔과 두 다리를 변화시키고 네 발로 엎드려서는 엉덩이를 높이 들고 꼬리를 바짝 세우며 이를 드러냈다.

아야가 꼬리를 붉게 물들이고서는 주위에 사람 머리만 한 여우불을 수십 개는 띄웠다.

냥이는 고개를 끄덕이고 담배나 피우고 있었다.

……이곳에서는 안 보이지만, 아마 치이와 페이의 귀 위 머리카락과 양 갈래 머리카락이 지금 쉴 새 없이 파닥파닥 빙빙 돌고 있지 않을까.

뭐, 어쨌든 내가 하고 싶은 말은 이곳에 있는 냥이를 제외한 내 가족들이 진심으로 화가 났다는 거다.

그럼에도 아무 말도 하지 않고 무력시위만 하고 있는 것은 내가 손을 들었기 때문이다.

염라대왕에게 할 말이 있다는 게 아니라, 가족들에게 가만히 있으라는 뜻으로.

물론, 나도 지금 머리끝까지 화가 치밀어 올랐다.

기린이 다름 아닌, 나와 가족들의 관계를 부정하는 개소리를 지껄였으니까. 하지만 아사달의 영성에 영향을 받았기 때문일지, 아니면 너무 화가 나면 머리가 차가워지는 경우가 있기 때문일지, 그것도 아니라면 이것이 기린의 함정이라는 사실을 깨달았기 때문일지 모르겠지만 참을 수 있었다.

이를 악물어야 했지만.

그건 그렇고 말이야.

이쪽의 기세가 상당한데, 그걸 간단히 없는 것 취급하면서 염라대왕만 바라보며 말을 이어 가는 기린도 대단한 것 같다.

"그렇다면 그때는? 그때는 어떻게 될 것 같아? 구심점을 잃어버린 요괴들과 신선들은 요괴의 왕을 지지하는 걸 그만두겠지. 세희를 감시하던 곰의 일족이 살짝 한눈을 팔수도 있겠고. 그리고, 내가 말했지?"

기린이 세희를 가리키며 말했다.

"세희는 변하지 않는다고. 세희는 분명, 언젠가, 결국은 다시 하늘이 정한 금기를 어기게 될 거야. 좀 더 교묘하게, 들키지 않게, 자신의 꿈을 이루는 방식으로."

어떻게 세희가 했던 말하고 똑같냐? 너희 사실 사이좋지?

"나는 그런 일이 일어나는 걸 막기 위해서라도 세희를 이곳에 묶어 놓아야 한다고 생각해. 뭐, 한발 양보해서 환생까지는 봐 준다 쳐도. 내가 하고 싶은 말은 이상이야."

기린이 어깨를 으쓱하며 자신의 주장을 끝냈다.

염라대왕의 시선이 내 쪽으로 향했다.

"요괴의 왕은 신수 기린의 의견에 이견이 있는가."

자, 그러면.

나래와 아이들이 궁지에 빠진 나를 구해 준 이상.

그리고 나래와 아이들을 내가 말린 이상.

지금은 내가 멋지게 기린에게 한 방 먹여 줘야겠지.

그것이 나의 역할이자, 책임이니까.

"할 말이야 당연히 있지."

나는 먼저 '내가 변한다 해도 나래와 아이들이 언제까지나 내 옆에 있어 줄 것이다.'라고 말하려다가.

관뒀다.

왜냐고?

……제 잘못으로 벌어진 일들이 있으니까요.

그걸 예시로 삼아 내 주장을 반박하는 건 손바닥 뒤집는 것보다 쉽겠지.

어, 어쨌든!

그렇다고 내가 변하지 않을 거라고도 말할 수 없다.

나는 내가 변할 거라는 걸 잘 알거든. 지금까지도 쉴 새 없이 변해 왔는데 앞으로 못 변하겠어?

그 못난 악동이 이렇게 착하고 성실한 청소년이 될 줄 누가 알았겠어?

호랑이에게 무서워 도망쳤던 녀석이 이제는 랑이가 없으면 외로워서 못 살게 되는 놈이 될 줄 누가 알았겠냐고.

인생사, 모르는 거다.

무엇보다 말이지.

그 대답은 기린이 바라는 거거든.

이곳에서 내가 '나는 변하지 않을 것이다.'라고 반론을 펼친다면, 함정에 빠지고 만다.

그건 곧 세희 또한 변하지 **않았다**는 기린의 주장을 전제로서 인정하게 되는 거니까.

즉, 내 입으로 세희가 다시 똑같은 잘못을 저지르게 될 거라고 말하는 거나 다름없다.

그보다 중요한 건 따로 있지만.

그래, 정말 중요한 거다.

다른 세계로 넘어간 뒤 저승에 오고 재판을 치르느라 정신이 없어서 다들 잊어버렸겠지만.

이 모든 일이 일어난 이유를 기억해 줘.

세희를 변하게 만들겠다는 본래의 목적을 스스로 부정할 수는 없잖아?

안 그래?

"신수 기린."
그래서 나는 기린에게 말했다.
"너는 지금 논제를 벗어나 있어."
다른 사람이라면 알 수 없을 정도로, 기린의 표정이 아주 살짝 구겨졌다. 세희를 통해 단련된 나의 눈앞에는 숨길 수 없었지만.
"원래, 네가 해야 할 주장은 말이다. 결국 내 주위에 아무도 없을 때 나 혼자서 세희를 통제할 수 있느냐, 없느냐에 대한 것이 되어야 했어. 사람이 변하고 변하지 않느냐에 대한 게 아니라. 괜한 말로 논제를 흐리지 마라."
내 말에.
"헐."
왜 나래가 휘둥그레진 눈으로 나를 바라보고.
"콜록, 콜록!"
왜 담배 잘 피우고 있던 냥이가 기침을 하고.
"……성훈아?"
왜 랑이의 손발이 원래대로 돌아가서 엎드려 뻗쳐를 하는 꼴이 됐고.
"아빠…… 맞지?"
왜 아야가 내 정체성을 의심하기 시작했고.
"오라버니가 저승에서 이상한 거라도 먹은 거예요!"
왜 치이가 왜 지옥에서의 내 식생활을 걱정하고.
[치트키? 치트키 쓴 거임?]

왜 폐이가 헛소리를 썼는지에 대한 이유는 말할 필요 없겠지만, 그래도 해야 싶다.

……너희들은 평소에 나를 어떻게 생각하고 있던 거냐.

나는 살짝 침울해졌지만, 그것도 눈에 띄게 표정을 일그러뜨린 기린을 보자 치유됐다.

아, 상쾌해.

나는 그 마음을 담아 염라대왕에게 말했다.

"그렇다면 결국 문제는, 내가 이 나이에 비해 너무 늦은 반항기에 들어선 녀석을 통제할 수 있느냐 없느냐에 대한 건데."

염라대왕이 고개를 끄덕이는 것을 본 뒤.

나는 말했다.

"이것 또한 전제 자체가 잘못되어 있다."

내 가족들이 다시 한 번 놀란 이유를 생각하고 싶지 않기에, 나는 재빠르게 말을 이었다.

"왜냐하면 세희는 내가 통제하지 않는다 해도 앞으로 영성을 다루는 요술을 쓸 일이 없으니까."

어디까지나 기분 탓이겠지만, 고개를 숙이고 있는 세희가 마음속으로 나를 욕하고 있는 듯한 느낌이 드는군.

"헛소리하지 마, 요괴의 왕."

그리고 기린은 육성으로 나를 욕했고.

"내가 지금까지 세희를 몇 년 동안이나 지켜봤는지 알아?"

나는 어깨를 으쓱하…… 려다가, 그것만으로는 조금 모자란 것 같아서 일부러 귀를 파며 말했다.

"예이, 예이, 그렇습니까아~? 염라대왕님, 여기예요~ 여기~ 여기 스토커가 있어요~"

너무했던 걸까?

"……요괴의 왕."

염라대왕이 살짝 낮아진 목소리로 나를 불렀다. 재판장에서 그딴 짓 하지 말라는 거겠지.

"아, 미안. 그래도 기린이 워낙 어이없는 소리를 하니까 나도 헛소리를 하고 싶어서."

기린의 뿔이 붉게 물들었다. 나는 화가 난 기린이 뿔에서 빔을 쏘기 전에 말을 이었다.

"물론 내가 그렇게 생각하는 데는 다 이유가 있어. 먼저, 나는 요 3개월? 아니, 4개월 정도 됐나? 4개월 동안 그 누구보다도 세희하고 같이 있는 시간이 길었다."

조금 더 정확하게 말하면 세희에게 조롱당하고 욕을 먹는 것으로 모자라 이용까지 당하고 쉴 새 없이 시험받고 분노 조절 테스트를 받는 시간이 길었다고 해야겠지.

내가 랑이와 보낸 따스한 봄 햇살 같은 시간의 뒷면에는 세희라는 이름의 그림자가 짙게 드리워져 있었다는 말이다.

비록 그 방향성은 다를지언정, 나는 그 시간의 밀도가 랑이와 함께한 순간과 비교해서 뒤떨어지지 않는다고 생각한다.

"그리고 세희는 그 시간 동안, 네가 지켜볼 때와는 전혀 다른 사람이 되었다."

살짝 허풍을 섞어서 말하자 염라대왕이 주먹을 움켜쥐었지만, 다행이 내게 뭐라 주의를 주지 않았다.

"그 증거로, 봐."

나는 마술사가 흔히 하는 짜잔! 같이 과장되게 두 팔로 세희를 가리키며 말했다.

"세희가 여기 있잖아?"

그래.

만약 세희가 변하지 않았다면 아무런 반항도 하지 않고 저승에 왔을 리가 없다. 어떻게든 지금은 포기한 첫 번째 계획을 실행하기 위해 도망쳤겠지.

"만약에 기린, 네 말대로 세희가 변하지 않았다면, 자기가 이곳에 잡혀 오는 한이 있더라도 내가 훔쳐온 아사달의 영성으로 뭔 짓이라도 했겠지."

기린이 입을 다물고 아무 말도 하지 못했다.

왜, 나한테 영성을 가지고 갈 때는 그게 세희를 막다른 곳으로 몰 수 있는 증거라고 생각해서 신났었지?

그게 네 발목을 잡게 될 거다, 이 자식아.

"하지만 지금 아사달의 영성은 너에게 있고, 세희는 반항 한번 하지 않고 저승으로 잡혀 왔다."

기린이 말했다.

"……그건 세희가 수를 쓰기 전에 내가 먼저 움직였기 때문이야."

하지만 그 목소리에는 조금 전과 같은 힘이 들어가 있지 않았다.

자기도 아는 거겠지.

"그게 말이 된다고 생각해?"

그 주장이, 궁지에 물린 쥐가 찍찍 소리를 내는 것과 다를 게 없다는 것을.

"나는 그쪽 세계에서 세희가 먼저 나를 놔두고 먼저 이쪽 세계로 돌아오는 걸 봤다. 아니, 좀 더 자세하게 말할게. 내가 그쪽 세계의 랑이의 힘을 빌려 세계의 간섭을 깨뜨리는 것을 보고, 결국 나와 그쪽 세계의 랑이가 아사달을 살려 줄 것이라는 사실을 알고서 돌아간 거지. 내 안에 아사달의 영성이 있음에도 불구하고 손도 대지 않은 채. 즉, 이미 그때. 나와 그쪽 세계의 랑이가 일으킨 기적으로 인해 세희는 **변해 버린 거다.** 자신의 첫 번째 계획을 실행하지 않는 쪽으로. 그리고 자신이 있을 수 없는 일이라 생각한, 그럼에도 포기하지 못했던 **진정한 소원**이 이루어지는 것에 만족하고, 나와 랑이에게 폐가 될까 이곳으로 온 거지."

나는 잠깐 숨을 돌린 뒤, 기린에게 말했다.

"만약에 세희가 변하지 않았다면, 네 말대로 변할 수 없는 녀석이라면 과연 그렇게 했을까?"

사람은 변한다.

하지만 역설적이게도, 사람은 스스로 변하지 못한다.

인간의 본성은 그렇게 쉽게 바뀔 수 있는 게 아니다. 마치 아버지가 '오늘부터 술을 끊겠다!'라고 말하고서 매일 금주 기록을 갱신하는 것처럼 말이지.

하지만 그런 아버지도 1년 넘게 술을 끊었던 시기가 있었다.

나를 위해서.

……무슨 이유였는지는 물어보지 말아 줬으면 해. 힌트를 준다면, 내가 건강하게 태어날 수 있었던 것과 관계가 있다.

어쨌든.

사람은 변하는 게 아니다.

변하게 되는 것이다.

다른 사람의 영향을 받아 바뀌는 거다.

소중한 사람과의 인연을 통해 조금씩 조금씩, 옛날의 자신과 다른 사람이 되어 가는 거다.

……나래의 눈물겨운 노력 덕분에 조금씩 변할 수 있었던 제가 하는 이야기입니다.

세희에게는 내가 나래와 같은 녀석이었겠지.

아, 물론 내가 랑이보다 세희와의 인연이 깊다거나 하는 건 아니다.

그저 랑이는 너무 오랜 시간 동안 세희와 알고 있었고, 그 슬픔을 공유했으며, 이미 서로가 서로와 하나와 다름없는 관계가 되었으니까.

그에 비해 나는 타인이나 마찬가지였잖아?

그래서 나는 세희를 변하게 만들 수 있었다.

서로가 달랐으니까.

그 결과 지옥까지 왔다는 게 좀 웃긴 일이지만, 뒤돌아보면 좋은 추억으로 남을 수 있겠지.

그렇게 만들기 위해서, 나는 기린이 더 이상 반론을 하지 못하도록 못을 박아야 한다.

"염라대왕, 마지막 진술을 할게."

나는 말했다.

"나는 세희가 자신을 희생하면서까지 나와 랑이를 위해 무언가를 하는 모습이 싫었다. 그게 싫었기 때문에 좀 더 이 녀석을 알기 원했고, 그렇게 다른 세계까지 가게 됐어. 그게 세희의 계획인 줄도 모르고."

뭐, 내가 불을 붙였다고 했으니까 내 잘못이려니 생각하자.

"그리고 그곳에서 나는 세희가 포기했던, 어느 세계에서든지 슬픈 최후를 맞이하는 운명을 지닌 아사달을 구함으로써 세희 또한 구해 냈다. 다른 세계에서만이라도 아사달이 살아 있는 것으로, 세희는 만족한 거야. 하지만 세희가 내게 영성을 다루는 요술을 썼다는 사실만은 어찌할 수 없었어. 그래서 나와 내 가족들에게 폐를 끼치지 않기 위해 스스로 죄를 받으려고 하고 있지."

나는 어깨를 으쓱하며 말을 이었다.

"나한테는 이런 말도 하더라고. 결국 나는 현실에 만족하지 못하고, 똑같은 일을 벌일 거라고. 그러니까 나 같은 건 포기하고 랑이와 알콩달콩 살라고 말이야."

하! 다시 생각해도 웃기는 소리다.

"멍청한 소리지. 바보나 할 법한 말이야. 그런다고 우리가 발 뻗고 살 수 있겠냐고."

뚝, 하고 랑이의 눈가에 눈물이 떨어졌다.

그 눈물을 닦아 주는 건, 아야의 역할로 남기자.

"염라대왕. 나는 세희가 또다시 하늘이 정한 금기를 어길 거라고는 생각하지 않아. 왜냐하면, 세희는 변했거든. 세희의 마음속에 난 상처가 아물기 시작했으니까 말이야."

정말로 하고 싶었던 말은, **이제야** 아물기 시작했다는 거지만.

"스스로의 죄를 인정하고 자신의 오빠가 죽는 날부터 지금까지 마음속에 간직하고 있었던 어린아이의 치기를 버리고, 지금 옆에 있는 가족들을 향해 눈을 돌릴 정도로 성장했다는 말이야. 염라대왕, 네가 이 점을 고려해 자비로운 판결을 내려 준다면……!"

나는 잠시 숨을 돌린 후.

"저들이 우려하는 일은 절대로 일어나지 않을 거야."

내 가슴에 손을 올리며 말했다.

"내 모든 사랑을 걸고 맹세할게."

이곳에 있는 **모든 이**를 향해 말했다.

"만약 내 마음에 한 치의 거짓이라도 있다면."

나는 고개를 가로저은 뒤.

"아니, 내 사랑이 이 맹세를 지키기에 부족함이 있다면."

나는 청명한 하늘을 바라보며 말했다.

"이 자리를 지켜보고 있는 하늘이 나를 벌해 주기를 바래."

이유는 잘 모르겠다.

어째서 지금 내 인생의 흑역사가 떠올랐는지.

그때와는 확연히 다른데 말이다.

하지만 이것 하나만은 알 수 있다.

그때, 내가 랑이를 구하기 위해 외쳤던 내 진심처럼.

지금의 내 목소리에도 그때와 같은, 아니, 그 이상의 힘이 담겨 있다는 것만은.

그래서일까.

재판장에 있는 그 누구도 입을 열지 않은 건.

내 주장에 압도당했다는 듯이 그저 조용한, 숨소리만이 가득하다.

……옆에서 나래가 새삼 반했다는 시선을 보내오는 거나, 랑이의 눈동자가 저 하늘에 떠 있는 태양보다 반짝반짝거리는 거나, 아야가 얼굴을 확 붉히고 있는 거는 넘어갑시다.

염라대왕이 염라를 연상케 하는 미소를 짓고 있었으니까.

나는 내 친구에게 말했다.

"염라대왕은 이 점을 잘 고려해서 판결을 해 줬으면 해. 내가 하고 싶었던 말은, 이상이야."

내가 고개를 숙이며 뒤로 물러섰음에도 불구하고, 침묵은 계속되었다.

……누구라도 좋으니까 좀 아무나 입 좀 열어라.

왜 기린까지 조용히 있는데? 뭔가 부끄럽다 못해 민망하다고!

그래서 난 나래에게 눈빛을 보냈다.

무슨 말이라도 해 줘!

"아, 말 안 했는데 페이가 녹화해 두고 있어."

그런 끔찍한 말씀 말고요!

아니, 그전에 그 녀석은 무슨 녹화를 해?! 아까 잘 안 찍힌다는 글이 그거였어?

진짜인가 싶어서 슬쩍 뒤를 돌아보니, 멍하니 이쪽을 바라보고 있는 페이의 손에 비디오카메라가 들려 있었다.

야, 인마.

나와 시선을 마주치고서야 정신을 차렸는지, 페이가 고개를 몇 번 흔들고는 잽싸게 비디오카메라를 숨기며 엄지를 추켜세웠다.

……지금까지는 숨겼던 거냐.

하고 싶은 말이 산더미같이 많이 있었지만, 나는 인상을 찌푸리고서 다시 고개를 돌려야 했다.

"신수 기린."

염라대왕이 말했으니까.

"이견이 있다면 말해라."

기린은 무엇인가를 말하려다, 입을 다물고, 다시 열었다가, 깊은 한숨을 내쉬고서, 어깨를 추욱 떨어뜨리며 말했다.

"……봤잖아, 염라대왕. 아무런 준비도, 지식도, 의식도 치르지 않고 마음의 힘만으로 저런 말도 안 되는 짓을 해냈는데 나보고 어쩌라는 거야."

응? 뭐가? 내가 뭘 했는데?

다른 사람들은 기린의 말을 수긍하는 분위기인데 정작 당사자인 나만 이해를 못하고 있는 것 같다.

누가 좀 알려 주실 분?

"그런가."

염라대왕은 뭔가 알고 있는 것 같지만, 지금 물어볼 수는 없을 것 같다.

왜냐하면.

"죄인 강세희, 존경하는 염라대왕님께 드릴 말씀이 있습니다."

지금껏 조용히 있던 세희가 고개를 똑바로 들고서 말했으니까.

그것만으로 나는 세희가 무슨 소리를 하려고 하는지 깨달을 수 있었다. 반론을 포기한 기린 대신 자기가 직접 나서려는 거겠지!

내가 지금까지 세희가 한마디도 안 하고 있던 것에 그다지 불만이 없던 건, 그게 지금과 같은 상황보다는 낫기 때문이다. 왜냐고?

만약 지금 세희가 이상한 소리를 한다면, 그래. '이승으로 돌아가면 저는 다시 하늘이 정한 금기를 어기겠습니다.' 같은 말이라도 한다면.

그것만으로 모든 것이 지금까지 내가 쏟은 모든 노력이 의미 없게 될 거다.

……뭐, 그럴 일은 없겠지만.

“세희야.”

여기에는 나 혼자 있는 게 아니니까.

자신 앞에 한쪽 무릎을 꿇고 앉아서 손을 맞잡고 눈을 마주친 랑이를 바라보며 세희가 고통에 가득 찬 목소리로 말했다.

“주인님.”

“세희야.”

“하지만 저는…….”

랑이가 고개를 가로저었다.

“안 된다, 세희야.”

같은 무게의 황금보다 비싼 눈물을 뚝뚝 떨어뜨리며 랑이가 울먹이며 말했다.

“나를 떠나면 안 되느니라. 난 아직 네게 해 줄 것이 너무, 너무 많이 있느니라. 이렇게는 못 보내느니라. 이렇게는 못 보낸단 말이니라.”

세희가 이를 악물었다. 입술이 바들바들 떨린다. 입을 열었다가 닫는다. 마주 잡은 손을 향해 시선을 피했지만 다시 랑이를 본다. 하지만 그것도 잠시, 랑이와 시선을 마주할 수 없다는 듯 다시 시선을 돌린다. 염라대왕을 향해 시선을 돌린다. 그 앞을 랑이가 다시 가로막는다.

그 모습을 지켜보던 염라대왕이 장난기 넘치는 미소를 짓고는 나를 바라보며 세희에게 말했다.

"이상하군. 이 몸에게 할 말이 있다 하지 않았나?"

이, 이 자식 보소?

"아, 잠깐만, 염라대왕. 세희가 지금 심신 미약 상태라서 헛소리를 한 것 같으니까 조금만 시간을 줘."

심신 미약! 저도 알고 있는 단어이지요! 아쉬운 건 여기에 양주가 없다는 겁니다! 그렇다면 더욱 더 제 주장에 힘이 실릴 테니까요!

다행이 염라대왕이 고개를 끄덕여 줘서 양주까지 찾아야 할 필요는 없었기에, 나는 재빠르게 세희에게 말했다.

"야, 인마."

그렇다고 해서 랑이와 세희가 이루고 있는 둘만의 세계에 내가 끼어들을 수는 없었지만, 그래도 목소리는 귀에 닿겠지

"지금까지 고개만 숙이고 있어서 몰랐을 텐데, 일단 주위 좀 둘러봐라."

그러면 너를 위해서 저승까지 찾아온 사람들이 보일 테니까. 하고 싶은 말은 한가득인데 있는 힘껏 참고 있는 나래와 아야와 치이와 페이를 보라고.

나는 주위를 둘러보고 더욱 더 복잡한 표정이 된, 그 누구라도 읽을 수 있는 표정을 지은 세희의 앞에 쭈그려 앉아서 말했다.

"그리고 너, 재판의 결과가 어떻게 나와도 받아들일 거라고 했잖아?"

그제야 세희가 나를 바라보았다.

나는 세희를 노려보며 말했다.

"우리 불쌍한 랑이 가슴에 **너처럼** 대못 박을 생각 없으면 자기가 한 말 정도는 지켜. 알겠어?"

그 말이 세희의 마음을 움직였던 걸까.

아니면, 이미 랑이의 눈물에 마음이 흔들렸던 걸까.

"이번만은…… 성훈 님의 명을 받들겠습니다."

세희가 다시 고개를 숙였다.

휴우, **일단** 한숨 돌렸네.

혹여나 세희의 마음이 다시 변하기 전에 나는 염라대왕에게 말했다.

"미안. 세희는 할 말이 없는 것 같으니까 하려던 거 계속하면 된다."

염라대왕이 고개를 끄덕여 수긍하고, 옥좌에서 일어나 말했다.

"그렇다면 판결을 내리겠다!"

드디어 길고 긴 재판이 끝날 때가 왔구나.

"하늘이 정한 금기를 어기고, 육친의 정에 이끌려 영성을 다루는 요술을 삿되게 사용하여 세상을 어지럽히려 한 죄인의 죄는 크디크다!"

"허나!"

"죄인이 자신의 행위를 진심으로 반성하고 있는 점! 죄인에게 다시금 하늘이 정한 금기를 어기는 죄를 범할 가능성이 한없이 낮은 점! 죄인을 불쌍히 여기는 이들 또한 많은 점! 무엇보다 죄인을 아끼는 요괴의 왕의 마음이 하늘의 뜻을 움직인 점을 고려하여!"

"이 염라대왕은 죄인 강세희에게 혼이 닳아 사라질 때까지 요괴의 왕 강성훈에게 봉사할 것을 명한다!"

나와 망할 창귀

재판이 끝난 뒤.

마음에 걸리는 점이 있어 페이가 가지고 있던 비디오카메라를 빼앗아 영상을 심열을 기울여 확인한 결과.

"……내가 진짜 이랬다고?"

내 두 눈으로 보고도 믿기지 않는 사실을 알게 되었다. 아니, 사실이라고 하기는 좀 그렇군.

분명 그 짧은 사이에 페이가 영상을 편집한 걸 테니까. 이야, 페이도 정말 대단하네. 이 정도의 영상 편집 기술이면 지금 당장 프로로 데뷔해도 문제가 없겠어.

그렇게 생각하고 있던 나를 아이들의 목소리가 현실로 끌고 왔다.

"응, 응! 그러하느니라! 정말, 내 지아비다운 모습이지 않느냐?!"

"아우우우, 대단했던 거예요! 그때만은 로리콘 오라버니처럼 보이지 않았던 거예요!"

[페스티벌에서 강성훈의 2차 각성을 공개하는 것 같았음.]

"키히히힝? 몇 번이나 말해야 해? 이제 그만 좀 물어봐, 이 멋쟁이야!"

……정녕 이것이 현실이란 말입니까?

나는 고개를 돌려 냥이를 바라보았다. 내 시선을 느낀 냥이는 담배를 뻑뻑 피워 대다 획! 고개를 돌리며 말했다.

"흥! 흰둥이의 남편감으로 이제야 얼추 어울리는 정도였을 뿐! 그리 대단한 것도 아니었느니라!"

이제는 내 귀까지 문제가 있는 것 같군. 냥이가 저렇게 솔직히 나를 인정해 주다니.

"에휴…… 이상하게 자존감만 낮아 가지고."

그런 내 머리에 손을 올리고서 나래가 말을 이었다.

"그만 인정해. 도대체 몇 번이나 볼 거야? 이제 지겹다고."

그렇다.

그때, 그 영상을 돌려 본 건 이번이 처음이 아니다.

"아니, 믿을 수가 없으니까 그렇지."

기린이 말한 '그런 짓'이라는 게 궁금해서 페이에게 비디오를 달라고 한 뒤, 집을 지키기 위해 남아야 했던 가족들을 위한 영상을 지우지 않겠다는 약속도 하고서, 나는 같은 장면을 몇 번이나 돌려 봤다.

그리고 저는 시신경과 고막과 제 뇌를 의심하게 되는 영상을 보게 되었습니다.

"봐 봐! 저게 말이 돼? 왜 하늘에서 빛이 내려오는데?!"

영상 속에서 저는 무슨 이야기 속의 선택받은 용사처럼, 하늘에서 내려오는 빛을 홀로 받고 있었습니다. 흐린 구름 사이로 빛줄기가 내려오는 것처럼 말이다.

아니, 내 입장에서 생각해 봐.

구름 한 점 없는 발설지옥의 하늘에서, 정체를 알 수 없는 빛이 상당히 부끄러운 소리를 하고 있는 나를 핀 포인트로 비추는 게 믿겨져?!

아니, 한 열 발자국 정도 양보해서 그럴 수 있다 하자. 워낙 믿기지 않는 이런 일 저런 일을 겪어 왔으니까 말이야.

그래도!

"그걸 내가 눈치 못 챘다는 게 말이 안 되잖아!"

저 정도의 빛이면 당연히 눈이 부시든가 해야 하잖아! 하지만 난 아무것도 눈치채지 못했다고!

이러면 당연히 내 눈을 의심할 수밖에 없지!

"그래도 그만 인정해. 덕분에 별문제 없이 세희를 구할 수 있었으니까."

아, 그러고 보니까 그것도 조금 이상했다.

갑자기 기린이 반론을 포기했던 거 말이다.

"그런데 이게 그렇게 대단한 거야? 기린이 반론을 포기할 정도로?"

아니, 대단하다고 하면 대단하지. 갑자기 하늘에서 빛이 내려와서 날 비췄으니까. 덤으로 내 눈도 부시지 않는 이상한 빛이 말이야.

하지만 지금까지 내가 겪었던 수많은 일들 덕분일까. 세희를 철천지원수로 여기는 기린이 갑자기 반론을 포기할 정도로 대단한 일 같아 보이지는 않은데…….

왜들 나를 보는 눈이 이러냐.

"에휴…… 집에 돌아가면 공부 좀 시켜야겠어."

나래는 한숨을 쉬고서 끔찍한 계획을 짜기 시작했고.

"성훈아…… 나도 지금까지 살아오면서 내 눈으로 직접 본 것은 처음이니라."

호랑이굴에 틀어박혀서 살던 랑이가 당연한 이야기를 했으며.

"아우우우, 거의 이야기 속에서나 나올 만한 일인 거예요."

전래동화에서 등장했던 치이가 사람을 소설 속의 주인공으로 만들었고.

[집에 돌아가면 요괴넷에 영상을 공지로 띄울 정도로 대단한 일임.]

페이가 요괴넷에 새로운 합성 요소를 올릴 생각을 했으며.

"키이잉? 다른 요괴들한테 우리 아빠는 이런 것도 한 적 있다고 평생 자랑할 만한 일이야, 이 바보야!"

그렇다면 지금까지는 남들 보기 부끄러운 아빠였냐고 묻고 싶어지는 말을 아야가 했으며.

"그렇다네, 성훈 군. 자네가 이룬 위업은 역사에 길이길이 남을 정도의 것이니."

거타지 아저씨는 나를 너무 높게 평가해 주셨으며.

"이 놈이 바로 9짜 참돔을 잡고서 매운탕을 해 먹을 녀석이

로구나…….”

냥이가 이해 못 할 예시를 들며 한숨을 쉬었다.

음.

내가 한 일이 대단하다는 건 알겠는데 뭔가 마음에 와 닿지 않는다. 뭔가 좀 알기 쉬운 예시가 없을까?

그렇게 생각했을 때.

“멍청한 성훈 님께서도 이해하실 만한 예를 들자면, 먼 옛날. 환웅이 백두산의 신단수 아래로 내려왔을 때에나 일어났던 일입니다. 좀 더 쉽게 말씀드리자면, 성훈 님의 마음의 힘이 인간을 불쌍히 여겨 안락한 천상계 생활을 포기하고 인세로 내려온 환웅의 그것에 잠시라도 근접했다는 뜻이지요. 즉, 성훈 님께서는 오늘을 두 번째 개천절로 삼아야 할 정도의 대단한 일을 하신 겁니다. 어찌 보면 더 대단하다 할 수 있겠지요. 신선이 되다만 인간이 올곧은 마음 하나만으로 하늘의 인정을 받는 것으로 모자라, 무겁기 그지없는 엉덩이를 들썩이게 만들었으니 말이죠.”

지금까지 기다리고 있었던 녀석의 제대로 된 설명이 들려왔으니까.

공휴일…… 이 아니라, 개천절을 예시 삼아서 말하니까 대단해 보이긴 하네. 하늘의 인정을 받았다는 것도 중요한 이야기인 것 같지만, 이상하게 난 공휴일에 더 무게가 실린단 말이지.

하지만 지금은 그런 쪽에 대한 왈가왈부보다 해야 할 일이 있기에, 나는 고개를 돌려 문 쪽을 바라보았다.

"조오금 오래 걸렸나아?"

거기에는 술을 마시고 평소대로 느슨해진 염라와.

"몸을 치장하는 데 필요한 시간 정도는 기다려 줘야 하는 것이 **사내**의 매너입니다."

검은색 한복으로 갈아입고 머리에 비녀를 꽂은 세희가 있었다.

망할 녀석. 일부러 사내라고 말한 거다, 저거.

안 그래도 재판도 내가 원하는 대로 끝난 덕분에 지금까지 마음 깊은 곳에 박아 뒀던 감정이 용솟음치려고 하는데, 아예 기름을 붓는구나.

"왔냐."

그렇다고 아이들 앞에서 화를 낼 수는 없는 법이기에, 넌 나중에 죽었다, 나는 있는 힘껏 감정을 가라앉히며 세희에게 말했다.

그 목소리가 차가워지는 건 어쩔 수 없었지만, 이해해 주기를 바란다.

"너무해애, 요괴의 와앙…… 갑자아기이 너무 차가워지인 거 아니야아?"

……그런데 왜 네가 울상이 되냐?

"염라대왕님의 이용 가치가 사라지니 바로 태세 변환을 하시는군요."

이 시…… 아니, 아직은 바른 말 고운 말을 써야지.

넌 좀 가만히 있어라.

"너한테 한 말 아니야."
"저한테 하신 말씀이 아니시라는군요."
"친구가아…… 내 셋도 없는 친구가아……."
염라가 다리에 힘이 풀렸는지 비틀거리다가 뒤로 넘어졌다. 세희가 받아 주긴 했지만.
그 모습을 보고 치이와 페이와 아야가 살짝 놀란 모습을 보이며 수군거렸다.
"아우우우? 저 분이 염라대왕님이신 건가요?"
[동일 인물 맞음? 전혀 다른 사람 같음.]
"크응? 분명 그 활활이하고 비슷하게 생기긴 했는데……."
치이와 페이와 아야는 이런 염라를 처음 봤으니까 말이지. 하지만 거타지 아저씨는 신선답다고 할까, 연륜이 넘치는 분답다고 할까.
"염라대왕님께서 우리를 생각해서 힘을 거두고 계신 것 같구나."
의아해하는 아이들에게 사실이나 다름없는 말씀을 해 주셨다.
나래는 안 놀랐냐고?
나래는 염라가 눈에 들어오지 않는 것 같았다.
아까부터 지금까지 무시무시한 눈빛으로 세희만 노려보고 있거든.
하긴, 나래도 세희에게 하고 싶은 말이 한가득 쌓여 있겠지.
지금은 나를 봐서 가만히 있는 건지, 아니면 아이들의 앞이라서 참고 있는 건지 확실하지는 않지만.

남의 집이라서 그런 거야.

둘 다 아니라는 나래와의 곁눈질 대화가 있었습니다.

그건 그렇고.

"아시겠습니까, 염라대왕님. 저분이 바로 쓰레기의 왕입니다. 저런 분을 친구로 삼는 것보다 저를 곁에 두시는 게 어떻겠습니까?"

저 자식이 가볍게 듣고 넘길 수 없는 소리를 하고 있네.

"아니, 그러니까 넌 좀 안 그래도 복잡한 상황 더 복잡하게 하지 말고 가만히 있어라."

나는 세희의 말을 끊고서 염라에게 이야기했다.

"그리고 조금 전에 한 말은 세희한테 한 말이지, 너한테 한 게 아니야."

띠요옹! 하고 세희의 품에 안겨 있던 염라가 자신의 두 다리로 대지에 섰다.

"그러니까 이상한 소리 듣지 말고 이리 와라."

재판장에서의 그 패기 넘치는 모습은 어디로 갔는지, 내가 손으로 부르자 염라는 흐느적거리며 이쪽에 와서는 덥썩.

"역시이 나아는 요괴의 와앙을 믿었어어."

나를 끌어안는 것으로 모자라 가슴에 얼굴을 비비고서는 비어 있던 다리 위에 자연스럽게 앉았다.

그아 동시에 저를 향한 나래와 치이와 페이와 아야의 시선이 변한 것을 저는 알 수 있었습니다.

"오라버니는 어딜 가도 오라버니인 거예요."

[이대로 가면 유소녀 축구팀 만들 것 같음.]

"키이이잉! 우리는 아빠가 걱정돼서 잠도 제대로 못 잤는데 그동안 도대체 뭘 하고 있었던 거야, 이 바람둥이야!"

오해다, 이 녀석들아.

그리고 아무 말씀도 안 하시고 따가운 눈빛만을 보내시는 나래 님. 무서워요.

"으응? 그런 거 아니야아."

다행이 염라가 나를 대신해서 오해를 정정해 주는 것 같다.

"나아는 아지익 요괴의 와앙하고 친구일 뿐인거얼."

중간에 필요 없는 단어가 하나 들어가 있는 것 같지만, 넘어갑시다.

지금은 그것보다 더 중요한 게 있으니까.

"뭐, 그건 그렇고."

후우, 나는 한 번 숨을 내쉰 뒤.

"랑이야."

내가 먼저 이야기를 하고 있었기 때문일까. 하고 싶은 말이 한 가득인 것으로 모자라 지금 당장이라도 뛰어들고 싶다는 듯, **네 발로 엎드려 꼬리와 함께 엉덩이를 씰룩거리고 있는** 랑이에게 말했다.

"나는 괜찮으니까, 세희한테 가 봐."

"응!"

그리고 랑이와 세희의 감동적인 포옹…… 대신.

랑이가 세희를 걷어찼다!

쿠과과과과광!!

문이 박살 나는 것으로 끝나지 않고 궁궐을 반파시키며 세희가 날아간다.

헐.

갑자기 이게 무슨 일이야.

아무도 예상하지 못한 일에 넋이 나가 눈만 깜빡이고 있을 때, 염라가 비명을 질렀다.

"내, 내애 궁궐이이! 내애 손으로 한 땀 한 땀 고생해서 만든 내애 지입이!"

……고쳐 줄 거야, 아마.

그런 태평한 생각으로 현실 도피를 하고 있는 나와 달리 나래가 가장 먼저 정신을 차리고서 외쳤다.

"무, 무슨 짓이야, 랑이야!"

하지만 랑이는 나래의 이야기를 귓등으로 흘리고서는, 두 손 두 발을 호랑이의 발로 변화시키고서는 저멀리 흙더미에 묻혀 있는 세희를 향해 높이 뛰어 그대로 찍어 내렸다!

멀어서 잘 보이지는 않는데, 여기까지 땅이 울리는 걸 보니까 꽤나 진심으로 힘을 쓰고 있는 것 같다.

……아니, 울리는 수준에서 끝나는 게 아니라 땅이 갈라졌어! 그 여파로 궁궐의 기둥이 흔들리고 지붕이 무너져 내린다.

라, 랑이가 세희한테 많이 화가 났나 보구나.

"쯧, 힘 조절은 할 것이지."

냥이가 혀를 차고 부적으로 결계를 쳐서 이쪽에 피해가 오는 일은 없어서 다행이네.

"내애 지이이입이이이!! 어떻게에 할 거야아, 요괴의 와앙!"

…………아, 미안.

염라대왕님께서 직접적인 피해를 실시간으로 겪고 계셨습니다.

그보다 우마와 마마가 신선들과 곰의 일족 누님들을 돌려보내느라 이곳에 없는 게 다행이군. 둘이 있었다면 당황하는 수준에서 끝나지 않을 테니까.

아, 그러는 사이에 랑이가 세희를 두 손으로 잡더니 빙글빙글 돌고서 하늘에 던져 버렸다. 랑이가 무릎을 굽히고 세희를 뒤따라 하늘로 날아오른다. 동시에 소닉붐? 비행기가 음속을 돌파할 때 나는 굉음이 울렸다!

덕분이라고 할까.

안 그래도 너덜너덜했던 지붕이 깨끗이 날아가 버려 푸른 하늘이 보이게 됐습니다.

"……나아 못 참아아."

그렇게 말한 염라대왕의 머리카락 색이 점점 붉어지는 것을 보고 나는 급히 어깨를 쓰다듬으며 말했다.

"다, 다 끝나고 우리가 잘 고쳐 줄 테니까 좀 참아 줘. 응? 우리 친구잖아, 친구. 친구, 믿지?"

"……알았어어."

압니다. 쓰레기 같은 소리라는 거. 그러니까 그런 눈으로 안 보셔도 되요. 하지만 지금 상황에서 염라까지 저기 끼어들면 무슨 일이 일어날지 모른다고!

그런 내 마음의 변명은 닿지 않았다.

결국 난 나래와 아이들의, 특히 안 좋은 기억이 있는 페이의 시선 압박이 너무 거셌기에 고개를 들어 하늘을 보았다.

쉴 새 없이 움직이는 하얀색 점과 달리 검은색 점은 그저 떠 있었다. 왠지 모르게 과학 시간 때 배운 원자가 생각나는군. 지금의 랑이는 원자 폭탄이나 다름없겠지만.

그 원자 폭탄이 땅으로 떨어졌다.

옷이 더러워지고 찢어진 것 외에는 멀쩡한 세희를 한 손에 들고.

랑이가 말했다.

"앞으로! 다시는! 내 낭군님께! 이상한 짓 하지 마! 알겠어?!"

……아, 그런 이유였습니까. 그래서 그렇게 화난 거였습니까, 호랑이 님.

그건 그렇고 랑이가 한바탕하는 걸 보니 세희에게 화낼 마음이 눈 녹듯 사라졌다. 내가 아무리 용을 써도 랑이보다 더 호쾌하고 강력하게 한 방 먹일 수는 없을 테니까.

랑이가 그런 걸 생각하고 한 행동은 아니겠지만 말이지.

"알겠습니다, 주인님."

그 대답을 듣자 랑이가 두 팔로 와락, 세희를 끌어안았다. 그리고 지금까지 참아왔던 말을 터트렸다.

"이 바보야! 걱정했잖아! 잠도 제대로 못 잤어! 밥도 제대로 못 먹었다고!"

잘 먹고 잘 잤습니다.

이곳을 호랑이 굴처럼 생각하면서 잘 먹고 잘 잤습니다.

그 사실을 모르는 세희는 랑이의 등을 쓰다듬어 주며 말했다.

"죄송합니다, 주인님."

그게 랑이의 울음보를 터트리고 말았다.

"앞으로는, 히끅, 알겠어? 나, 이런 거, 훌쩍, 싫으니까! 응?"

"죄송합니다, 주인님."

"얼마나, 흐윽, 내가 얼마나, 으아앙!!"

"죄송합니다, 주인님."

그렇게 창귀는 말을 잇지 못하고 울음을 터트린 주인의 눈물을 닦아 주었다. 자신의 눈물을 닦을 생각도 못하고.

"훌쩍."

그리고 그 모습을 지켜보던 염라가 어째서인지 코를 훌쩍였다.

"저엉말 감동적이야아."

그 감동적인 재회를 네가 조금만 이쪽의 편을 들어 줬다면 쉽게 이룰 수 있었다.

……물론 농담입니다. 염라가 이쪽의 편의를 많이 봐 줬다는 건 알고 있으니까.

"에휴, 저럴 거면서 왜 이상한 고집을 부린 거야, 쟤는."

"아우우우, 잘 된 거예요. 정말 잘 된 거예요."

[역시 엔딩은 해피엔딩이 최고임. 응. 무조건 해피엔딩이어

야 하는 거임.]

"크응. 저 밥보를 위해서 한 일은 아니지만, 그래도 보기 좋네."

"이럴 때는 순수하게 기뻐해도 된다, 아야야."

"그, 그런 거 아니거든! 이 족집게 아저씨야!"

다들 그 모습을 보고 눈시울을 붉게 물들이거나 흡족해하고 있는데 말이다.

……나만 이렇게 멀쩡하게 남 이야기처럼 보고 있자니 이상하군. 내 감수성이 좀 부족한 게 아닌 게 아닐까 싶은 생각도 들어.

하지만 어쩔 수 없잖아?

아직, 내가 할 일은 끝나지 않았으니까.

하지만 지금은 기다려 주자.

랑이의 눈물이 세희의 마음을 채워 줄 때까지.

* * *

늦은 밤.

랑이가 울다 지쳐 삼들어 버린 것도 있고, 바살 나 버린 염라의 궁궐을 고쳐 줘야 하는 것도 있기 때문에 우리는 내일 이승으로 돌아가기로 했다.

신신분들과 곰의 일족 누님분들은 먼저 돌아가셨고, 우마와 마마는 반파된 궁궐을 보고 돌아가실 뻔했지만.

그리고 나는 지금 전에 왔었던 B-A-R에 혼자 앉아서 잔에 든 황금빛 음료를 홀짝이고 있다.

……이렇게 말하니까 술이라도 마시는 것 같군.

나는 혼자 앉아서 오렌지 주스를 마시고 있었다.

약속은 안 했지만, 이제 슬슬 올 때가 된 것 같은데 말이지. 더 이상 늦으면 바른 생활 사나이가 된 나도 졸음을 참을 수 없을 테니까.

“여기 계셨습니까, 성훈 님.”

호랑이도 제 말하면 온다고 했지.

나는 잔을 빙빙 돌리며 말했다.

“꽤 늦었네.”

“주인님께서 꽤나 저를 꽉 끌어안고 주무시기에.”

빠져나오느라 힘들었다는 거냐.

“자업자득이네.”

“그렇다 할 수 있겠지요.”

그렇게 말한 세희는 내 옆에 와서 의자에 앉았다.

뭐랄까, 세희가 검은색 한복을 입고 있는 게 왠지 마음을 편하게 만드는군.

“어린애도 아닌데 이런 곳에서 오렌지 주스나 마시고 계십니까.”

바로 불편하게 만들어 줘서 고맙다.

“아직 어린애다.”

"인간의 법이 요괴의 왕에게 닿을 거라 생각하십니까?"
왜 내 주위에는 술을 먹이려는 놈들이 많은 건지 모르겠다.
"내 가치관의 문제야."
"그렇습니까."
세희가 술병이 늘여져 있는 진열대를 향해 손을 뻗었다. 그러자 진한 녹색의 술이 들어 있는 병 하나가 세희의 손으로 날아왔다.
"……뭐냐, 그건."
"압생트입니다. 흔히 반 고흐가 사랑한 술이라 알려져 있지요."
상식이 모자란 나도 반 고흐가 외국인이라는 건 안다.
"양주라는 이야기네."
"그렇습니다."
나는 세희의 손에서 술병을 빼앗았다.
"성훈 님께서 마시기에는 독한 술입니다."
알면서 무슨 헛소리야, 이 녀석은.
"맨정신으로 이야기하자는 거다, 이 자식아."
"맨정신으로 할 이야기가 아닌 것 같습니다만."
"그러니까 맨정신으로 해야지."
나는 술병을 테이블 위에 내려놓고 세희에게 말했다.
"무슨 이야기부터 해야 할지 감도 안 잡히네, 젠장."
"기다려 드리겠습니다."
세희는 기다려 줬고, 나는 이야기할 순서를 머릿속에서 정리한 뒤 말했다.

"먼저, 네가 세웠던 첫 번째 계획 말이다. 네 입으로 말할래, 아니면 내가 맞춰 볼까?"

세희가 공손하게 손바닥으로 나를 가리켰다.

그래서 나는 말했다.

"내가 확실하게 아는 건, 네가 나를 통해 아사달의 영성을 훔쳐서 이쪽 세계에서 뭔가 하려고 했다는 건데 말이다."

나는 짐짓 잘 모르겠다는 듯 어깨를 으쓱하며 말했다.

"보통 이럴 때 생각할 수 있는 건 몇 개 안 되지. 그 중에서 가장 가능성 높은 건 아사달의 영성을 이용해 그 녀석을 이 세계에서 환생시킨다는 걸까? 아무리 그래도 아사달을 되살리는 건 힘들 테니까."

내 말에 세희는 고개를 가로저었다.

"아사달 오라버니를 되살리는 것은 그리 힘든 일이 아닙니다."

"……그러냐?"

세희가 똑바로 나를 바라보며 입꼬리를 슬쩍 올렸다.

"그를 위한 그릇이 준비되어 있다면, 말이지요."

그릇.

그게 무엇을 뜻하는 지, 나는 알 수 있었다.

"나 말이냐?"

세희가 고개를 끄덕였다.

"비록 아사달 오라버니와 비교했을 때, 용과 지렁이 정도로 급이 다르겠습니다만."

인정합니다.

"지렁이는 토룡(土龍)이라고도 불리지요."
그렇다고 내 기분이 좋지는 않지만.
"그러니까 내가 지렁이다?"
"물어보셨기에 대답해 드리는 것입니다."
뻔뻔한 게 마치 세희 같다.
아, 세희 맞지.
"뭐, 그래서?"
"천운인지, 성훈 님의 영성은 아사달 오라버니와 닮은 점이 많이 있었습니다."
"말은 똑바로 해라."
나는 잔을 툭툭 두드리며 신경질적으로 말했다.
"네 녀석이 날 계획적으로 키운 덕분에 내가 아사달과 비슷한 영성을 가지게 되었다고 말이야."
"어찌 되었건."
"야, 넘어가냐?"
"어디까지나 가능했다는 이야기일 뿐입니다. 하지만 거기까지는 할 생각은 없었습니다."
그 이유는 생각해 볼 것도 없다.
"랑이 때문이냐?"
세희가 미소를 지었다.
"성훈 님 때문이라고 생각할 수도 있겠지요."
……갑자기 훅 들어오네.
살짝 당황한 내게 더욱 짙은 미소를 지으며 세희가 말을 이었다.

"혹은, 아사달 오라버니께서 그런 걸 바라지 않으실 분이시기 때문일지도 모르겠습니다."

아, 그렇지.

아사달이라면, 그 녀석의 성품이라면 내 몸을 빌려서 되살아났을 때…….

나에게도 아사달에게도 끔찍한 일이겠군, 그건.

특히 성품이 바르고 착한 아사달에게는 더욱 더.

"그쪽이 더 설득력 있네."

"이왕이면 제가 말씀드린 세 가지 이유 모두가 저를 막아섰다고 생각하시지요."

"예이, 예이."

마음에도 없는 소리를 귓등으로 흘리는 내게 세희가 말했다.

"어찌되었건, 저는 그런 연유로 아사달 오라버니를 제 몸을 이용해 되살릴 생각이었습니다. 피를 나눈 가족이기에, 불가능한 일은 아니지요."

……이번에도 뭔가 가벼이 듣고 넘길 수 없는 소리가 나왔습니다?

"어? 네 몸?"

"그렇습니다."

세희가 고개를 끄덕였다.

"흔히 말하는, TS라 할 수 있겠지요. 제 몸에 아사달 오라버니의 정신, 꽤나 흥분…… 실례, 끌리지 않습니까?"

"아니, 지금 그게 중요한 게 아니잖아!"

세희의 몸이 아직도 있다고? 그것도 아사달을 그 몸에 되살릴 수 있을 정도로?

세희가 살짝 당황한 기색으로 고개를 갸웃거리며 말했다.

"……모르셨습니까?"

"알 리가 있냐!"

낭패라는 듯, 세희가 표정을 숨기며 말했다.

"그렇습니까. 그렇다면 괜한 말씀을 드릴 필요가 없겠군요."

그렇게 넘어갈…….

아! 아아아아아아! 머릿속에서 번쩍하고 번개가 튀었다!

있잖아! 그때! 세희가 낸 문제 중 하나!

랑이와 세희가 처음 만났을 때 일어난 일!

세희가 인간의 영성을 지키면서도 랑이에게 잡아먹혔던 거!

세희가 자신의 무덤을 데려갔던 일!

그리고 세희의 몸이 아직 남아 있다는 것!

그 세 가지를 연관시키자 내 머릿속에서 한 가지 가설이 떠올랐다!

"너, 인마!"

그 가설을 입에 담기 전.

"하아……."

세희가 한숨을 쉬었다.

"아사달 오라버니의 영성의 잔향이 생각보다 성훈 님께 오래 남아 계시는군요."

"지금 그게 문제가 아니잖아!"

나는 세희의 멱살을 잡고서 끌어당기며 외쳤다.

"그건 랑이도 알고 있냐?!"

세희의 한쪽 입꼬리가 올라갔다.

"당연히 알고 계시지 않겠습니까. 주인님의 허락을 받지 않고 어찌 그런 요술을 쓸 수 있었겠습니까."

……그건 그러네.

"미, 미안."

나는 사과를 하고 멱살을 놓았다.

세희가 몸가짐을 바로하고 내게 말했다.

"저는 오히려 주인님께서 성훈 님께 말씀드리지 않았다는 것에 놀랐습니다. 주인님이시라면 성훈 님께 모든 것을 말씀드렸을 거라 생각했으니까요."

나는 그날 밤의 기억을 되살리며 말했다.

"……내가 너한테 듣겠다고 말렸다."

"그렇습니까."

세희가 피식 웃었다.

"의외인 곳에 꽉 막힌 분이시었죠, 성훈 님께서는."

이왕이면 이상한 곳에 성실한 성격이라고 해 줬으면 좋겠지만, 어느 쪽이든 내게 좋은 이야기는 아니니까 넘어가자.

세희의 입으로 확인을 받고 싶으니까.

"그래서, **네 몸은 아직도 랑이의, 그러니까 지리산 안에 있는 거냐?**"

세희가 고개를 끄덕였다.

"그렇습니다. 요술로서 제 몸을 지리산 안에 산 채로 봉인시켜 두었기에, 저는 주인님께 잡아먹혀 창귀가 되어 그 영혼이 종속되었다 한들. 제 기억과 성격, 그리고 마음은 제 육신 안에 남겨 두어 주인님께 영향을 주지 않을 수 있었던 것입니다."

아이고…… 가뜩이나 머리가 아파 죽겠는데 복잡한 이야기가 나왔다. 내가 손으로 지끈거리는 이마를 누르고 있을 때, 세희가 말했다.

"그렇기에 저는 사실 엄밀히 따진다면 귀신이 아닌 생령이라 할 수 있겠지요."

……그야말로 살아 있는 인간이면서 죽은 귀신이라는 거군. 그래서 세희가 아직도 인간의 왕일 수 있는 거고.

빈틈을 잘 파고들었네.

"하지만."

머릿속에서 생각을 정리하고 있는 내게 세희가 말했다.

"성훈 님께서 저와 나누고 싶은 이야기는 그런 게 아니겠지요."

화제를 돌리자는 거지.

나는 고개를 끄덕이며 세희의 제안을 받아들였다.

오랫동안 궁금…… 하지는 않았고.

잊어버리고 있었던 수수께끼를 푼 건 좋지만, 지금 내게는 세희에게 확인해야 할 일이 있다.

"아, 그래.

나는 말라 버린 입술을 주스로 축이고, 자연스럽게 술병으로 다가가는 세희의 손등을 아프지 않게 찰싹 친 뒤 말했다.

"너, 저승에 남아 있을 생각이지?"

그렇게 생각한 이유는 세 가지가 있다.

첫 번째.

재판의 막바지에서, 세희는 랑이가 아닌 내 명을 받아들인다고 했다.

자신을 떠나지 말라고 애원한 랑이의 부탁이 아니었다. 재판 결과를 있는 그대로 받아들이겠다고 했으니, 그 말을 지키라고 한 내 말이었다.

두 번째.

세희는 계속해서 지금까지 나를 성훈 님이라고 불렀다. 주인님이 아닌 성훈 님이라고. 이 녀석은 아직 나를 다시 주인으로 섬길 생각이 없다는 뜻이다.

세 번째.

이건 아주 나한테 대놓고 눈치채라는 듯 말했지. 염라한테 자신을 곁에 두라고 한 말 있잖아.

이 정도면 거의 확실하지.

"대답해."

내 재촉에 세희가 말했다.

"잘 아시고 계시지 않습니까."

산 넘어 그랜드캐넌이고 강 건너 바다다.

과로한 내 뇌는 언제쯤 쉴 수 있을까. 적어도 지금은 아니겠지. 나는 평소에 많이 노는 만큼, 이럴 때라도 열심히 일해 달라고 머리에게 부탁하며 말했다.

"왜."

그날 밤, 바(BAR)에서 나눴던 이야기 때문인가?

그렇다면 세희를 설득하는 것은 그리 어렵지 않다.

이미 세희 자신도, 스스로가 변해 가고 있다는 것을 알고 있을 테니까.

"필요하기 때문입니다."

하지만, 세희는 내 생각과 다른 말을 꺼냈다.

"……뭐?"

세희가 말했다.

"성훈 님께서는 마음의 힘만으로 자신의 뜻이 하늘에 닿는 위업을 보여 주셨습니다. 이는 기린조차 쉽게 여길 수 없는 일이기에 염라대왕님께 바라는 것을 얻으실 수 있으셨지요. 하지만, 그건 어디까지나 인간이 가진 힘의 극의(極意)를 보여 주신 성훈 님과 그에 화답한 하늘에 대한 존중의 의미였습니다."

나는 세희가 무슨 말을 하려는 지 알 것 같았다.

"하지만 기린은 말할 것도 없고, 신선들 중에서도 저를 곱게 보지 않는 이들의 수가 많습니다. 이런 상황에서 제가 성훈 님과 주인님을 따라 곧바로 이승으로 돌아가게 된다면, 그늘의 시선이 더욱 곱지 않게 될 것입니다."

나는 염라를 따라 테이블을 손가락으로 두드렸다.

"그것은 분명 제 주인이신 성훈 님과 주인님께도 영향이 갈 것입니다."

세희는 신경 쓰지 않았지만.

"성훈 님께서 바라시는 인간과 요괴가 공존하며 살아가는 세상을 열기 위해서는, 아이러니하게도 천상계의 도움이 절대적으로 필요합니다. 요괴들이 숭상하는 하늘의 목소리를 듣는 것은 그들이니까 말이죠. 언젠가 그들의 도움이 필요할 때가 올 지도 모릅니다. 세상사, 한 치 앞도 모르는 것이니까요."

그건 마치 '랑이를 사랑하지만 로리콘은 아니라고요!' 같이 설득력 없는 소리구나.

……뭔가 자화자욕을 한 기분이 들지만, 넘어가고.

"그것이 제가 이곳, 발설지옥에 남아야 하는 이유입니다. 제가 스스로의 의지로 발설지옥에 남아 자신의 죄를 뉘우치는 시간을 가지고 있다는 대외적인 선전이 필요한 이유입니다."

그러니까, 천상계 쪽에 요괴의 왕과 그 세력에 대한 인식을 조금이나마 좋게 하기 위해 필요한 일이라는 거지.

"그를 위함이라 하면 주인님께서도 슬퍼하시겠습니다만, 제 뜻을 받아들여 주실 것입니다. 무엇보다 그리 오랜 시간을 이곳에서 지낼 것도 아니니까 말이죠. 또한, 저의 빈자리는 주인님께서 설랑을 부르시다면 어느 정도는 메울 수 있을 것입니다."

……순간 설랑이 누군지 물어볼 뻔했다.

사실, 기억 못해도 상관없지만.

나는 일단 하고 싶은 말은 잠깐 뒤에 놔두고, 세희에게 물어보았다.

"그래서, 얼마나 걸리는데?"

"이승의 시간으로 30년 정도면 충분할 것입니다."

……기네.

뭐, 한 달이나 두 달이건 세희의 말을 들을 생각은 없었으니까 상관없지만.

나는 일부러 머리를 벅벅 긁으며 세희에게 말했다.

"어, 그러니까 네가 지금 하는 말은 이거잖아."

도돌이표를 마침표로 바꾸기 위해서.

"이번에도 제가 희생하겠습니다. 그러니 잔말 말고 이승으로 돌아가서 30년 동안 안주인님과 알콩달콩 지내시지요."

나는 세희를 손가락으로 가리키며 말했다.

"내 말 맞지?"

"……그렇습니다."

결국은 또 다시 그날 밤으로 되돌아왔다.

하지만.

그때와 지금의 나는 다르다.

알몸으로 돌격하던 병사와 슈트를 입고서 날아다니는 강철남만큼이나 다르다.

사실 저승에 내려왔을 때부터 나는 달라져 있었지. 다만, 그날 밤의 바(BAR)에서는 세희를 구하는 게 먼저였기에 뒤로 미뤘을 뿐이다.

거칠 게 없어진 나는 끝을 보기 위해 세희에게 말했다.

"너, 기억하고 있지?"

나는 기억하고 있다.

그날 밤, 세희가 한 말을 똑똑하게 기억하고 있다.

'지금까지 단 한 번도 열린 적 없는 철옹성을 함락시키기 위한 무기는 대체 무엇입니까.'

……물론, 제 기억력이 기억력이다 보니 조금 다른 부분도 있을 것 같지만, 어쨌든!

"예."

세희가 고개를 끄덕였으니까 된 거다.

"그때의 나는 네 말대로 너를 설득할 수 있는 방법이 없었어."

세희가 살아온 삶을 전혀 몰랐으니까.

세희가 고수하고 있는 자신의 방식을 바꿔야만 하는 근거가 부족했으니까.

"하지만 이젠 아니야."

내게는 세희가 낸 다섯 가지의 문제를 풀며 익힌 지식과 다른 세계로 날아가 세희의 과거를 체험한 경험이 있다.

"그걸 지금부터 너에게 보여 주마."

다들 알겠지만.

세희가 자신을 희생하고, 미움받고, 오해를 받는다 해도 '자신을 제외한 모두가 행복해지는 길'을 선택하는 이유는 아사달의 죽음과 이어져 있다. 자신의 실수로 아사달이 슬픈 최후를 맞이했다고 **멋대로** 생각하기 때문이다.

그렇기에.

"잘 봐 둬. 두 번은 하기 싫으니까."

이건 분명히 통한다.

무조건 통한다. 안 통하면 내 성(性)을 갈아도 돼.

그 정도로 자신이 있다.

이건 다름 아닌, 세희가 직접 내게 건네 준 무기니까!

"후우……."

나는 마음을 다잡기 위해 깊이 숨을 들이마신 뒤.

내 손으로 내 목을 졸랐다.

……아니, 갑자기 자살을 하고 싶어진 건 아니야. 나는 오래오래 살고 싶으니까. 애초에 자기 목을 자기가 졸라서 죽는다는 건 불가능하고.

"……자해공갈단으로 전직하신 겁니까."

그걸 알고 있는 세희가 나를 한심하다는 듯이 바라보았다. 그 표정이 언제까지 가나 보자!

나는 있는 힘껏 손에 힘을 줬다.

뭔가 이상한 소리가 폐에서 목으로 기어 나오고, 손에서 힘이 빠져나가려고 하고, 두 눈이 잘 안 보이기 시작하며, 목에서 두둑 하는 소리가 들리지만!

나는 인간의 의지로 극복…… 극복해야 하는데, 안 되는뎁쇼?! 이러다가 진짜 죽겠는데요? 무엇보다 강한 살고자 하는 의지가 기어 나오는데, 이제 슬슬 다른 것도 나오실 때 되지 않으셨습니까아아아아?!

그리고 그때.

“설마……?!”

의식이 날아가기 직전에 내 몸이 환하게 빛나기 시작했다. 나는 재빨리 손을 놓고 신선한 공기를 들이마시다가 거친 기침을 토해 냈다.

“콜록, 콜록!!”

하지만 지금은 이럴 때가 아니다.

놀란 눈으로 반짝이가 된 나를 바라보는 세희의 손을 잡는 게 먼저지!

나는 세희에게 저항할 틈도 주지 않고, 그 손을 내 가슴에 가져다 댔다. 내 심장은 어느 때보다 두근거리고 있었고, 그 고동을 느끼고 있을 세희에게 나는 말했다.

“읽어 봐.”

기억할지 모르겠지만.

영성이라는 것은 그 사람이 지닌 성격, 영혼, 기억. 그리고 마음을 이야기하는 것이다. 즉, 그 영향을 받은 나의 영성에는 분명 아사달의 그것들 또한 남아 있다 보는 것이 맞다.

물론 지금 내가 빛나고 있는 것은 영성의 본질을 드러내고 있기 때문이지, 영성을 드러낸 게 아니다.

하지만 아사달과의 첫 만남 때. 그는 나를 만지는 것으로 내 안에 있던 세희의 흔적을 읽었다.

그렇다면 당연히 세희도 그와 같은 일을 할 수 있을 거다. 세희는 아사달의 동생이며, 영성을 다루는 요술을 익힌 녀석이니까.

"직접 느껴 보라고."

분명 세희는 나를 통해 아사달을 접할 수 있을 거다.

아사달의 생각을, 그 마음을 알 수 있을 거다.

여동생을 사랑하고 걱정하는, 그리고 행복하게 살아 줬으면 하는 오빠의 마음을 직접 느낄 수 있을 거라는 이야기다.

"널 생각하는 아사달의 마음을 말이다, 이 망할 동생아!"

그리고 그런 내 생각은 틀리지 않았다.

"……**오빠.**"

주르륵, 세희의 눈가에서 눈물이 흘러내렸으니까.

나는 이때.

때 묻지 않은 시절의 세희를 보았다.

아사달과 가희와 함께 행복한 시절을 보내며, 그 시간이 영원히 계속되기를 바라던 어린 소녀를 보았다.

그 작은 소망을 놓고 싶지 않기에 어리광을 부렸던 어린아이를 보았다.

그래서일까.

내 몸에서 빛이 사그라졌을 때.

순수했던 어린 아이가 강세희로 돌아와 깊은 아쉬움과 한탄이 섞인 숨을 내쉬었을 때.

나는 진심으로 다시 한 번 내 목을 조를까 고민했다.

음, 아니다. 그런 미친 짓은 한 번이면 족해. 다시 하라고 해도 못한다. 두 번 다시 못할 짓이야, 그건.

"……이번에는 네가 조를래?"

그래서 제가 생각해봐도 참 어이없는 소리를 해 버렸습니다.

하지만 세희는 살며시 고개를 저었다.

"그랬다가는 성훈 님을 쓸데없이 괴롭혔다고 오라버니께 혼나기만 하겠지요."

"……그러냐."

그 짧은 사이에 무슨 일이 있었는지는 잘 모르겠지만, 뭔가 대화까지 나눈 건가?

그건 나중에 시간이 나면 물어보기로 하자.

지금은 그보다 앞서 해야 할 이야기가 있으니까.

"그래서, 이제는 생각이 좀 변했냐?

오랜 시간이 지나 컵 속의 얼음이 쨍강! 녹는 소리를 냈을 때.

세희가 의자에서 일어났다.

설마, 이 녀석 도망칠 생각인가? 나, 이대로 여자가 되어 버리는 거야?

그런 바보 같은 생각을 하고 있는 내게.

"알겠습니다, **주인님.**"

세희가 공손히 절을 하며 말했다.

"주인님의 명을 받들겠습니다."

항복 선언을 했다.

그 순간.

가슴 속에서 뭐라 말할 수 없는 벅찬 감정이 솟아올랐다! 지금까지 내가 한 모든 노력과 시간에 대한 성취감과! 세희를 설득했다는 기쁨에 심장이 격하게 뛰는 걸 느낄 수 있다고!

“하지만 그 전에 한 가지 청이 있습니다.”

다른 의미로 심장이 뛰기 시작했다!

“뭐, 뭔데?”

잔뜩 긴장한 나와 달리.

세희는 죽기 전에 고향을 그리는 여우처럼 보이는 표정으로 내게 말했다.

“주인님의…… 아사달 오라버니의 마음이 남아 있는 주인님의 품에 안겨, 잠시 울어도 되겠습니까.”

……나는 아무 말 없이 세희를 안아 주었다.

세희는 지난 세월동안 마음속에 쌓아 놓고 있었던 감정을 내 가슴에 토해 냈다.

계속해서, 끊임없이.

나는 그저 말없이 세희를, 아세희를 안아 주었다.

날이 밝을 때까지.

* * *

“가는 거야아아?”

여러 가지 의미로 이별을 아쉬워하는 염라에게 나는 고개를 끄덕이며 말했다.

"집에서 맘 편히 쉬고 싶어서 말이야. 여기도 편하긴 하지만 그래도 내 집보다는 불편한 게 사실이니까."

집에 돌아가면 일단 아무 생각도 하지 않고 하루나 이틀 정도는 방에서 뒹굴면서 쉴 거다.

나한테는 그럴 만한 명분이 있어.

"그래애. 그러며언 어쩔 수 없네에."

염라가 고개를 푹 숙여서 관을 위태롭게 하기에 살짝 마음이 흔들렸지만, 그래도 생각은 변하지 않는다.

"걱정 마라. 다음에 놀러올 테니까."

왜냐하면.

"그런데에, 내애 집. 제대로오 안 고쳐 주고오 가는 거야아? 나아한테 거짓마알을 한 거야아, 요괴의 와아아아앙?"

궁궐을 다 고치지 못했거든요!

머리카락 색이 연분홍색으로 변해 가는 염라에게 나는 다급히 말했다.

"아니! 고쳐 줄 거야! 다 고쳐 줄 건데! 나중에! 지금은 조금 상황이 안 좋아서 말이다!"

왜냐하면, 세희가 지금 세상모르고 자고 있거든.

긴장의 끈이 풀린 건지, 아니면 지난 시간 동안 쌓여 있던 감정을 풀어 버려서 그런지는 모르겠다.

"거, 걱정 말거라! 세희가 깨면 내일이라도 와서 같이 고칠 것이니라! 응! 약속! 약속하느니라!"

랑이가 잠자는 저승의 세희를 두 팔에 안은 상태로 급히 말했다.

……자신이 업고 간다고 나래가 말했는데, 랑이가 무슨 일이 있어도 자기가 안고 가겠다고 떼를 써서 저 꼴이 되었다.

"그러며언 하루 더 자고오 가도 되는데에?"

"나도 그 생각을 하긴 했는데."

나는 볼을 긁적이며 말했다.

"집에 기다리고 있는 가족이 있거든."

집을 지키고 있을 성의 누나와 성린과 바둑이 말이다. 갑자기 성의 누나의 무릎을 베고 성린을 품에 안은 채 바둑이의 머리를 쓰다듬으면서 마음의 안식을 누리고 싶어지는군. 그건 정말 천국이 부럽지 않을 거야.

"그러며언 어쩔 수 없네에. 아쉽지이만, 요괴의 와앙하고 랑이이를 보내 줄 수밖에에. 그래도오 나중에에 꼭 놀러와야 돼애?"

그렇게 말한 염라는 슬쩍 목을 빼며 내 뒤에 있는 아이들을 바라보면서 말을 이었다.

"요괴의 와앙의 가족들과아 이야기 많이 해 보고오 싶거드은."

나는 고개를 끄덕였다.

뭐, 오는 데 조금 힘들긴 하겠지만 그건 성인 까마귀 요괴분들에게 부탁하면 되겠지.

"그러며언."

염라가 슬쩍 두 발자국 물러났다.

자연스럽게 뒤에 서 있던 우마와 마마와 앞으로 나오는 꼴이 되었고, 염라가 그 둘의 등과 엉덩이를 앞으로 밀며 말했다.

"우두마면하고오 마두마면도오 요괴의 와앙한테 할 말 있지이?"

사양하려는 듯 뭔가 말하려고 했던 우마였지만, 염라가 다시 한 번 툭 두드리니까 이내 고개를 숙이고서 입을 열었다.

"꼭 다시 들려 주세요, 요괴의 왕님. 그때에, 지금은 갚지 못한 은혜를 갚을 테니까요."

"다시 오긴 할 건데, 은혜는 이미 다 갚았으니까 신경 쓰지 않아도 돼."

그렇습니다. 나래와 좋은 승부가 될 가슴을 본 것만으로도 충분했습니다.

그런데 기분 탓일까요.

등 뒤에서 따가운 시선이 느껴지는데.

내 생각을 짐작한 나래인가 싶었는데, 다행이 그건 아니었다.

[어떻게 할 거임?]

"무, 무슨 말인 건가요?"

[정체성 흔들리는 거 아님?]

"그, 그래도 오라버니의 여동생은 저밖에 없는 거예요!"

……아니, 망아지 같은 사촌동생들도 있긴 하다만.

그리고 말의 요괴인 마마가 내게 말했다.

"다음에도 노는 거 가르쳐 줘."

"그래. 기대하고 있어라."

마마는 발이 빠르니까 우리 집 아이들과 달리기라도 시켜 보면 재미있어 하겠지.

"그러며언."

우마와 마마가 뒤로 물러나자 염라가 앞으로 나와 내게 손을 내밀었다.

"재회르을 약속하느은 악수우."

염라의 손을 거절할 이유 같은 건 없다.

나는 염라의 손을 잡았고.

"키이잉?! 뭐 하는 거야, 이 치한아?!"

그대로 염라를 끌어안았다.

한순간 당황했지만 이내 두 팔로 마주 안아 준 염라에게 나는 말했다.

"고맙다, 염라대왕. 네 덕분에 세희를 구할 수 있었어."

염라가 답했다.

"나아는 평소와 같이이 공정한 판결으을 내렸을 뿐이야아."

사실이겠지.

염라는 거짓말을 하지 않으니까.

하지만 염라가 베풀어 준 호의를 통해 세희를 구할 수 있었던 것도 사실이다.

그렇기에 나는 다시 한번 말했다.

"그래도 고마워."

잠시 말을 아낀 염라가 조심스럽게 입을 열었다.

"……친구니까."

그렇게 잠시.

이별의 순간은 언제나 아쉬운 법이기에 나는 쉽사리 손에 힘을 풀지 못했다.

"여기까지이."

그렇기에 염라가 먼저 손을 풀어 준 것이 고맙고, 미안했다.

"그래."

친해진 녀석과 헤어지는 게 조금 아쉽긴 하지만, 뭐. 기회가 생기면 올 수 있으니까.

"그럼."

나는 말했다.

"돌아가자."

소중한 나의 가족들을 향해서.

"우리 집으로."

글쓴이의 끼적끼적

계획이라는 것은 보통 그대로 이루어지지 않는 경우가 많습니다.

그렇습니다.

제 계획대로였다면, 저는 이미 일본 진출을 하고 애니메이션이 만들어진 뒤 평생을 놀고먹을 돈을 벌고서 나래 같은 아내와 랑이 같은 아이를…… 잘못 쓴 거 아닙니다. 랑이 같은 아내와 나래 같은 아이 아닙니다. 어쨌든 평생 놀고먹을 돈을 벌고서도 나래 같은 아내의 철권으로 인해 지금보다 더 빠른 주기로 책을 내고 있었겠죠.

안녕하세요. 인생, 계획대로 되는 것은 없다는 사실을 계속해서 깨닫고 있는 카넬입니다.

그런 의미에서 나와 호랑이님, 이하 나호가 엔솔로지와 단

편집과 이번 권을 포함해서 26권이나 나왔다는 건 제 계획을 좋은 의미로 빗나간 거라 할 수 있겠네요.

이렇게 될 줄은 몰랐는데 정말 오래 쓰고 있습니다. 1권이 2010년에 출간했으니까 말이죠. 지금은 다른 곳에서 활동하시고 계시는 이도경 편집자님께서 3권까지만 쓰면 제가 쓰고 싶은 글을 쓸 수 있게 해 준다는 이야기에 속았던 때가 벌써 8년 전이라는 이야기입니다.

정말 오랜 시간이 흘렀죠(빠드드득).

그런데도 지금까지 독자님들께서 많은 성원과 관심과 사랑을 보내 주셔서, 언제나 감사한 마음으로 살고 있습니다. 지금껏 수많은 팬 래터와 자체 제작 굿즈(인형이나 다키마쿠라, 만년필 등등)를 보내 주시거나 팬픽과 만화를 그려 주신 감사하신 분들도 계셨고요.

이 자리를 빌려 다시 한 번 감사의 인사를 올립니다.

정말 감사한 일이 정말 한둘이 아닙니다.

사인회가 열리면 정말로 많은 분들께서 먼 길을 마다하지 않으시고 일찍부터 찾아와 주시고, 이번 라노페에서도 정말 긴 줄을 서서 기다려 주시기도 하셨죠. 이번에는 여건이 허락해서 직접 가 봤는데 그 모습을 보고, 가슴이 두근하고 뛰어 글이 안 써지는 슬럼프가 극복되는 기적이 일어났습니다.

정말 감사합니다. 독자님들께서 안 계셨다면 저는 지금도 머리와 술병을 붙잡고 새하얀 원고지를 바라봤을 겁니다.

그러고 보니 옛날에도 이런 적이 있었네요.

제가 나호 1권을 세상에 내보이고 글을 포기하려 할 때, 저를 붙잡아 주신 것이 독자님들께서 보내 주신 정말 많은 양의 엽서였거든요. 보내 주신 엽서를 하나하나 읽어 보면서 정말 다른 사람 앞이라는 것도 잊고 펑펑 울면서 계속 글을 써야겠다고 다짐했었습니다.

시간이 많이 흘렀다 보니 제 작가 생명의 은인이신 분들께서도 이제는 저와 같은 성인이 되셨겠군요.

……음, 인사를 이렇게 할 걸 그랬어요.

안녕하세요. 저는 늙어 가고 독자님들은 성장하는, 같은 시간 축을 살아가고 있지만 뭔가 좀 체감하는 세월의 느낌이 다르다는 것에 슬퍼지고 있는 나와 호랑이님의 작가, 늙고 병든 카넬입니다.

화제를 바꿔서.

이번 권에서 드디어 세희에 대한 이야기가 끝났습니다. ……이, 일단 세희에 대한 이야기였다고요? 세희가 정말 안 나온 것 같지만 말이죠.

재미있게 읽어 주시고, 세희라는 아이…….

일단 제게는 아이입니다. 일단은.

세희라는 아이를 독자님들께서도 조금이나마 이해를 해 주셨다면 그보다 더한 기쁨이 없을 것 같네요.

제가 능력이 없어서 제대로 표현하지 못한 것 같습니다만, 2부를 기획하면서 생각했던 주제는 사람과 사람과의 인연이었습니다. 그리고 그 인연을 깊게 만드는 것은 서로를 알아가는 것이라 생각했고요.

그래서 아이들의 과거와 사정에 대한 조금 더 깊은 이야기를 써 보고 싶었습니다.

아, 갑자기 유명한 노래가 생각이 나네요.

그런 짓은 하지 말았어야 했는데, 난 그 사실을 몰랐어~

그래서 3부에서는 아이들과 함께 뛰어노는 '즐거워~!' 같은 내용을 써 보고 싶습니다.

사촌 동생들과 설랑도 나오고, 겸사겸사 아라도 나오고, 미국…… 이 아니라 덴마크에 간 에레나도 돌아와야 하고, 아세희도 다시 보고 싶고 말이죠.

제 역량이 허락한다면 말이죠.

괜찮습니다, 이럴 때를 위한 마법의 단어가 있으니까요.

괜찮아! 다 잘 될 거야!

자, 그러면 감사 타임이라고 할까.

이번 권이 나오는데 힘 써 주신 분들에 대한 감사 인사를 적겠습니다.

처음에는 당연히 독자님들께 드릴 감사 인사가 나와야 하겠지만…… 후기 처음에 나왔네요.

그래도 다시 한번 감사드립니다. 나호가 여기까지 올 수 있었던 건 독자님들의 사랑과 성원과 관심 덕분입니다.

이번 권에 칼라 삽화가 두 장 더 들어가게 되었는데, 편집부가 허락해 주시고 영인 님께서 일정을 맞춰 주셔서 정말 다행입니다.

편집자님. 그리고 영인 님. 정말 감사합니다.

이번 권 부록인 드라마시디는 이번이 마지막이라는 생각으로 앞뒤 안 보고 질렀습니다.

크큭, 내 오른손에 봉인된 흑염룡이 힘. 을. 발. 휘. 했. 다. 고?

이번에도 고생해 주신 성우님들. 그리고 오디오 코믹스 관계자 여러분들. 정말 감사합니다.

이것으로 길고 긴 끼적거림도 이제 끝입니다.

지금까지 나호를 사랑해 주셔서 정말 감사하고, 헤헤, 괜찮으시다면 앞으로도 사랑해 주셨으면 합니다.

자, 그러면.

사랑스러운 아이들의 미소와 함께 저는 이만 사라지겠습니다.

모두 몸 건강하세요.

◆본 작품의 의견, 감상을 기다리고 있습니다◆

보내실 곳 _

서울시 구로구 디지털로 26길 111 JnK디지털타워 503호
우편번호 08390
(주) 디앤씨미디어 시드노벨 편집부

카넬 작가님 앞
영인 작가님 앞

카넬 시드노벨 저작 리스트

『나와 호랑이님』 19
『나와 호랑이님』 18
『나와 호랑이님』 17.5
『나와 호랑이님』 17
『나와 호랑이님』 16
『나와 호랑이님』 15
『나와 호랑이님』 앤솔로지 2
『나와 호랑이님』 14.5
『나와 호랑이님』 14
『나와 호랑이님』 13
『탐정의 왕』 앤솔로지
『나와 호랑이님』 12
『나와 호랑이님』 11
『나와 호랑이님』 10
『나와 호랑이님』 앤솔로지
『나와 호랑이님』 9
『나와 호랑이님』 8.5
『나와 호랑이님』 8
『나와 호랑이님』 7
『나와 호랑이님』 6
『나와 호랑이님』 5.5
『나와 호랑이님』 5
『나와 호랑이님』 4
『나와 호랑이님』 3.5
『나와 호랑이님』 3
『나와 호랑이님』 2
『나와 호랑이님』
『나와 비행소녀』

나와 호랑이님 19

1판 1쇄 발행 2018년 11월 1일
1판 2쇄 발행 2018년 11월 20일

지은이_ 카넬
발행인_ 신현호
편집장_ 이석원
책임편집_ 문승민
편집부_ 유석희 문승민 송영규
편집디자인_ 한방울
국제부_ 정아라 고금비 김태환
영업 · 관리_ 김민원 조인희

펴낸곳_ (주) 디앤씨미디어
등록_ 2002년 4월 25일 제 20-260호
주소_ 서울시 구로구 디지털로 26길 111 JnK디지털타워 503호
전화_ 02-333-2513(대표)
팩시밀리_ 02-333-2514
E-mail_ seednovel@dncmedia.co.kr
홈페이지 www.seednovel.com

값 7,200원

ISBN 979-11-6145-177-0 04810
ISBN 979-11-956396-9-4 (세트)